山田社日檢權威題庫小組

超高命中率

絕對合格

日檢 **文法、單字**

考試分數大躍進
累積實力
百萬考生見證
應考秘訣

考試相關概要
根據日本國際交流基金

捷進日檢

GOAL

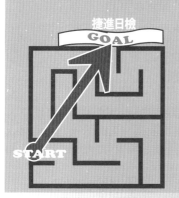

START

N4

新制對應！

朗讀 **QR**
免費下載
QR Code線上音檔

朗讀 MP3
隨書附贈
學習不漏接

吉松由美, 田中陽子, 西村惠子, 大山和佳子，山田社日檢題庫小組　合著

山田社
日檢書

為因應學習方式的改變，研發「數位耳朵」學習，

只要掃描書本上的 QR Code，

就能完全掌握「捷進」的「圖解比較文法＆關鍵字類語單字」，

只要有收機訊號，可隨時隨地在任何地方學習了。

****

為了擺脫課本文法，練就文法直覺力！

122 項文法加上 244 張「雙圖比較」，

關鍵字再加持，

提供記憶線索，讓「字」帶「句」，「句」帶「文」，

瞬間回憶整段話！

關鍵字＋雙圖比較記憶→專注力強，可以濃縮龐雜資料成「直覺」記憶，
關鍵字＋雙圖比較記憶→爆發力強，可以臨場發揮驚人的記憶力，
關鍵字＋雙圖比較記憶→穩定力強，可以持續且堅實地讓記憶長期印入腦海中！

　　日語文法中有像「らしい」（像…樣子）、「ようだ」（好像…）意思相近的文法項目：

らしい（像…樣子）：關鍵字「推測」→著重「根據傳聞或客觀證據做出推測」。
ようだ（好像…）：關鍵字「推測」→著重「以自己的想法或經驗做出推測」。

　　「らしい」跟「ようだ」有插圖，將差異直接畫出來，配合文字點破跟關鍵字加持，可以幫助快速理解、確實釐清和比較，不用背，就直接印在腦海中！

　　除此之外，類似文法之間的錯綜複雜關係，「接續方式」及「用法」，經常跟哪些詞前後呼應，是褒意、還是貶意，以及使用時該注意的地方等等，都是學習文法必過的關卡。為此，本書將一一為您破解。

■ 關鍵字膠囊式速效魔法，濃縮學習時間！

本書精選 122 項 N4 程度的入門級文法，每項文法都有關鍵字加持，關鍵字是以最少的字來濃縮龐大的資料，它像一把打開記憶資料庫的鑰匙，可以瞬間回憶文法整個意思。也就是，以更少的時間，得到更大的效果，不用大腦受苦，還可以讓信心爆棚，輕鬆掌握。

■ 雙圖比較記憶，讓文法規則也能變成直覺！

為了擺脫課本文法，練就您的文法直覺力，每項文法都精選一個日檢考官最愛出，最難分難解、刁鑽易混淆的類義文法，並配合 244 張「兩張插圖比較」，將文法不同處直接用畫的給您看，讓您迅速理解之間的差異。大呼「文法不用背啦」！

■ 重點文字點破意思，不囉唆越看越上癮！

為了紮實對文法的記憶根底，務求對每一文法項目意義明確、清晰掌握。書中還按照助詞、指示詞的使用，及許可、意志、判斷、可能、變化、理由、授受表現、使役、被動…等不同機能，整理成 12 個章節，並以簡要重點文字點破每一文法項目的意義、用法、語感…等的微妙差異，讓您學習不必再「左右為難」，內容扎實卻不艱深，一看就能掌握重點！讓您考試不再「一知半解」，一看題目就能迅速找到答案，一舉拿下高分！

■ 文法闖關實戰考題，立驗學習成果！

為了加深記憶，強化活用能力，學習完文法概念，最不可少的就是要自己實際做做看！每個章節後面都附有豐富的考題，以過五關斬六將的方式展現，讓您寫對一題，好像闖過一關，就能累積實力點數。

本書廣泛地適用於一般的日語初學者，大學生，碩博士生、參加日本語能力考試的考生，以及赴日旅遊、生活、研究、進修人員，也可以作為日語翻譯、日語教師的參考書。

書中還附有日籍老師精心錄製的 MP3 光碟，提供您學習時能更加熟悉日語的標準發音，累積堅強的聽力基礎。扎實內容，您需要的，通通都幫您設想到了！本書提供您最完善、最全方位的日語學習，絕對讓您的日語實力突飛猛進！

目録 もくじ

第4章 ▸ 意志及希望

意志と希望

第5章 ▸ 判断及推測

判断と推量

第9章 ▸ 理由、目的及並列

理由、目的と並列

第10章 ▸ 條件、順接及逆接

条件、順接と逆接

第11章 ▸ 授受表現

授受表現

第12章 ▶ 被動、使役、使役被動及敬語

受身、使役、使役受身と敬語

N4

Bun Pou Hikaku

助詞

1　疑問詞＋でも
2　疑問詞＋ても、でも
3　疑問詞＋～か
4　かい
5　の
6　だい

7　までに
8　ばかり
9　でも

🎧 **Track 001**

---

1 疑問詞＋でも
無論、不論、不拘

接續方法 ｛疑問詞｝＋でも

意思1

【全面肯定或否定】「でも」前接疑問詞時，表示全面肯定或否定，也就是沒有例外，全部都是。句尾大都是可能或容許等表現。中文意思是：「無論、不論、不拘」。

例文A

いつでも寝られます。

任何時候都能倒頭就睡。

補　充

〚× なにでも〛沒有「なにでも」的說法。

比較

● 疑問詞＋も＋肯定
無論…都…

接續方法 ｛疑問詞｝＋も

意　思

【全面肯定】「疑問詞＋も＋肯定」表示全面肯定，為「無論…都…」之意。

例文 a

この絵とあの絵、どちらも好きです。

這張圖和那幅畫，我兩件都喜歡。

◆ 比較說明 ◆

「疑問詞＋でも」與「疑問詞＋も」都表示全面肯定，但「疑問詞＋でも」指「從所有當中，不管選哪一個都…」；「疑問詞＋も」指「把所有當成一體來說，都…」的意思。

疑問詞＋でも【全面肯定或否定】	疑問詞＋も＋肯定【全面肯定】
例文 A	例文 a

🎧 Track 002

2 疑問詞＋ても、でも
(1) 不管（誰、什麼、哪兒）…；(2) 無論…

接續方法 {疑問詞} ＋ {形容詞く形} ＋ても；{疑問詞} ＋ {動詞て形} ＋も；{疑問詞} ＋ {名詞；形容動詞詞幹} ＋でも

意思1

【不論】前面接疑問詞，表示不論什麼場合、什麼條件，都要進行後項，或是都會產生後項的結果。中文意思是：「不管（誰、什麼、哪兒）」。

例文 A

いくら高くても、必要な物は買います。

即使價格高昂，必需品還是得買。

【全部都是】表示全面肯定或否定，也就是沒有例外，全部都是。中文意思是：「無論…」。

例文B

2時間以内なら何を食べても飲んでもいいです。

只要在兩小時之內，可以盡情吃到飽、喝到飽。

比較

● 疑問詞＋も＋否定

也（不）…

接續方法 {疑問詞}＋も＋ません

意 思

【全面否定】「も」上接疑問詞，下接否定語，表示全面的否定。

例文b

お酒はいつも飲みません。

我向來不喝酒。

◆ 比較說明 ◆

「疑問詞＋ても、でも」表示不管什麼場合，全面肯定或否定；「疑問詞＋も＋否定」表示全面否定。

3 疑問詞＋〜か
…呢

接續方法 {疑問詞}＋{名詞；形容動詞詞幹；[形容詞・動詞] 普通形}＋か

意思1

【不確定】 表示疑問，也就是對某事物的不確定。當一個完整的句子中，包含另一個帶有疑問詞的疑問句時，則表示事態的不明確性。中文意思是：「…呢」。

例文A

何時に行くか、忘れてしまいました。

忘記該在幾點出發了。

補充

〖省略助詞〗 此時的疑問句在句中扮演著相當於名詞的角色，但後面的助詞「は、が、を」經常被省略。

比較

● かどうか
是否…、…與否

接續方法 {名詞；形容動詞詞幹；[形容詞・動詞] 普通形}＋かどうか

意思

【不確定】 表示從相反的兩種情況或事物之中選擇其一。「かどうか」前面的部分接「不知是否屬實」的事情、情報。

例文a

これでいいかどうか、教えてください。

請告訴我這樣是否可行。

用「疑問詞＋～か」，表示對「誰、什麼、哪裡」或「什麼時候」等
感到不確定；而「かどうか」也表不確定，用在不確定情況究竟是
「是」還是「否」。

疑問詞＋～か【不確定】　例文 A

かどうか【不確定】　例文 a

🎧 Track 004

4 かい
…嗎

接續方法 {句子}＋かい

意思1

【疑問】 放在句尾，表示親暱的疑問。用在句尾讀升調。一般為年
長男性用語。中文意思是：「…嗎」。

例文A

きのう たの
昨日は楽しかったかい。

昨天玩得開心吧？

比較

● **句子＋か**

嗎、呢

接續方法 {句子}＋か

意思

【疑問句】 接於句末，表示問別人自己想知道的事。

例文 a

あなたは<ruby>横田<rt>よこた</rt></ruby>さんではありませんか。

您不是橫田小姐嗎？

◆ 比較說明 ◆

「かい」與「か」都表示疑問，放在句尾，但「かい」用在親暱關係之間（對象是同輩或晚輩），「か」可以用在所有疑問句子。

🎧 **Track 005**

5 の

…嗎、…呢

接續方法 {句子}＋の

意思1

【疑問】 用在句尾，以升調表示提出問題。一般是用在對兒童，或關係比較親密的人，為口語用法。中文意思是：「…嗎、…呢」。

例文A

<ruby>薬<rt>くすり</rt></ruby>を<ruby>飲<rt>の</rt></ruby>んだのに、まだ<ruby>熱<rt>ねつ</rt></ruby>が<ruby>下<rt>さ</rt></ruby>がらないの。

藥都吃了，高燒還沒退嗎？

比較

● の

接續方法 {[名・形容動詞詞幹] な；[形容詞・動詞] 普通形}＋の

【斷定】 表示輕微的斷定。一般表示説明事情的原因，大多是小孩或女性用語。

例文 a

わたし かれ だいきら
私は彼が大嫌いなの。

我最討厭他了。

◆ 比較説明 ◆

「の」用上昇語調唸，表示疑問；「の」用下降語調唸，表示斷定。

6 だい
…呢、…呀

接續方法 {句子}＋だい

意思 1

【疑問】 接在疑問詞或含有疑問詞的句子後面，表示向對方詢問的語氣，有時也含有責備或責問的口氣。成年男性用言，用在口語，説法較為老氣。中文意思是：「…呢、…呀」。

例文 A

なぜこれがわからないんだい。

為啥連這點小事也不懂？

● かい
…嗎

接續方法 {句子}＋かい

意　思

【疑問】 放在句尾，表示親暱的疑問。

例文 a

<ruby>君<rt>きみ</rt></ruby>、<ruby>出身<rt>しゅっしん</rt></ruby>は<ruby>東北<rt>とうほく</rt></ruby>かい。

你來自東北嗎？

◆ 比較說明 ◆

「だい」表示疑問，前面常接疑問詞，含有責備或責問的口氣；「かい」表示疑問或確認，是一種親暱的疑問。

🎧 Track 007

7 までに
在…之前、到…時候為止；到…為止

接續方法 {名詞；動詞辭書形}＋までに

意思 1

【期限】 接在表示時間的名詞後面，後接一次性行為的瞬間性動詞，表示動作或事情的截止日期或期限。中文意思是：「在…之前、到…時候為止」。

水曜日までにこの宿題ができますか。

在星期三之前這份作業做得完嗎？

補 充

〔範圍－まで〕 不同於「までに」，用「まで」後面接持續性的
動詞和行為，表示某事件或動作，一直到某時間點前都持續著。中
文意思是：「到…為止」。

例 文

電車が来るまで、電話で話しましょう。

電車來之前，在電話裡談吧。

比較

● まで

到…為止

接續方法 {名詞；動詞辭書形}＋まで

意 思

【範圍】 表示某事件或動作，直在某時間點前都持續著。

例文 a

昨日は日曜日で、お昼まで寝ていました。

昨天是星期日，所以睡到了中午。

◆ 比較說明 ◆

「までに」表示期限，表示動作在期限之前的某時間點執行；「まで」
表示範圍，表示動作會持續進行到某時間點。

まTでにV【期限】

水曜日

問題集
P.30〜40

例文A

まで【範圍】

例文a

8 ばかり
(1) 剛…；(2) 總是…、老是…；(3) 淨…、光…

意思1

【時間前後】{動詞た形}＋ばかり。表示某動作剛結束不久，含有説話人感到時間很短的語感。中文意思是：「剛…」。

例文A

「ライン読んだ。」「ごめん、今起きたばかりなんだ。」

「你看過 LINE 了嗎？」「抱歉，我剛起床。」

意思2

【重複】{動詞て形}＋ばかり。表示説話人對不斷重複一樣的事，或一直都是同樣的狀態，有不滿、譴責等負面的評價。中文意思是：「總是…、老是…」。

例文B

テレビを見てばかりいないで掃除しなさい。

別總是守在電視機前面，快去打掃！

意思3

【強調】{名詞}＋ばかり。表示數量、次數非常多，而且淨是些不想看到、聽到的不理想的事情。中文意思是：「淨…、光…」。

彼はお酒ばかり飲んでいます。

他光顧著拚命喝酒。

比較

● だけ

只、僅僅

接續方法 {名詞（＋助詞)}＋だけ；{名詞；形容動詞詞幹な}＋だけ；
{[形容詞・動詞] 普通形}＋だけ

意 思

【限定】表示只限於某範圍，除此以外沒有別的了。

例文 c

お金があるだけでは、結婚できません。

光是有錢並不能結婚。

◆ 比較說明 ◆

「ばかり」表示強調，用在數量、次數多，或總是處於某狀態的時候；「だけ」表示限定，用在限定的某範圍。

9 でも

(1)…之類的；(2) 就連…也

接續方法 {名詞}＋でも

意思1

【舉例】 用於隨意舉例。表示雖然含有其他的選擇，但還是舉出一個具代表性的例子。中文意思是：「…之類的」。

例文A

暇ですね。テレビでも見ますか。

好無聊喔，來看個電視吧。

意思2

【極端的例子】 先舉出一個極端的例子，再表示其他一般性的情況當然是一樣的。中文意思是：「就連…也」。

例文B

先生でも意味がわからない言葉があります。

其中還包括連老師也不懂語意的詞彙。

比較

● ても、でも

即使…也

接續方法 {形容詞く形}＋ても；{動詞て形}＋も；{名詞；形容動詞詞幹}＋でも

意　思

【假定逆接】 表示後項的成立，不受前項的約束，是一種假定逆接表現，後項常用各種意志表現的說法。

例文b

社会が厳しくても、私は頑張ります。

即使社會嚴苛我也會努力。

◆ 比較說明 ◆

「でも」用在舉出一個極端的例子，要用「名詞＋でも」的接續形式；「ても／でも」表示假定逆接，也就是無論前項如何，也不會改變後項。要用「動詞て形＋も」、「形容詞く＋ても」或「名詞；形容動詞詞幹＋でも」的接續形式。

でも【極端的例子】

例文 B

ても、でも【假定逆接】

例文 b

MEMO

1 実力テスト

做對了，往😊走，做錯了往✖️走。

次の文の＿＿＿にはどんな言葉を入れたらよいか。1・2から最も適当なものをひとつ選びなさい。

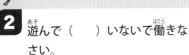

實力測驗
Q 哪一個是正確的？

1 クリスマス（　　）、彼に告白（こくはく）します。
1. までに　　　2. まで

譯 1. までに：在…之前
2. まで：到…為止

2 遊（あそ）んで（　　）いないで働（はたら）きなさい。
1. ばかり　　　2. だけ

譯 1. ばかり：光…
2. だけ：只

3 おまわりさん（　　）、悪（わる）いことをする人もいる。
1. でも　　　　2. ても

譯 1. でも：就連…也
2. ても：即使…也

4 誰（だれ）（　　）できる簡単（かんたん）な仕事（しごと）です。
1. でも　　　2. も

譯 1. でも：無論
2. も：都…

5 その服（ふく）、すてきね。どこで買（か）った（　　）。
1. の（上昇調）　2. の（下降調）

譯 1. の：呢、嗎
2. の：✕

6 そこに誰（だれ）かいるの（　　）。
1. だい　　　2. かい

譯 1. だい：呢
2. かい：嗎

答案：(1) 1 (2) 1 (3) 1
(4) 1 (5) 1 (6) 2

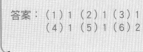

指示語、文の名詞化と縮約形

1 こんな	7 さ
2 こう	8 の(は／が／を)
3 そんな	9 こと
4 あんな	10 が
5 そう	11 ちゃ、ちゃう
6 ああ	

★ ★ ★ ★ ★

🎧 Track 010

1 こんな
這樣的、這麼的、如此的；這樣地

接續方法 こんな＋{名詞}

意思1

【程度】 間接地在講人事物的狀態或程度，而這個事物是靠近説話人的，也可能是剛提及的話題或剛發生的事。中文意思是：「這樣的、這麼的、如此的」。

例文A

こんな家が欲しいです。
いえ　ほ

想要一間像這樣的房子。

補充

〖**こんなに**〗「こんなに」為指示程度，是「這麼，這樣地；如此」的意思，為副詞的用法，用來修飾動詞或形容詞。中文意思是：「這樣地」。

例文

私はこんなにやさしい人に会ったことがない。
わたし　　　　　　　　　ひと　あ

我不曾遇過如此體貼的人。

比較

● **こう**
　這樣、這麼

接續方法 こう＋{動詞}

24

意思

【方法】 表示方式或方法。

例文 a

アメリカでは、こう握手して挨拶します。

在美國都像這樣握手寒暄。

◆ **比較說明** ◆

「こんな」（這樣的）表示程度，後面一定要接名詞；「こう」（這樣）表示方法，後面要接動詞。

2 こう
(1) 這樣、這麼；(2) 這樣

接續方法 こう＋{動詞}

意思1

【方法】 表示方式或方法。中文意思是：「這樣、這麼」。

例文 A

こうすれば簡単_{かんたん}です。

只要這樣做就很輕鬆了。

意思2

【限定】 表示眼前或近處的事物的樣子、現象。中文意思是：「這樣」。

例文B

こう毎日寒いと外に出たくない。

天天冷成這樣，連出門都不願意了。

比較

● そう

那樣

接続方法 そう＋{動詞}

意思

【限定】 表示眼前或近處的事物的樣子、現象。

例文b

息子は野球が好きだ。僕も子供のころそうだった。

兒子喜歡棒球，我小時候也一樣。

◆ 比較説明 ◆

「こう」用在眼前的物或近處的事時；「そう」用在較靠近對方或較為遠處的事物。

こう【限定】

例文B

そう【限定】

例文b

🎧 Track 012

3 そんな
那樣的；那樣地

接続方法 そんな＋{名詞}

【程度】 間接的在説人或事物的狀態或程度。而這個事物是靠近聽話人的或聽話人之前説過的。有時也含有輕視和否定對方的意味。中文意思是:「那樣的」。

例文A

そんな服を着ないでください。

請不要穿那樣的服裝。

補充

〔そんなに〕「そんなに」為指示程度,是「程度特別高或程度低於預期」的意思,為副詞的用法,用來修飾動詞或形容詞。中文意思是:「那樣地」。

例文

そんなに気をつかわないでください。

請不必那麼客套。

比較

● あんな
那樣的

接續方法 あんな+{名詞}

意思

【程度】 間接地説人或事物的狀態或程度。而這是指説話人和聽話人以外的事物,或是雙方都理解的事物。

例文a

あんなやり方ではだめだ。

那種作法是行不通的。

◆ 比較說明 ◆

「そんな」用在離聽話人較近,或聽話人之前説過的事物;「あんな」用在離説話人、聽話人都很遠,或雙方都知道的事物。

そんな【程度】 例文A

あんな【程度】 例文a

4 あんな
那樣的；那樣地

接續方法 あんな＋{名詞}

意思1

【程度】 間接地説人或事物的狀態或程度。而這是指説話人和聽話人以外的事物，或是雙方都理解的事物。中文意思是：「那樣的」。

例文A

あんな便利な冷蔵庫が欲しい。

真想擁有那樣方便好用的冰箱！

補充

〖あんなに〗「あんなに」為指示程度，是「那麼，那樣地」的意思，為副詞的用法，用來修飾動詞或形容詞。中文意思是：「那樣地」。

例文

あんなに怒ると、子供はみんな泣きますよ。

瞧你發那麼大的脾氣，會把小孩子們嚇哭的喔！

比較

● こんな
這樣的、這麼的、如此的

接續方法 こんな＋{名詞}

意思

【程度】 間接地在講人事物的狀態或程度，而這個事物是靠近說話人的，也可能是剛提及的話題或剛發生的事。

例文 a

こんな洋服は、いかがですか。

這樣的洋裝如何？

◆ 比較說明 ◆

事物的狀態或程度是那樣就用「あんな」；事物的狀態或程度是這樣就用「こんな」。

🎧 Track 014

---

5 そう
(1) 那樣；(2) 那樣

接續方法 そう＋{動詞}

意思1

【方法】 表示方式或方法。中文意思是：「那樣」。

例文A

母にはそう話をします。

我要告訴媽媽那件事。

意思2

【限定】 表示眼前或近處的事物的樣子、現象。中文意思是：「那樣」。

例文B

<ruby>私<rt>わたし</rt></ruby>もそういう<ruby>大人<rt>おとな</rt></ruby>になりたい。

我長大以後也想成為那樣的人。

比較

● **ああ**

那樣

接續方法 ああ＋{動詞}

意 思

【限定】 表示眼前或近處的事物的樣子。

例文b

<ruby>彼<rt>かれ</rt></ruby>は<ruby>怒<rt>おこ</rt></ruby>るといつもああだ。

他一生起氣來一向都是那樣子。

◆ 比較說明 ◆

「そう」用在離聽話人較近，或聽話人之前說過的事；「ああ」用在離說話人、聽話人都很遠，或雙方都知道的事。

🎧 Track 015

6 ああ
(1) 那樣；(2) 那樣

接續方法 ああ＋{動詞}

【方法】 表示方式或方法。中文意思是：「那樣」。

例文A

ああしろこうしろとうるさい。

一下叫我那樣，一下叫我這樣煩死人了！

意思2

【限定】 表示眼前或近處的事物的樣子、現象。中文意思是：「那樣」。

例文B

社長はお酒を飲むといつもああだ。
しゃちょう　　さけ　の

總經理只要一喝酒，就會變成那副模樣。

比較

● あんな
那樣的

接續方法 あんな＋{名詞}

意 思

【程度】 間接地説人或事物的狀態或程度。而這是指説話人和聽話人以外的事物，或是雙方都理解的事物。

例文b

私もあんな家に住みたいです。
わたし　　　　いえ　す

我也想住那樣的房子。

◆ 比較説明 ◆

「ああ」與「あんな」都用在離説話人、聽話人都很遠，或雙方都知道的事。接續方法是：「ああ＋動詞」，「あんな＋名詞」。

7 さ
…度、…之大

接續方法 {[形容詞・形容動詞] 詞幹} ＋さ

意思 1

【程度】 接在形容詞、形容動詞的詞幹後面等構成名詞，表示程度或狀態。也接跟尺度有關的如「長さ（長度）、深さ（深度）、高さ（高度）」等，這時候一般是跟長度、形狀等大小有關的形容詞。中文意思是：「…度、…之大」。

例文A

この山の高さは、どのくらいだろう。

不曉得這座山的高度是多少呢？

比較

● み
帶有…、…感

接續方法 {[形容詞・形容動詞] 詞幹} ＋み

意思

【狀態】「み」是接尾詞，前接形容詞或形容動詞詞幹，表示該形容詞的這種狀態，或在某種程度上感覺到這種狀態。形容詞跟形容動詞轉為名詞的用法。

月曜日の放送を楽しみにしています。

我很期待看到星期一的播映。

◆ 比較說明 ◆

「さ」表示程度，用在客觀地表示性質或程度；「み」表示狀態，用在主觀地表示性質或程度。

🎧 Track 017

8 の（は／が／を）
的是…

接續方法 {名詞修飾短語}＋の（は／が／を）

意思1

【強調】以「短句＋のは」的形式表示強調，而想強調句子裡的某一部分，就放在「の」的後面。中文意思是：「的是…」。

例文A

この写真の、帽子をかぶっているのは私の妻です。

這張照片中，戴著帽子的是我太太。

意思2

【名詞化】用於前接短句，使其名詞化，成為句子的主語或目的語。

例文 B

私はフランス映画を見るのが好きです。

我喜歡看法國電影。

補　充

〖の＝人時地因〗 這裡的「の」含有人物、時間、地方、原因的
意思。

比較

● こと

接續方法 {名詞の；形容動詞詞幹な；[形容詞・動詞] 普通形}＋
　　　　こと

意　思

【名詞化】 做各種形式名詞用法。前接名詞修飾短句，使其名詞
化，成為後面的句子的主語或目的語。「こと」跟「の」有時可以
互換。但只能用「こと」的有：表達「話す（説）、伝える（傳達）、
命ずる（命令）、要求する（要求）」等動詞的內容，後接的是「です、
だ、である」，固定的表達方式「ことができる」等。

例文 b

言いたいことがあるなら、言えよ。

如果有話想講，就講啊！

◆ 比較說明 ◆

「の」表示名詞化，基本上用來代替人事物。「見る（看）、聞く（聽）」
等表示感受外界事物的動詞，或是「止める（停止）、手伝う（幫忙）、
待つ（等待）」等動詞，前面只能接「の」；「こと」，也表示名詞化，
代替前面剛提到的或後面提到的事情。「です、だ、である」或「を
約束する（約定…）、が大切だ（…很重要）、が必要だ（…必須）」
等詞，前面只能接「こと」。另外，固定表現如「ことになる、こ
とがある」等也只能用「こと」。

の【名詞化】

例文B

フランス映画

こと【名詞化】

例文b

🎧 Track 018

9 こと

接續方法 {名詞の；形容動詞詞幹な；[形容詞・動詞]普通形}＋こと

意思1

【形式名詞】 做各種形式名詞用法。前接名詞修飾短句，使其名詞化，成為後面的句子的主語或目的語。

例文A

わたし うた うた す
私は歌を歌うことが好きです。

我喜歡唱歌。

補充

〖只用こと〗「こと」跟「の」有時可以互換。但只能用「こと」的有：表達「話す（説）、伝える（傳達）、命ずる（命令）、要求する（要求）」等動詞的內容，後接的是「です、だ、である」、固定的表達方式「ことができる」等。

比較

● **もの**
東西

接續方法 {[名詞の；形容動詞詞幹な；[形容詞・動詞]普通形；助動詞た}＋もの

意思

【形式名詞】 名詞的代用的形式名詞，也就是代替前面已經出現過的某實質性的物品。

例文a

いろいろなものを食べたいです。

想吃各種各樣的東西。

◆ 比較說明 ◆

「こと」表示形式名詞，代替前面剛提到的或後面提到的事。一般不寫漢字；「もの」也是形式名詞，代替某個實質性的東西。一般也不寫漢字。

こと【形式名詞】
例文A

もの【形式名詞】
例文a

🎧 Track 019

10 が

接續方法 {名詞}＋が

意思1

【動作或狀態主體】 接在名詞的後面，表示後面的動作或狀態的主體。大多用在描寫句。

例文A

雪が降っています。

雪正在下。

● 目的語＋を

接續方法 {名詞}＋を

意 思

【目的】「を」用在他動詞（人為而施加變化的動詞）的前面，表示動作的目的或對象。「を」前面的名詞，是動作所涉及的對象。

例文 a

日本語の手紙を書きます。

寫日文書信。

◆ 比較說明 ◆

「が」接在名詞的後面，表示後面的動作或狀態的主體；「目的語＋を」的「を」用在他動詞的前面，表示動作的目的或對象；「を」前面的名詞，是動作所涉及的對象。

🎧 Track 020

11 ちゃ、ちゃう

接續方法 {動詞て形}＋ちゃ、ちゃう

意思1

【縮略形】「ちゃ」是「ては」的縮略形式，也就是縮短音節的形式，一般是用在口語上。多用在跟自己比較親密的人，輕鬆交談的時候。

あ、もう 8 時。仕事に行かなくちゃ。

啊，已經八點了！得趕快出門上班了。

〖てしまう→ちゃう〗「ちゃう」是「てしまう」,「じゃう」是「でしまう」的縮略形式。

例 文

飛行機が、出発しちゃう。

飛機要飛走囉！

〖では→じゃ〗 其他如「じゃ」是「では」的縮略形式,「なくちゃ」是「なくては」的縮略形式。

比較

● じゃ

是…

接續方法 {名詞；形容動詞詞幹}＋じゃ

意 思

【縮略形】「じゃ」是「では」的縮略形式，也就是縮短音節的形式，一般是用在口語上。多用在跟自己比較親密的人，輕鬆交談的時候。

例文 a

そんなにたくさん飲んじゃだめだ。

喝這麼多可不行喔！

◆ 比較說明 ◆

「ちゃ」是「ては」的縮略形式；「じゃ」是「では」的縮略形式。

ちゃ【縮略形】

例文 A

じゃ【縮略形】

例文 a

MEMO

次の文の_____にはどんな言葉を入れたらよいか。1・2から最も適当なものをひとつ選びなさい。

實力測驗
Q 哪一個是正確的？

1
（　　）すると顔が小さく見えます。
1．こんな　　　2．こう

譯
1．こんな：這樣的
2．こう：這樣

2
危ないよ。（　　）ことしちゃ、だめだよ。
1．そんな　　　2．あんな

譯
1．そんな：那樣的
2．あんな：那樣的

3
（テレビを見ながら）私も（　　）いう旅館に泊まってみたい。
1．そう　　　2．ああ

譯
1．そう：那様
2．ああ：那様

4
月では重（　　）が約6分の1になる。
1．さ　　　2．み

譯
1．さ：✕
2．み：✕

5
趣味は映画を見る（　　）です。
1．の　　　2．こと

譯
1．の：✕
2．こと：✕

6
危ないから（　　）いけないよ。
1．触っちゃ　　　2．触っじゃ

譯
1．触っちゃ：摸
2．触っじゃ：摸

答案：（1）2（2）1（3）2
　　　（4）1（5）2（6）1

Chapter

3

★★★★★

許可、禁止、義務と命令

1 てもいい
2 なくてもいい
3 てもかまわない
4 なくてもかまわない
5 てはいけない
6 な

7 なければならない
8 なくてはいけない
9 なくてはならない
10 命令形
11 なさい

🎧 **Track 021**

1 てもいい
(1) 可以…嗎；(2)…也行、可以…

接續方法 {動詞て形}＋もいい

意思1

【要求】 如果說話人用疑問句詢問某一行為，表示請求聽話人允許某一行為。中文意思是：「可以…嗎」。

例文A

このパソコンを使ってもいいですか。

請問可以借用一下這部電腦嗎？

意思2

【許可】 表示許可或允許某一行為。如果說的是聽話人的行為，表示允許聽話人某一行為。中文意思是：「…也行、可以…」。

例文B

ここに荷物を置いてもいいですよ。

包裹可以擺在這裡沒關係喔。

比較

● **といい**
要是…該多好

接續方法 {名詞だ；[形容詞・形動容詞・動詞] 辭書形}＋といい

41

【願望】　表示説話人希望成為那樣之意。句尾出現「けど、のに、が」時，含有這願望或許難以實現等不安的心情。

例文 b

夫の給料がもっと多いといいのに。
<ruby>夫<rt>おっと</rt></ruby>の<ruby>給料<rt>きゅうりょう</rt></ruby>がもっと<ruby>多<rt>おお</rt></ruby>いといいのに。

真希望我先生的薪水能多一些呀！

◆ 比較說明 ◆

「てもいい」用在允許做某事；「といい」用在希望某個願望能成真。

てもいい【許可】
例文 B

といい【願望】
例文 b

🎧 Track 022

2　なくてもいい
不…也行、用不著…也可以

接續方法　{動詞否定形（去い）}＋くてもいい

意思 1

【許可】　表示允許不必做某一行為，也就是沒有必要，或沒有義務做前面的動作。中文意思是：「不…也行、用不著…也可以」。

例文 A

作文は、明日出さなくてもいいですか。
<ruby>作文<rt>さくぶん</rt></ruby>は、<ruby>明日<rt>あした</rt></ruby><ruby>出<rt>だ</rt></ruby>さなくてもいいですか。

請問明天不交作文可以嗎？

〖✕ なくてもいかった〗 要注意的是「なくてもいかった」或「なくてもいければ」是錯誤用法，正確是「なくてもよかった」或「なくてもよければ」。

例　文

間に合うのなら、急がなくてもよかった。

如果時間還來得及，不必那麼趕也行。

補充2

〖**文言－なくともよい**〗 較文言的表達方式為「なくともよい」。

例　文

あなたは何も心配しなくともよい。

你可以儘管放一百二十個心！

比較

● てもいい

…也行、可以…

接續方法 {動詞て形}＋もいい

意　思

【許可】 表示許可或允許某一行為。如果說的是聽話人的行為，表示允許聽話人某一行為。

例文a

宿題が済んだら、遊んでもいいよ。

如果作業寫完了，要玩也可以喔。

◆ **比較說明** ◆

「なくてもいい」表示允許不必做某一行為；「てもいい」表示許可或允許某一行為。

なくてもいい 【許可】	てもいい 【許可】
例文 A	例文 a

🎧 Track 023

3 てもかまわない
即使…也沒關係、…也行

接續方法 {[動詞・形容詞] て形}＋もかまわない；{形容動詞詞幹；名詞}＋でもかまわない

意思1

【讓步】 表示讓步關係。雖然不是最好的，或不是最滿意的，但妥協一下，這樣也可以。比「てもいい」更客氣一些。中文意思是：「即使…也沒關係、…也行」。

例文A

ホテルの場所は駅から遠くても、安ければかまわない。

即使旅館位置離車站很遠，只要便宜就無所謂。

比較

● てはいけない
不准…、不許…、不要…

接續方法 {動詞て形}＋はいけない

意思

【禁止】 表示禁止，基於某種理由、規則，直接跟聽話人表示不能做前項事情，由於說法直接，所以一般限於用在上司對部下、長輩對晚輩。

ベルが鳴<ruby>な</ruby>るまで、テストを始<ruby>はじ</ruby>めてはいけません。

在鈴聲響起前不能動筆作答。

◆ **比較說明** ◆

「てもかまわない」表示讓步，表示即使是前項，也沒有關係；「てはいけない」表示禁止，也就是告訴對方不能做危險或會帶來傷害的事情。

4 なくてもかまわない
不…也行、用不著…也沒關係

接續方法 {動詞否定形（去い）}＋くてもかまわない

意思 1

【許可】表示沒有必要做前面的動作，不做也沒關係，是「なくてもいい」的客氣說法。中文意思是：「不…也行、用不著…也沒關係」。

例文 A

話<ruby>はな</ruby>したくなければ、話<ruby>はな</ruby>さなくてもかまいません。

如果不願意講出來，不告訴我也沒關係。

補充

〖＝大丈夫等〗「かまわない」也可以換成「大丈夫（沒關係）、問題ない（沒問題）等表示「沒關係」的表現。

例 文

<ruby>出席<rt>しゅっせき</rt></ruby>するなら、<ruby>返事<rt>へんじ</rt></ruby>はしなくても<ruby>問題<rt>もんだい</rt></ruby>ない。

假如會參加，不回覆也沒問題。

比較

● ないことも (は) ない

並不是不…、不是不…

接續方法 {動詞否定形} ＋ないことも (は) ない

意 思

【消極肯定】使用雙重否定，表示雖然不是全面肯定，但也有那樣的可能性，是種有所保留的消極肯定説法，相當於「することはする」。

例文 a

ちょっと<ruby>急<rt>いそ</rt></ruby>がないといけないが、あと１<ruby>時間<rt>じかん</rt></ruby>でできないことはない。

假如非得稍微趕一下，倒也不是不能在一個小時之內做出來。

◆ 比較說明 ◆

「なくてもかまわない」表示許可，表示不那樣做也沒關係；「ないこともない」表示消極肯定，表示也有某種的可能性，是用雙重否定來表現消極肯定的説法。

5 てはいけない

(1) 不可以…、請勿… ; (2) 不准…、不許…、不要…

接續方法 {動詞て形} ＋はいけない

意思1

【申明禁止】是申明禁止、規制等的表現。常用在交通標誌、禁止標誌或衣服上洗滌表示等。中文意思是：「不可以…、請勿…」。

例文A

このアパートでは、ペットを飼ってはいけません。

這棟公寓不准居住者飼養寵物。

意思2

【禁止】表示禁止，基於某種理由、規則，直接跟聽話人表示不能做前項事情，由於說法直接，所以一般限於用在上司對部下、長輩對晚輩。中文意思是：「不准…、不許…、不要…」。

例文B

テスト中は、ノートを見てはいけません。

作答的時候不可以偷看筆記本。

比較

● てはならない

不能…、不要…、不許、不應該

接續方法 {動詞て形} ＋はならない

意思

【禁止】為禁止用法。表示有義務或責任，不可以去做某件事情。敬體用「てはならないです」、「てはなりません」。

例文b

昔話では、「見てはならない」と言われたら必ず見ることになっている。

在老故事裡，只要被叮囑「絕對不准看」，就一定會忍不住偷看。

兩者都表示禁止。「てはならない」表示有義務或責任，不可以去做某件事情；「てはならない」比「てはいけない」的義務或責任的語感都強，有更高的強制力及拘束力。常用在法律文上。

6 な
不准…、不要…

接續方法 {動詞辭書形}＋な

意思1

【禁止】 表示禁止。命令對方不要做某事、禁止對方做某事的説法。由於説法比較粗魯，所以大都是直接面對當事人説。一般用在對孩子、兄弟姊妹或親友時。也用在遇到緊急狀況或吵架的時候。中文意思是：「不准…、不要…」。

例文A

ここで煙草を吸うな。

不准在這裡抽菸！

比較

● な（あ）

接續方法 {[名・形容動詞詞幹] だ；[形容詞・動詞] 普通形；助動詞た}＋な（あ）

【感嘆】 表示感嘆，用在表達説話人內心的感嘆、驚訝及感動等心情。可以用在自言自語時，也可以用在人前。

例文 a

いいな、僕もテレビに出たかったなあ。

真好啊，我也好想上電視啊！

◆ **比較説明** ◆

「な」前接動詞時，有表示禁止或感嘆（強調情感）這兩個用法，也用「なあ」的形式。因為接續一樣，所以要從句子的情境、文脈及語調來判斷。用在表示感嘆時，也可以接動詞以外的詞。

🎧 **Track 027**

7 なければならない
必須…、應該…

接續方法 {動詞否定形}＋なければならない

意思1

【義務】 表示無論是自己或對方，從社會常識或事情的性質來看，不那樣做就不合理，有義務要那樣做。中文意思是：「必須…、應該…」。

例文 A

学生は学校のルールを守らなければならない。

學生必須遵守校規。

〖疑問－なければなりませんか〗 表示疑問時，可使用「なければなりませんか」。

例 文

日本はチップを払わなければなりませんか。

請問在日本是否一定要支付小費呢？

補充 2

〖口語－なきゃ〗「なければ」的口語縮約形為「なきゃ」。有時只說「なきゃ」，並將後面省略掉。

例 文

危ない。信号は守らなきゃだめですよ。

危險！要看清楚紅綠燈再過馬路喔！

比較

● べき（だ）

必須…、應當…

接續方法 ｛動詞辭書形｝＋べき（だ）

意 思

【勸告】 表示義務表示那樣做是應該的、正確的。常用在勸告、禁止及命令的場合。是一種比較客觀或原則的判斷，書面跟口語雙方都可以用，相當於「～するのが当然だ」。

例文 a

約束は守るべきだ。

應該遵守承諾。

◆ 比較說明 ◆

「なければならない」表示義務，是指基於規則或當時的情況，而必須那樣做；「べき（だ）」表示勸告，這時是指身為人應該遵守的原則，常用在勸告或命令對方有義務那樣做的時候。

なければならない【義務】 例文A

べき（だ）【勧告】 例文a

8 なくてはいけない
必須…、不…不可

接續方法 {動詞否定形（去い）}＋くてはいけない

意思1

【義務】 表示義務和責任，多用在個別的事情，或對某個人，口氣比較強硬，所以一般用在上對下，或同輩之間，口語常說「なくては」或「なくちゃ」。中文意思是：「必須…、不…不可」。

例文A

宿題は必ずしなくてはいけません。

一定要寫功課才可以。

補充1

〖普遍想法〗 表示社會上一般人普遍的想法。

例文

暗い道では、気をつけなくてはいけないよ。

走在暗路時，一定要小心才行喔！

補充2

〖決心〗 表達説話者自己的決心。

今日中にこの仕事を終わらせなくてはいけない。

今天以內一定要完成這份工作。

比較

● ないわけにはいかない

不能不…、必須…

接續方法 {動詞否定形}＋ないわけにはいかない

意 思

【義務】 表示根據社會的理念、情理、一般常識或自己過去的經驗，不能不做某事，有做某事的義務。

例文 a

放っておくと命にかかわるから、手術をしないわけにはいかない。

置之不理會有生命危險，所以非得動手術不可。

◆ 比較說明 ◆

「なくてはいけない」表示義務，用在上對下或說話人的決心，表示必須那樣做，說話人不一定有不情願的心情；「ないわけにはいかない」也表義務，是根據社會情理或過去經驗，表示雖然不情願，但必須那樣做。

なくてはいけない【義務】
例文 A

よし！

ないわけにはいかない【義務】
例文 a

9 なくてはならない
必須…、不得不…

接續方法 {動詞否定形（去い）} ＋くてはならない

意思1

【義務】 表示根據社會常理來看、受某種規範影響，或是有某種義務，必須去做某件事情。中文意思是：「必須…、不得不…」。

例文A

会議の資料をもう一度書き直さなくてはならない。

不得不重寫一遍會議資料。

補充

〖口語－なくちゃ〗「なくては」的口語縮約形為「なくちゃ」，有時只説「なくちゃ」，並將後面省略掉（此時難以明確指出省略的是「いけない」還是「ならない」，但意思大致相同）。

例文

仕事が終わらない。今日は残業しなくちゃ。

工作做不完，今天只好加班了。

比較

● なくてもいい
不…也行、用不著…也可以

接續方法 {動詞否定形（去い）} ＋くてもいい

意思

【許可】 表示允許不必做某一行為，也就是沒有必要，或沒有義務做前面的動作。

例文a

暖かいから、暖房をつけなくてもいいです。

很溫暖，所以不開暖氣也無所謂。

「なくてはならない」表示義務，是根據社會常理或規範，不得不那樣做；「なくてもいい」表示許可，表示不那樣做也可以，不是這樣的情況也行，跟「なくても大丈夫だ」意思一樣。

なくてはならない【義務】	なくてもいい【許可】
例文A	例文a

🎧 Track 030

10 命令形
給我…、不要…

接續方法 （句子）＋ {動詞命令形} ＋（句子）

意思1

【命令】 表示語氣強烈的命令。一般用在命令對方的時候，由於給人有粗魯的感覺，所以大都是直接面對當事人說。一般用在對孩子、兄弟姊妹或親友時。中文意思是：「給我…、不要…」。

例文A

<ruby>汚<rt>きたな</rt></ruby>いな。<ruby>早<rt>はや</rt></ruby>く<ruby>掃除<rt>そうじ</rt></ruby>しろ。

髒死了，快點打掃！

補 充

〖教育宣導等〗 也用在遇到緊急狀況、吵架、運動比賽或交通號誌等的時候。

例 文

<ruby>火事<rt>かじ</rt></ruby>だ、<ruby>早<rt>はや</rt></ruby>く<ruby>逃<rt>に</rt></ruby>げろ。

失火啦，快逃啊！

● なさい

要…、請…

接續方法 {動詞ます形}＋なさい

意　思

【命令】 表示命令或指示。一般用在上級對下級，父母對小孩，老師對學生的情況。比起命令形，此句型稍微含有禮貌性，語氣也較緩和。由於這是用在擁有權力或支配能力的人，對下面的人説話的情況，使用的場合是有限的。

例文 a

せい と　　　　　　きょうしつ　あつ
生徒たちを、教室に集めなさい。

叫學生到教室集合。

◆ 比較說明 ◆

「命令形」是帶有粗魯的語氣命令對方；「なさい」是語氣較緩和的命令，前面要接動詞ます形。

🎧 Track 031

11 なさい
要…、請…

接續方法 {動詞ます形}＋なさい

【命令】 表示命令或指示。一般用在上級對下級，父母對小孩，老師對學生的情況。比起命令形，此句型稍微含有禮貌性，語氣也較緩和。由於這是用在擁有權力或支配能力的人，對下面的人說話的情況，使用的場合是有限的。中文意思是：「要…、請…」。

例文 A

漢字の正しい読み方を書きなさい。

請寫下漢字的正確發音。

比較

● てください

請…

接續方法 {動詞て形} ＋ください

意 思

【請求】 表示請求、指示或命令某人做某事。一般常用在老師對學生、上司對部屬、醫生對病人等指示、命令的時候。

例文 a

本屋で雑誌を買ってきてください。

請到書店買一本雜誌回來。

◆ 比較說明 ◆

「なさい」表示命令、指示或勸誘，用在老師對學生、父母對孩子等關係之中；「てください」表示命令、請求、指示他人為說話人做某事。

3 実力テスト

做對了，往😊走，做錯了往❌走。

次の文の_____にはどんな言葉を入れたらよいか。1・2から最も適当なものをひとつ選びなさい。

實力測驗
Q 哪一個是正確的？

---

1 私のスカート、貸して（　　）。
1. あげてもいいよ
2. あげるといいよ

❌

譯 1. あげてもいいよ：可以…給妳喔
2. あげるといいよ：最好給他（她）喔

😊

---

2 安ければ、アパートにおふろが（　　）。
1. なくてもかまいません
2. なくてはいけません

❌

譯 1. なくてもかまいません：即使沒有…也沒關係
2. なくてはいけません：不准…

---

3 こっちへ来る（　　）。
1. てはいけない　2. な（禁止）

❌

譯 1. てはいけない：不准…
2. な（禁止）：不准…

😊

---

4 勉強もスポーツも、君はなんでもよくできる（　　）。
1. な（禁止）　2. な（詠嘆）

❌

譯 1. な（禁止）：不准…
2. な（感嘆）：…啊

😊

---

5 《交通標識》スピード（　　）。
1. 落とせ　　　2. 落としなさい

❌

譯 1. 落とせ：請減
2. 落としなさい：請減

😊

---

6 明日は6時に（　　）。
1. 起きなければならない
2. 起きるべきだ

❌

譯 1. 起きなければならない：必須起床
2. 起きるべきだ：應該起床

😊

---

7 この映画を見るには、18歳以上で（　　）。
1. なくてはいけない
2. ないわけにはいかない

❌

譯 1. なくてはいけない：必須…
2. ないわけにはいかない：不能不…

😊

---

8 赤信号では、止まら（　　）。
1. なくてはならない
2. なくてもいい

❌

譯 1. なくてはならない：必須…
2. なくてもいい：不…也行

😊

答案：(1) 1　(2) 1　(3) 2
(4) 2　(5) 1　(6) 1
(7) 1　(8) 1

意志と希望

Chapter

4

★ ★ ★ ★ ★

1 てみる
2 （よ）うとおもう
3 （よ）う
4 （よ）うとする
5 にする
6 ことにする

7 つもりだ
8 てほしい
9 がる（がらない）
10 たがる（たがらない）
11 といい

🎧 Track 032

1 てみる
試著（做）…

接續方法 {動詞て形}＋みる

意思1

【嘗試】「みる」是由「見る」延伸而來的抽象用法，常用平假名書寫。表示雖然不知道結果如何，但嘗試著做前接的事項，是一種試探性的行為或動作，一般是肯定的說法。中文意思是：「試著（做）…」。

例文A

もんだい こた かんが
問題の答えを考えてみましょう。

讓我們一起來想一想這道題目的答案。

補 充

〖かどうか〜てみる〗常跟「か、かどうか」一起使用。

比較

● **てみせる**

做給…看

接續方法 {動詞て形}＋みせる

意 思

【示範】表示為了讓別人能瞭解，做出實際的動作給別人看。

子供に挨拶の仕方を教えるには、まず親がやってみせたほうがいい。

關於教導孩子向人請安問候的方式，最好先由父母親自示範給他們看。

◆ 比較說明 ◆

「てみる」表示嘗試去做某事；「てみせる」表示做某事給某人看。

てみる【嘗試】

例文A

てみせる【示範】

例文 a

🎧 Track 033

2 （よ）うとおもう
我打算…；我要…；我不打算…

接續方法 {動詞意向形} ＋（よ）うとおもう

意思1

【意志】表示説話人告訴聽話人，説話當時自己的想法、未來的打算或意圖，比起不管實現可能性是高或低都可使用的「たいとおもう」，「（よ）うとおもう」更具有採取某種行動的意志，且動作實現的可能性很高。中文意思是：「我打算…」。

例文A

夏休みは、アメリカへ行こうと思います。

我打算暑假去美國。

補充1

〖某一段時間〗用「（よ）うとおもっている」，表示説話人在某一段時間持有的打算。中文意思是：「我要…」。

いつか留学しようと思っています。

我一直在計畫出國讀書。

〖強烈否定〗「（よ）うとはおもわない」表示強烈否定。中文意思是：「我不打算…」。

今日は台風なので、買い物に行こうとは思いません。

今天颱風來襲，因此沒打算出門買東西。

比較

● （よ）うとする

想…、打算…

接續方法 {動詞意向形} ＋（よ）うとする

【意志】表示動作主體的意志、意圖。主語不受人稱的限制。表示努力地去實行某動作。

そのことを忘れようとしましたが、忘れられません。

我想把那件事給忘了，但卻無法忘記。

◆ 比較說明 ◆

「（よ）うとおもう」表示意志，表示說話人打算那樣做；「（よ）うとする」也表意志，表示某人正打算要那樣做。

（よ）うとおもう【意志】

例文A

アメリカへ

（よ）うとする【意志】

例文 a

3 （よ）う

(1)（一起）…吧；(2)…吧

接續方法 {動詞意向形} ＋（よ）う

意思1

【提議】 用來提議、邀請別人一起做某件事情。「ましょう」是較有禮貌的説法。中文意思是：「（一起）…吧」。

例文A

もう遅いから、帰ろうよ。

已經很晚了，該回去了啦。

意思2

【意志】 表示説話者的個人意志行為，準備做某件事情。中文意思是：「…吧」。

例文B

金曜日だから、飲みにいこうか。

今天是星期五，我們去喝個痛快吧！

比較

● **つもりだ**

　打算…、準備…

接續方法 {動詞辭書形} ＋つもりだ

意思

【意志】 表示説話人的意志、預定、計畫等，也可以表示第三人稱的意志。有説話人的打算是從之前就有，且意志堅定的語氣。

例文 b

しばらく会社を休むつもりだ。

打算暫時向公司請假。

◆ 比較説明 ◆

「（よ）う」表示意志，表示説話人要做某事，也可用在邀請別人一起做某事；「つもりだ」也表意志，表示某人打算做某事的計畫。主語除了説話人以外，也可用在第三人稱。注意，如果是馬上要做的計畫，不能使用「つもりだ」。

🎧 Track 035

4 （よ）うとする

(1) オ…；(2) 想…、打算…；不想…、不打算…

接續方法 {動詞意向形} ＋（よ）うとする

意思 1

【將要】 表示某動作還在嘗試但還沒達成的狀態，或某動作實現之前，而動作或狀態馬上就要開始。中文意思是：「オ…」。

例文 A

シャワーを浴びようとしたら、電話が鳴った。

正準備沖澡的時候，電話響了。

【意志】 表示動作主體的意志、意圖。主語不受人稱的限制。表示努力地去實行某動作。中文意思是:「想…、打算…」。

例文 B

彼<ruby>かれ<rt></rt></ruby>はダイエットをしようとしている。

他正想減重。

補充

〖否定形〗 否定形「(よ)うとしない」是「不想…、不打算…」的意思,不能用在第一人稱上。

例文

<ruby>子供<rt>こども</rt></ruby>が<ruby>私<rt>わたし</rt></ruby>の<ruby>話<rt>はなし</rt></ruby>を<ruby>聞<rt>き</rt></ruby>こうとしない。

小孩不聽我的話。

比較

● てみる

試著(做)…

接續方法 {動詞て形}＋みる

意思

【嘗試】「みる」是由「見る」延伸而來的抽象用法,常用平假名書寫。表示嘗試著做前接的事項,是一種試探性的行為或動作,一般是肯定的說法。

例文 b

<ruby>仕事<rt>しごと</rt></ruby>で<ruby>困<rt>こま</rt></ruby>ったことが<ruby>起<rt>お</rt></ruby>こり、<ruby>高崎<rt>たかさき</rt></ruby>さんに<ruby>相談<rt>そうだん</rt></ruby>してみた。

工作上發生了麻煩事,找了高崎女士商量。

◆ 比較說明 ◆

「ようとする」表示意志,前接意志動詞,表示現在就要做某動作的狀態,或想做某動作但還沒有實現的狀態;「てみる」表示嘗試,前接動詞て形,表示嘗試做某事。

（よ）うとする【意志】　例文B

てみる【嘗試】　例文b

5 にする
(1) 我要…、我叫…；(2) 決定…

接續方法 {名詞；副助詞} ＋にする

意思1

【決定】 常用於購物或點餐時，決定買某樣商品。中文意思是：「我要…、我叫…」。

例文A

この赤(あか)いシャツにします。

我要這件紅襯衫。

意思2

【選擇】 表示抉擇，決定、選定某事物。中文意思是：「決定…」。

例文B

今日(きょう)は料理(りょうり)をする時間(じかん)がないので、外食(がいしょく)にしよう。

今天沒時間做飯，我們在外面吃吧。

比較

● がする

感到…、覺得…、有…味道

接續方法 {名詞} ＋がする

【様態】 前面接「かおり（香味）、におい（氣味）、味（味道）、音（聲音）、感じ（感覺）、気（感覺）、吐き気（噁心感）」等表示氣味、味道、聲音、感覺等名詞，表示説話人通過感官感受到的感覺或知覺。

例文 b

今朝から頭痛がします。

今天早上頭就開始痛。

◆ 比較說明 ◆

「にする」表示選擇，表示決定選擇某事物，常用在點餐等時候；「がする」表示樣態，表示感覺器官所受到的感覺。

🎧 Track 037

6 ことにする
(1) 習慣…；(2) 決定…；已決定…

接續方法 {動詞辭書形；動詞否定形} ＋ことにする

意思 1

【習慣】 用「ことにしている」的形式，則表示因某決定，而養成了習慣或形成了規矩。中文意思是：「習慣…」。

例文 A

毎日、日記を書くことにしています。

現在天天都寫日記。

【決定】 表示説話人以自己的意志，主觀地對將來的行為做出某種決定、決心。中文意思是：「決定…」。

例文 B

先生に言うと怒られるので、だまっていることにしよう。
せんせい　　い　　　　おこ

要是報告老師准會挨罵，還是閉上嘴巴別講吧。

補　充

〖已經決定〗 用過去式「ことにした」表示決定已經形成，大都用在跟對方報告自己決定的事。中文意思是：「已決定…」。

例　文

冬休みは北海道に行くことにした。
ふゆやす　　ほっかいどう　い

寒假去了北海道。

比較

● ことになる

（被）決定…

接續方法 {動詞辭書形；動詞否定形}＋ことになる

意　思

【決定】 表示決定。指説話人以外的人、團體或組織等，客觀地做出了某些安排或決定。

例文 b

来月新竹に出張することになった。
らいげつシンチク　　しゅっちょう

下個月要去新竹出差。

◆ 比較說明 ◆

「ことにする」表示決定，用在説話人以自己的意志，決定要那樣做；「ことになる」也表決定，用在説話人以外的人或團體，所做出的決定，或是婉轉表達自己的決定。

ことにする【決定】　例文B

ことになる【決定】　例文b

新竹に出張

7 つもりだ
打算…、準備…；不打算…；並非有意要…

接續方法 {動詞辭書形} ＋つもりだ

意思1

【意志】 表示說話人的意志、預定、計畫等，也可以表示第三人稱的意志。有說話人的打算是從之前就有，且意志堅定的語氣。中文意思是：「打算…、準備…」。

例文A

煙草（たばこ）が高（たか）くなったから、もう吸（す）わないつもりです。

香菸價格變貴了，所以打算戒菸了。

補充1

〔否定形〕「ないつもりだ」為否定形。中文意思是：「不打算…」。

例 文

結婚（けっこん）したら、両親（りょうしん）とは住（す）まないつもりだ。

結婚以後，我並不打算和父母住在一起。

補充2

〔強烈否定形〕「つもりはない」表「不打算…」之意，否定意味比「ないつもりだ」還要強。

明日台風がきても、会社を休むつもりはない。

如果明天有颱風，不打算不上班。

〖並非有意〗「つもりではない」表示「そんな気はなかったが…
（並非有意要…）」之意。中文意思是：「並非有意要…」。

はじめは、代表になるつもりではなかったのに…。

其實起初我壓根沒想過要擔任代表……。

比較

● （よ）うとおもう

我打算…

接續方法 {動詞意向形}＋（よ）うとおもう

【意志】 表示説話人告訴聽話人，説話當時自己的想法、打算或
意圖，比起不管實現可能性是高或低都可使用的「たいとおもう」，
「（よ）うとおもう」更具有採取某種行動的意志，且動作實現的可
能性很高。

今度は彼氏と来ようと思う。

下回想和男友一起來。

◆ 比較說明 ◆

「つもり」表示堅決的意志，也就是已經有準備實現的意志；「よう
とおもう」前接動詞意向形，表示暫時性的意志，也就是只有打算，
也有可能撤銷、改變的意志。

つもりだ【意志】

例文A

（よ）うとおもう【意志】

例文a

🎧 Track 039

8 てほしい
希望…、想…；希望不要…

意思1

【希望－動作】｛動詞て形｝＋ほしい。表示説話者希望對方能做某件事情，或是提出要求。中文意思是：「希望…、想…」。

例文A

きゅうりょう あ
給料を上げてほしい。

真希望能調高薪資。

補充

〔否定－ないでほしい〕｛動詞否定形｝＋でほしい。表示否定，為「希望（對方）不要…」。

例文

わたし かな
私がいなくなっても、悲しまないでほしいです。

就算我離開了，也希望大家不要傷心。

比較

● がほしい
…想要…

接續方法 ｛名詞｝＋が＋ほしい

【希望－物品】　表示説話人（第一人稱）想要把什麼東西弄到手，想要把什麼東西變成自己的，希望得到某物的句型。「ほしい」是表示感情的形容詞。希望得到的東西，用「が」來表示。疑問句時表示聽話者的希望。

例文 a

私^{わたし}は自分^{じぶん}の部屋^{へや}がほしいです。

我想要有自己的房間。

◆ 比較說明 ◆

「てほしい」用在希望對方能夠那樣做；「がほしい」用在説話人希望得到某個東西。

てほしい【希望－動作】
例文 A

がほしい【希望－物品】
例文 a

🎧 Track 040

9 がる（がらない）

覺得…（不覺得…）、想要…（不想要…）

接續方法　{ [形容詞・形容動詞] 詞幹} ＋がる、がらない

意思1

【感覺】　表示某人說了什麼話或做了什麼動作，而給説話人留下這種想法，有這種感覺，想這樣做的印象，「がる」的主體一般是第三人稱。中文意思是：「覺得…（不覺得…）、想要…（不想要…）」。

恥<ruby>は<rt></rt></ruby>ずかしがらなくていいですよ。大<ruby>おお<rt></rt></ruby>きな声<ruby>こえ<rt></rt></ruby>で話<ruby>はな<rt></rt></ruby>して
ください。

沒關係，不需要害羞，請提高音量講話。

補充1

〖を＋ほしい〗當動詞為「ほしい」時，搭配的助詞為「を」，
而非「が」。

例文

彼女<ruby>かのじょ<rt></rt></ruby>はあのお店<ruby>みせ<rt></rt></ruby>のかばんを、いつもほしがっている。

她一直很想擁有那家店製作的包款。

補充2

〖現在狀態〗表示現在的狀態用「ている」形，也就是「がって
いる」。

例文

両親<ruby>りょうしん<rt></rt></ruby>が忙<ruby>いそが<rt></rt></ruby>しいので、子供<ruby>こども<rt></rt></ruby>は寂<ruby>さび<rt></rt></ruby>しがっている。

爸媽都相當忙碌，使得孩子總是孤伶伶的。

比較

● たがる

想…（不想…）

接續方法 {動詞ます形}＋たがる

意思

【希望】是「たい的詞幹」＋「がる」來的。用在表示第三人稱，
顯露在外表的願望或希望，也就是從外觀就可看對方的意願。

例文a

娘<ruby>むすめ<rt></rt></ruby>は、まだ小<ruby>ちい<rt></rt></ruby>さいのに台所<ruby>だいどころ<rt></rt></ruby>の仕事<ruby>しごと<rt></rt></ruby>を手伝<ruby>てつだ<rt></rt></ruby>いたがります。

女兒還很小，卻很想幫忙廚房的工作。

「がる」表示感覺，用於第三人稱的感覺、情緒等；「たがる」表示希望，用於第三人稱想要達成某個願望。

がる【感覺】　例文A

たがる【希望】　例文a

🎧 Track 041

たがる（たがらない）
想…（不想…）

接續方法 {動詞ます形}＋たがる（たがらない）

意思1

【希望】 是「たい的詞幹」＋「がる」來的。用在表示第三人稱，顯露在外表的願望或希望，也就是從外觀就可看對方的意願。中文意思是：「想…（不想…）」。

例文A

子供がいつも私のパソコンに触りたがる。

小孩總是喜歡摸我的電腦。

補充1

〖**否定－たがらない**〗以「たがらない」形式，表示否定。

例 文

最近、若い人たちはあまり結婚したがらない。

近來，許多年輕人沒什麼意願結婚。

〖**現在狀態**〗 表示現在的狀態用「ている」形，也就是「たがっている」。

例 文

入院中の父はおいしいお酒を飲みたがっている。

正在住院的父親直嚷著想喝酒。

比較

● **たい**

想要…

接續方法 {動詞ます形} ＋たい

意 思

【**希望－行為**】 表示説話人（第一人稱）內心希望某一行為能實現，或是強烈的願望。

例文 a

私は医者になりたいです。

我想當醫生。

◆ 比較說明 ◆

「たがる」表示希望，用在第三人稱想要達成某個願望；「たい」也表希望，則是第一人稱內心希望某一行為能實現，或是強烈的願望。

たがる【希望】

例文 A

たい【希望－行為】

例文 a

11 といい
要是…該多好；要是…就好了

接續方法 {名詞だ；[形容詞・形容動詞・動詞] 辭書形}＋といい

意思1

【願望】 表示説話人希望成為那樣之意。句尾出現「けど、のに、が」時，含有這願望或許難以實現等不安的心情。中文意思是：「要是…該多好」。

例文A

電車、もう少し空いているといいんだけど。

要是搭電車的人沒那麼多該有多好。

補充

〖近似たらいい等〗 意思近似於「たらいい（要是…就好了）、ばいい（要是…就好了）」。中文意思是：「要是…就好了」。

例文

週末は晴れるといいですね。

希望週末是個大晴天，那就好囉。

比較

● がいい
最好…

接續方法 {動詞辭書形}＋がいい

意思

【願望】 表示説話人希望不好的事情或壞事發生，用在咒罵對方，希望對方身上發生災難的時候。

例文a

悪人はみな、地獄に落ちるがいい。

壞人最好都下地獄。

◆ 比較說明 ◆

「といい」表示希望成為那樣的願望;「がいい」表示希望壞事發生的心情。

といい【願望】	がいい【願望】
例文 A	例文 a

MEMO

4 実力テスト 做對了，往😊走，做錯了往✖走。

次の文の_____にはどんな言葉を入れたらよいか。1・2から最も適当なものをひとつ選びなさい。

實力測驗
Q 哪一個是正確的？

---

1 次のテストでは 100 点を取っ
（　　）。
1. てみる　　　2. てみせる

譯
1. てみる：試著做…
2. てみせる：做給…看

---

2 夏が来る前に、ダイエットしよ
うと（　　）。
1. 思う　　　　2. する

譯
1. 思う：想
2. する：做

---

3 疲れたから、少し（　　）。
1. 休もう　　　2. 休むつもりだ

譯
1. 休もう：休息吧
2. 休むつもりだ：打算休息

---

4 これは豆で作ったものですが、
肉の味（　　）。
1. にします　　2. がします

譯
1. にします：決定…
2. がします：有…味道

---

5 健康のために、明日から酒はや
めることに（　　）。
1. した　　　　2. なった

譯
1. した：使成為
2. なった：成為

---

6 明日の朝6時に起こし（　　）。
1. てほしいです
2. がほしいです

譯
1. てほしいです：想要拜託…
2. がほしいです：想要…

---

7 妹が、机の角に頭をぶつけて
（　　）います。
1. 痛がって　　2. 痛たがって

譯
1. 痛がって：痛
2. 痛たがって：X

答案：（1）2 （2）1 （3）1
（4）2 （5）1 （6）1
（7）1

判断と推量

Chapter 5 ★★★★★

1 はずだ
2 はずが(は)ない
3 そう
4 ようだ
5 らしい
6 がする

7 かどうか
8 だろう
9 (だろう)とおもう
10 とおもう
11 かもしれない

🎧 Track 043

1 はずだ
(1) 怪不得…；(2)(按理說)應該…

接續方法 {名詞の；形容動詞詞幹な；[形容詞・動詞]普通形}＋
はずだ

意思 1

【理解】 表示說話人對原本不可理解的事物，在得知其充分的理由後，而感到信服。中文意思是：「怪不得…」。

例文 A

寒いはずだ。雪が降っている。

難怪這麼冷，原來外面正在下雪。

意思 2

【推斷】 表示說話人根據事實、理論或自己擁有的知識來推測出結果，是主觀色彩強，較有把握的推斷。中文意思是：「(按理說)應該…」。

例文 B

毎日5時間も勉強しているから、次は合格できるはずだ。

既然每天都足足用功五個鐘頭，下次應該能夠考上。

比較

● **はずが(は)ない**

不可能…、不會…、沒有…的道理

接續方法 {名詞の；形容動詞詞幹な；[形容詞・動詞]普通形}＋
はずが(は)ない

意思

【推斷】表示説話人根據事實、理論或自己擁有的知識，來推論某一事物不可能實現。是主觀色彩強，較有把握的推斷。

例文 b

そんなところに行って安全<ruby>行<rt>い</rt></ruby>って<ruby>安全<rt>あんぜん</rt></ruby>なはずがなかった。

去那種地方絕不可能安全的！

◆ 比較說明 ◆

「はずだ」表示推斷，是説話人根據事實或理論，做出有把握的推斷；「はずが（は）ない」也表推斷，是説話人推斷某事不可能發生。

はずだ【推斷】 例文B
次は合格

はずが（は）ない【推斷】 例文b

2 はずが（は）ない
不可能…、不會…、沒有…的道理

接續方法 {名詞の；形容動詞詞幹な；[形容詞・動詞] 普通形} ＋ はずが（は）ない

意思1

【推斷】表示説話人根據事實、理論或自己擁有的知識，來推論某一事物不可能實現。是主觀色彩強，較有把握的推斷。中文意思是：「不可能…、不會…、沒有…的道理」。

例文A

<ruby>漢字<rt>かんじ</rt></ruby>を 1 <ruby>日<rt>にち</rt></ruby> 100 <ruby>個<rt>こ</rt></ruby>も、<ruby>覚<rt>おぼ</rt></ruby>えられるはずがない

怎麼可能每天背下一百個漢字呢！

〖口語－はずない〗 用「はずない」，是較口語的用法。

例文

ここから学校まで急いでも 10 分で着くはずない。

從這裡到學校就算拚命衝，也不可能在十分鐘之內趕到。

比較

● にちがいない

一定是…、准是…

接續方法 {名詞；形容動詞詞幹；[形容詞・動詞] 普通形} ＋
にちがいない

意思

【肯定推測】 表示說話人根據經驗或直覺，做出非常肯定的判斷，
相當於「きっと～だ」。

例文 a

彼女はかわいくてやさしいから、もてるに違いない。

她既可愛又溫柔，想必一定很受大家的喜愛。

◆ 比較說明 ◆

「にちがいない」表示推斷，表示說話人根據經驗或直覺，做出非
常肯定的判斷某事會發生；「はずがない」表示肯定推測，說話人
推斷某事不可能發生。

はずがない【推斷】
例文A

にちがいない【肯定推測】
例文a

3 そう
好像…、似乎…

接續方法 {[形容詞・形容動詞]詞幹;動詞ます形}＋そう

意思1

【樣態】 表示説話人根據親身的見聞，如周遭的狀況或事物的外觀，而下的一種判斷。中文意思是：「好像…、似乎…」。

例文A

このケーキ、おいしそう。

這塊蛋糕看起來好好吃。

補充1

〖よい－よさそう〗 形容詞「よい」、「ない」接「そう」，會變成「よさそう」、「なさそう」。

例 文

「ここにあるかな。」「なさそうだね。」

「那東西會在這裡嗎？」「好像沒有喔。」

補充2

〖女性－そうね〗 會話中，當説話人為女性時，有時會用「そうね」。

例 文

眠そうね。昨日何時に寝たの。

你看起來快睡著了耶。昨天幾點睡的？

比較

● そうだ
聽說…、據說…

接續方法 {[名詞・形容詞・形動容詞・動詞]普通形}＋そうだ

意　思

【傳聞】 表示傳聞。表示不是自己直接獲得的，而是從別人那裡、報章雜誌或信上等處得到該信息。

例文 a

新聞によると、今度の台風はとても大きいそうだ。

報上說這次的颱風會很強大。

◆ 比較說明 ◆

「そう」表示樣態，前接動詞ます形或形容詞・形容動詞詞幹，用在根據親身的見聞，意思是「好像」；「そうだ」表示傳聞，前接用言終止形或「名詞＋だ」，用在說話人表示自己聽到的或讀到的信息時，意思是「聽說」。

🎧 **Track 046**

4 ようだ
(1) 像…一樣的、如…似的；(2) 好像…

意思 1

【比喻】 {名詞の；動詞辭書形；動詞た形}＋ようだ。把事物的狀態、形狀、性質及動作狀態，比喻成一個不同的其他事物。中文意思是：「像…一樣的、如…似的」。

例文 A

彼はまるで子供のように遊んでいる。

瞧瞧他玩得像個孩子似的。

【推斷】｛名詞の；形容動詞詞幹な；[形容詞・動詞]普通形｝＋ようだ。用在說話人從各種情況，來推測人或事物是後項的情況，通常是說話人主觀、根據不足的推測。中文意思是：「好像…」。

例文B

野田<ruby>野田<rt>の だ</rt></ruby>さんは、お酒<ruby>酒<rt>さけ</rt></ruby>が好<ruby>好<rt>す</rt></ruby>きなようだった。

聽說野田先生以前很喜歡喝酒。

補　充

〖**活用同形容動詞**〗「ようだ」的活用跟形容動詞一樣。

比較

● みたい（だ）、みたいな

好像…

接續方法 ｛名詞；形容動詞詞幹；[動詞・形容詞]普通形｝＋みたい（だ）、みたいな

意　思

【推斷】 表示不是很確定的推測或判斷。

例文b

何<ruby>何<rt>なん</rt></ruby>だかだるいな。風邪<ruby>風邪<rt>か ぜ</rt></ruby>をひいたみたいだ。

怎麼覺得全身倦怠，好像感冒了。

◆ 比較說明 ◆

「ようだ」跟「みたいだ」意思都是「好像」，都是不確定的推測，但「ようだ」前接名詞時，用「Ｎ＋の＋ようだ」；「みたいだ」大多用在口語，前接名詞時，用「Ｎ＋みたいだ」。

ようだ【推斷】 例文B

みたい（だ）【推斷】 例文b

5 らしい

(1) 像…樣子、有…風度；(2) 好像…、似乎…；(3) 說是…、好像…

接續方法 {名詞；形容動詞詞幹；[形容詞・動詞] 普通形} ＋らしい

意思1

【樣子】 表示充分反應出該事物的特徵或性質。中文意思是：「像…樣子、有…風度」。

例文A

日本らしいお土産を買って帰ります。

我會買些具有日本傳統風格的伴手禮帶回去。

意思2

【據所見推測】 表示從眼前可觀察的事物等狀況，來進行想像性的客觀推測。中文意思是：「好像…、似乎…」。

例文B

人身事故があった。電車が遅れるらしい。

電車行駛時發生了死傷事故，恐怕會延遲抵達。

意思3

【據傳聞推測】 表示從外部來的，是說話人自己聽到的內容為根據，來進行客觀推測。含有推測、責任不在自己的語氣。中文意思是：「說是…、好像…」。

天気予報によると、明日は大雨らしい。

氣象預報指出，明日將有大雨發生。

比較

● ようだ

好像…

接續方法 {名詞の；形容動詞詞幹な；[形容詞・動詞] 普通形} ＋
ようだ

意　思

【推斷】 用在説話人從各種情況，來推測人或事物是後項的情況，
通常是説話人主觀、根據不足的推測。

例文 c

後藤さんは、お肉がお好きなようだった。

聽說後藤先生早前喜歡吃肉。

◆ 比較說明 ◆

「らしい」通常傾向根據傳聞或客觀的證據，做出推測；「ようだ」
比較是以自己的想法或經驗，做出推測。

6 がする
感到…、覺得…、有…味道

接續方法 {名詞}＋がする

意思1

【樣態】 前面接「かおり（香味）、におい（氣味）、味（味道）、音（聲音）、感じ（感覺）、気（感覺）、吐き気（噁心感）」等表示氣味、味道、聲音、感覺等名詞，表示説話人通過感官感受到的感覺或知覺。中文意思是：「感到…、覺得…、有…味道」。

例文A

今は晴れているけど、明日は雨が降るような気がする。

今天雖然是晴天，但我覺得明天好像會下雨。

比較

● ようにする

爭取做到…

接續方法 {動詞辭書形；動詞否定形}＋ようにする

意思

【意志】 表示説話人自己將前項的行為、狀況當作目標而努力，或是説話人建議聽話人採取某動作、行為時。

例文a

人の悪口を言わないようにしましょう。

努力做到不去説別人的壞話吧！

◆ 比較說明 ◆

「がする」表示樣態，表示感覺，沒有自己的意志和意圖；「ようにする」表示意志，表示説話人自己將前項的行為、狀況當作目標而努力，或是説話人建議聽話人採取某動作、行為，是擁有自己的意志和意圖的。

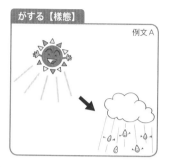

🎧 Track 049

7　かどうか
是否…、…與否

接續方法 {名詞；形容動詞詞幹；[形容詞・動詞] 普通形} ＋かどうか

意思 1

【不確定】 表示從相反的兩種情況或事物之中選擇其一。「かどうか」前面的部分是不知是否屬實。中文意思是：「是否…、…與否」。

例文A

あの店の料理はおいしいかどうか分かりません。

我不知道那家餐廳的菜到底好不好吃。

比較

● か～か～
…或是…

接續方法 {名詞} ＋か＋ {名詞} ＋か；{形容詞普通形} ＋か＋ {形容詞普通形} ＋か；{形容動詞詞幹} ＋か＋ {形容動詞詞幹} ＋か；{動詞普通形} ＋か＋ {動詞普通形} ＋か

意思

【選擇】「か」也可以接在選擇項目的後面。跟「～か～」一樣，表示在幾個當中，任選其中一個。

古沢さんか清水さんか、どちらかがやります。

會由古澤小姐或清水小姐其中一位來做。

◆ 比較說明 ◆

「かどうか」前面的部分接不知是否屬實的事情或情報；「か～か～」表示在幾個當中，任選其中一個。「か」的前後放的是確實的事情或情報。

かどうか【不確定】

例文 A

Restaurant

か～か～【選擇】

例文 a

古沢さんか清水さん

🎧 Track 050

8 だろう
…吧

接續方法 {名詞；形容動詞詞幹；[形容詞・動詞] 普通形} ＋だろう

意思 1

【推斷】 使用降調，表示說話人對未來或不確定事物的推測，且說話人對自己的推測有相當大的把握。中文意思是：「…吧」。

例文 A

彼は来ないだろう。

他大概不會來吧。

補充 1

〖常接副詞〗 常跟副詞「たぶん（大概）、きっと（一定）」等一起使用。

明日の試験はたぶん難しいだろう。

明天的考試恐怕很難喔。

補充2

〖女性用－でしょう〗口語時女性多用「でしょう」。

例 文

今夜はもっと寒くなるでしょう。

今晚可能會變得更冷吧。

比較

●（だろう）とおもう

（我）想…、（我）認為…

接續方法 {[名詞・形容詞・形容動詞・動詞]普通形}＋（だろう）とおもう

意 思

【推斷】意思幾乎跟「だろう」（…吧）相同，不同的是「とおもう」比「だろう」更清楚地講出推測的內容，只不過是說話人主觀的判斷，或個人的見解。而「だろうとおもう」由於說法比較婉轉，所以讓人感到比較鄭重。

例文 a

彼は独身だろうと思います。

我猜想他是單身。

◆ 比較說明 ◆

「だろう」表示推斷，可以用在把自己的推測跟對方說，或自言自語時；「（だろう）とおもう」也表推斷，只能用在跟對方說自己的推測，而且也清楚表達這個推測是說話人個人的見解。

9 （だろう）とおもう

（我）想…、（我）認為…

接續方法 {[名詞・形容詞・形容動詞・動詞]普通形}＋（だろう）とおもう

意思 1

【推斷】 意思幾乎跟「だろう（…吧）」相同，不同的是「とおもう」比「だろう」更清楚地講出推測的內容，只不過是說話人主觀的判斷，或個人的見解。而「だろうとおもう」由於說法比較婉轉，所以讓人感到比較鄭重。中文意思是：「（我）想…、（我）認為…」。

例文 A

<ruby>今日<rt>きょう</rt></ruby><ruby>中<rt>じゅう</rt></ruby>に<ruby>仕事<rt>しごと</rt></ruby>が<ruby>終<rt>お</rt></ruby>わらないだろうと<ruby>思<rt>おも</rt></ruby>っている。

我認為今天之內恐怕無法完成工作。

比較

● とおもう

覺得…、認為…、我想…、我記得…

接續方法 {[名詞・形容詞・形容動詞・動詞]普通形}＋とおもう

意思

【推斷】 表示說話者有這樣的想法、感受、意見。「とおもう」只能用在第一人稱。前面接名詞或形容動詞時要加上「だ」。

例文 a

お金を好きなのは悪くないと思います。

我認為愛錢並沒有什麼不對。

◆ 比較說明 ◆

「（だろう）とおもう」表示推斷，表示説話人對未來或不確定事物的推測；「とおもう」也表推斷，表示説話者有這樣的想法、感受及意見。

🎧 Track 052

10 とおもう
覺得…、認為…、我想…、我記得…

接續方法 {[名詞・形容詞・形容動詞・動詞] 普通形}＋とおもう

意思1

【推斷】 表示説話者有這樣的想法、感受及意見，是自己依照情況而做出的預測、推想。「とおもう」只能用在第一人稱。前面接名詞或形容動詞時要加上「だ」。中文意思是：「覺得…、認為…、我想…、我記得…」。

例文A

日本語の勉強は面白いと思う。

我覺得學習日文很有趣。

● とおもっている

認為…

接續方法 { [名詞・形容詞・形容動詞・動詞] 普通形} ＋とおもっている

意 思

【推斷】 表示思考、意見、念頭或判斷的內容從之前就有了，一直持續到現在。除了說話人之外，也用在引用第三者做出的主觀推斷。

例文 a

私はあの男が犯人だと思っている。

我一直都認為那男的是犯人。

◆ 比較說明 ◆

「とおもう」表示推斷，表示說話人當時的想法、意見等；「とおもっている」也表推斷，表示想法從之前就有了，一直持續到現在。另外，「とおもっている」的主語沒有限制一定是說話人。

Track 053

11 かもしれない

也許…、可能…

接續方法 {名詞；形容動詞詞幹；[形容詞・動詞] 普通形} ＋かもしれない

意思1

【推斷】 表示說話人說話當時的一種不確切的推測。推測某事物的正確性雖低，但是有可能的。肯定跟否定都可以用。跟「かもしれない」相比，「とおもいます」、「だろう」的說話者，對自己推測都有較大的把握。其順序是：とおもいます＞だろう＞かもしれない。中文意思是：「也許…、可能…」。

例文 A

パソコンの調子が悪いです。故障かもしれません。

電腦操作起來不太順，或許故障了。

比較

● はずだ

（按理說）應該…

接續方法 {名詞の；形容動詞詞幹な；[形容詞・動詞]普通形}＋
はずだ

意思

【推斷】 表示說話人根據事實、理論或自己擁有的知識來推測出結果，是主觀色彩強，較有把握的推斷。

例文 a

金曜日の３時ですか。大丈夫なはずです。

星期五的三點嗎？應該沒問題。

◆ 比較說明 ◆

「かもしれない」表示推斷，用在正確性較低的推測；「はずだ」也表推斷，是說話人根據事實或理論，做出有把握的推斷。

5 実力テスト

做對了，往😊走，做錯了往❌走。

次の文の_____にはどんな言葉を入れたらよいか。1・2から最も適当なものをひとつ選びなさい。

實力測驗
Q 哪一個是正確的？

1 理恵ちゃんは、男は全部自分のものだ（　　）。
1. と思う　　2. と思っている

譯
1. と思う：覺得…
2. と思っている：認為…

2 高かったんだから、きっとおいしい（　　）。
1. かもしれない　　2. はずだ

譯
1. かもしれない：也許…
2. はずだ：應該

3 お金が空から降って（　　）。
1. こないはずだ
2. くるはずがない

譯
1. こないはずだ：應該不會來
2. くるはずがない：絕不可能來

4 水も食べ物もなくて、（　　）になりました。
1. 死にそう　　2. 死ぬそう

譯
1. 死にそう：好像要死掉
2. 死ぬそう：聽說會死掉

5 坂本君に好きな人がいる（　　）知りたいです。
1. がどうか　　2. かどうか

譯
1. がどうか：…如何呢
2. かどうか：是否…

6 あそこの家、幽霊が出る（　　）よ。
1. らしい　　2. ようだ

譯
1. らしい：聽說
2. ようだ：好像

答案：(1) 2 (2) 2 (3) 2
(4) 1 (5) 2 (6) 1

可能、難易、程度、引用と対象

1 ことがある
2 ことができる
3 （ら）れる
4 やすい
5 にくい
6 すぎる
7 数量詞＋も
8 そうだ
9 という
10 ということだ
11 について(は)、につき、についても、についての

Track 054

1 ことがある
(1) 有過…但沒有過…；(2) 有時…、偶爾…

接續方法 {動詞辭書形；動詞否定形}＋ことがある

意思1

【經驗】 也有用「ことはあるが、ことはない」的形式，通常內容為談話者本身經驗。中文意思是：「有過…但沒有過…」。

例文A

わたし ちこく やす
私は遅刻することはあるが、休むことはない。

我雖然曾遲到，但從沒請過假。

意思2

【不定】 表示有時或偶爾發生某事。中文意思是：「有時…、偶爾…」。

例文B

ともだち い
友達とカラオケに行くことがある。

我和朋友去過卡拉ＯＫ。

補充

〖**常搭配頻度副詞**〗 常搭配「ときどき（有時）、たまに（偶爾）」等表示頻度的副詞一起使用。

私^{わたし}たちはときどき、仕事^{しごと}の後^{あと}に飲^のみに行^いくことがあります。

我們經常會在下班後相偕喝兩杯。

比較

● ことができる

能…、會…

接續方法 {動詞辭書形}＋ことができる

意 思

【能力】 表示技術上、身體的能力上，是有能力做的。

例文b

3回目^{かいめ}の受験^{じゅけん}で、やっとN4に合格^{ごうかく}することができた。

第三次應考，終於通過了日檢N4測驗。

◆ 比較說明 ◆

「ことがある」表示不定，表示有時或偶爾發生某事；「ことができる」表示能力，也就是能做某動作、行為。

ことがある【不定】
例文B

ことができる【能力】
例文b

N4
合格

🎧 Track 055

2 ことができる
(1) 可能、可以；(2) 能…、會…

接續方法 {動詞辭書形}＋ことができる

【可能性】 表示在外部的狀況、規定等客觀條件允許時可能做。中文意思是：「可能、可以」。

例文A

午後3時まで体育館を使うことができます。

在下午三點之前可以使用體育館。

意思2

【能力】 表示技術上、身體的能力上，是有能力做的。中文意思是：「能…、會…」。

例文B

中山さんは 100 m泳ぐことができます。

中山同學能夠游一百公尺。

補 充

〔**更書面語**〕 這種說法比「可能形」還要書面語一些。

比較

● (ら) れる

會…、能…

接續方法 {[一段動詞・カ變動詞] 可能形}＋られる；{五段動詞可能形；サ變動詞可能形さ}＋れる

意 思

【能力】 表示可能，跟「ことができる」意思幾乎一樣。只是「可能形」比較口語。表示技術上、身體的能力上，是具有某種能力的。

例文b

マリさんはお箸が使えますか。

瑪麗小姐會用筷子嗎？

◆ 比較說明 ◆

「ことができる」跟「（ら）れる」都表示技術上，身體能力上，具有某種能力，但接續不同，前者用「動詞辭書形＋ことができる」；後者用「一段動詞・カ變動詞可能形＋られる」或「五段動詞可能形；サ變動詞可能形さ＋れる」。另外，「ことができる」是比較書面的用法。

ことができる【能力】
例文B

（ら）れる【能力】
例文b

🎧 Track 056

3 （ら）れる
(1) 會…、能…；(2) 可能、可以

接續方法 {[一段動詞・カ變動詞] 可能形}＋られる；{五段動詞可能形；サ變動詞可能形さ}＋れる

意思1

【能力】 表示可能，跟「ことができる」意思幾乎一樣。只是「可能形」比較口語。表示技術上、身體的能力上，是具有某種能力的。中文意思是：「會…、能…」。

例文A

森さんは 100 mを 11 秒で走れる。
もり　　　　メートル　　　　びょう　はし

森同學跑百公尺只要十一秒。

補充

〖助詞變化〗 日語中他動詞的對象用「を」表示，但是在使用可能形的句子裡「を」常會改成「が」，但「に、へ、で」等保持不變。

<ruby>私<rt>わたし</rt></ruby>は<ruby>英語<rt>えいご</rt></ruby>とフランス<ruby>語<rt>ご</rt></ruby>が<ruby>話<rt>はな</rt></ruby>せます。

我會說英語和法語。

意思2

【可能性】從周圍的客觀環境條件來看，有可能做某事。中文意思是：「可能、可以」。

例文B

いつかあんな<ruby>高<rt>たか</rt></ruby>い<ruby>車<rt>くるま</rt></ruby>が<ruby>買<rt>か</rt></ruby>えるといいですね。

如果有一天買得起那種昂貴的車，該有多好。

補充

〔否定形－（ら）れない〕 否定形是「（ら）れない」為「不會…；不能…」的意思。

例文

<ruby>土曜日<rt>どようび</rt></ruby>なら<ruby>大丈夫<rt>だいじょうぶ</rt></ruby>ですが、<ruby>日曜日<rt>にちようび</rt></ruby>は<ruby>出<rt>で</rt></ruby>かけられません。

星期六的話沒問題，如果是星期天就不能出門了。

比較

● できる

會…、能…

接續方法 {名詞}＋ができる

意思

【可能性】表示可能性，表示在某條件的影響下，是否有可能去做某事之意。也表示個人的能力。一般指某人所通曉的技能，如樂器、體育、外語等。

例文b

<ruby>今週<rt>こんしゅう</rt></ruby>は<ruby>忙<rt>いそが</rt></ruby>しくてテニスができませんでした。

這週很忙，所以沒能打網球。

◆ 比較說明 ◆

「（ら）れる」與「できる」都表示在某條件下，有可能會做某事。

（ら）れる【可能性】

例文 B

できる【可能性】

テニス ✕

例文 b

4 やすい
容易…、好…

接續方法 {動詞ます形}＋やすい

意思 1

【容易】 表示該行為、動作很容易做，該事情很容易發生，或容易發生某種變化，亦或是性質上很容易有那樣的傾向，與「にくい」相對。中文意思是：「容易…、好…」。

例文 A

ここは便利で住みやすい。

這地方生活便利，住起來很舒適。

補 充

〔變化跟い形容詞同〕「やすい」的活用變化跟「い形容詞」一樣。

例 文

山口先生の話は分かりやすくて面白いです。

山口教授講起話來簡單易懂又風趣。

比較

● にくい

不容易…、難…

接續方法 {動詞ます形}＋にくい

【困難】 表示該行為、動作不容易做，該事情不容易發生，或不容易發生某種變化，亦或是性質上很不容易有那樣的傾向。「にくい」的活用跟「い形容詞」一樣。並且與「やすい」(容易…、好…)相對。

例文 a

このコンピューターは、使<ruby>使<rt>つか</rt></ruby>いにくいです。

這台電腦很不好用。

◆ 比較說明 ◆

「やすい」和「にくい」意思相反，「やすい」表示某事很容易做；「にくい」表示某事做起來有難度。

🎧 Track 058

5 にくい
不容易…、難…

接續方法 {動詞ます形}＋にくい

意思1

【困難】 表示該行為、動作不容易做，該事情不容易發生，或不容易發生某種變化，亦或是性質上很不容易有那樣的傾向。「にくい」的活用跟「い形容詞」一樣。與「やすい (容易…、好…)」相對。中文意思是：「不容易…、難…」。

例文 A

この<ruby>薬<rt>くすり</rt></ruby>は、<ruby>苦<rt>にが</rt></ruby>くて<ruby>飲<rt>の</rt></ruby>みにくいです。

這種藥很苦，不容易嚥下去。

● づらい
…難、不便…、不好

接續方法 {動詞ます形}＋づらい

意　思

【困難】 表示進行某動作，就會引起肉體或精神上的困難、不便或歉意的感覺。算是書面用語。

例文 a

石が多くて歩きづらい。

石子多，不好走。

◆ 比較說明 ◆

「にくい」是敘述客觀的不容易、不易的狀態；「づらい」是說話人由於心理或肉體上的因素，感覺做某事有困難。

🎧 Track 059

6 すぎる
太…、過於…

接續方法 {[形容詞・形容動詞] 詞幹；動詞ます形}＋すぎる

意思1

【程度】 表示程度超過限度，超過一般水平、過份的或因此不太好的狀態。中文意思是：「太…、過於…」。

昨日は食べすぎてしまった。胃が痛い。

昨天吃太多了，胃好痛。

〖否定形〗 前接「ない」，常用「なさすぎる」的形式。

例 文

学生なのに勉強しなさすぎるよ。

現在還是學生，未免太不用功了吧！

〖よすぎる〗 另外，前接「良い（いい／よい）（優良）」，不會用「いすぎる」，必須用「よすぎる」。

例 文

初めて会った人にお金を貸すとは、人が良すぎる。

第一次見面的人就借錢給對方，心腸未免太軟了。

比較

● **すぎ**

過…

接續方法 {時間・年齢}＋すぎ

意 思

【程度】 表示時間或年齡的超過。

例文a

50 すぎになると体力が落ちる。

一過 50 歲體力就大減了。

◆ 比較說明 ◆

「すぎる」表示程度，用在程度超過一般狀態；「すぎ」也表程度，用在時間或年齡的超過。

すぎる【程度】　例文A

すぎ【程度】　例文a

7 数量詞＋も

(1) 好…;(2) 多達…

接續方法 {數量詞} ＋も

意思1

【數量多】 用「何＋助數詞＋も」，像是「何回も（好幾回）、何度も（好幾次）」等，表示實際的數量或次數並不明確，但説話者感覺很多。中文意思是：「好…」。

例文A

昨日はコーヒーを何杯も飲んだ。

昨天喝了好幾杯咖啡。

意思2

【強調】 前面接數量詞，用在強調數量很多、程度很高的時候，由於因人物、場合等條件而異，所以前接的數量詞雖不一定很多，但還是表示很多。中文意思是：「多達…」。

例文B

彼はウイスキーを3本も買った。

他足足買了三瓶威士忌。

● ばかり

淨…、光…

接續方法 {名詞} ＋ばかり

意 思

【強調】 表示數量、次數非常多。

例文 b

漫画_{まんが}ばかりで、本_{ほん}は全然_{ぜんぜん}読_よみません。

光看漫畫，完全不看書。

◆ 比較說明 ◆

「數量詞＋も」與「ばかり」都表示強調數量很多，但「ばかり」的前面接的是名詞或動詞て形。

数量詞＋も【強調】　例文 B

ばかり【強調】　例文 b

🎧 Track 061

8 そうだ
聽說…、據說…

接續方法 {[名詞・形容詞・形容動詞・動詞] 普通形} ＋そうだ

意思1

【傳聞】 表示傳聞。表示不是自己直接獲得的，而是從別人那裡、報章雜誌或信上等處得到該信息。中文意思是：「聽說…、據說…」。

平野さんの話によると、あの二人は来月結婚するそうです。

我聽平野先生說，那兩人下個月要結婚了。

補充1

〖消息來源〗表示信息來源的時候，常用「によると」（根據）或「〜の話では」（說是…）等形式。

例　文

メールによると、花子さんは来月引っ越しをするそうです。

電子郵件裡提到，花子小姐下個月要搬家了。

補充2

〖女性－そうよ〗說話人為女性時，有時會用「そうよ」。

例　文

おばあさんの話では、おじいさんは若いころモテモテだったそうよ。

據奶奶的話說，爺爺年輕時很多女人倒追他呢！

比較

● ということだ

聽說…、據說…

接續方法 {簡體句}＋ということだ

意　思

【傳聞】表示傳聞，直接引用的語感強。一定要加上「という」。

例文a

来週から暑くなるということだから、扇風機を出しておこう。

聽說下星期會變熱，那就先把電風扇拿出來吧。

兩者都表示傳聞。「そうだ」不能改成「そうだった」，不過「ということだ」可以改成「ということだった」。另外，當知道傳聞與事實不符，或傳聞內容是推測的時候，不用「そうだ」，而是用「ということだ」。

そうだ【傳聞】

例文 A

ということだ【傳聞】

例文 a

暑くなる

🎧 Track 062

9 という
(1) 叫做…；(2) 說…（是）…

接續方法 {名詞；普通形}＋という

意思 1

【介紹名稱】前面接名詞，表示後項的人名、地名等名稱。中文意思是：「叫做…」。

例文 A

森田さんという男の人をご存知ですか。
もり た　　　　　　　おとこ ひと　　　　ぞん じ

您認識一位姓森田的先生嗎？

意思 2

【說明】用於針對傳聞、評價、報導、事件等內容加以描述或說明。

例文 B

鈴木さんが来年、京都へ転きんするという噂を聞いた。
すず き　　　　らいねん きょう と　てん　　　　　　　　うわさ き

我聽說了鈴木小姐明年將會調派京都上班的傳聞。

● と言う

某人說…(是)…

接續方法 {句子}＋と言う

意 思

【引用】 表示直接引述某人講的話，而且以括號把原文轉述的話框起來。

例文 b

田中<ruby>さん<rt></rt></ruby>は「<ruby>明日<rt>あした</rt></ruby>アメリカに<ruby>行<rt>い</rt></ruby>く」と<ruby>言<rt>い</rt></ruby>っていましたよ。

田中先生說：「我明天去美國」。

◆ 比較說明 ◆

「という」表示說明，針對傳聞等內容提出來作說明；「と言う」表示引用，表示引用某人說過、寫過，或是聽到的內容。

Track 063

10 ということだ

聽說…、據說…

接續方法 {簡體句}＋ということだ

意思1

【傳聞】 表示傳聞，直接引用的語感強。直接或間接的形式都可以使用，而且可以跟各種時態的動詞一起使用。一定要加上「という」。中文意思是：「聽說…、據說…」。

例文 A

王<ruby>ワン</ruby>さんは N2 に合格<ruby>ごうかく</ruby>したということだ。

聽說王同學通過了 N2 級測驗。

比較

● という

說是…

接續方法 {名詞；普通形}＋という

意　思

【說明】用於針對傳聞、評價、報導、事件等內容加以描述或說明。

例文 a

うちの会社<ruby>かいしゃ</ruby>は経営<ruby>けいえい</ruby>がうまくいっていないという噂<ruby>うわさ</ruby>だ。

傳出我們公司目前經營不善的流言。

◆ 比較說明 ◆

「ということだ」表示傳聞；「という」表示說明，也表示不確定但已經流傳許久的傳說。

ということだ【傳聞】　　　　という【說明】
例文 A　　　　　　　　　会社の経営…　　例文 a

🎧 Track 064

11　について (は)、につき、についても、についての
(1) 由於…；(2) 有關…、就…、關於…

接續方法 {名詞}＋について (は)、につき、についても、についての

【原因】要注意的是「につき」也有「由於…」的意思，可以根據前後文來判斷意思。

例文A

閉店につき、店の商品はすべて 90 ％ 引きです。

由於即將結束營業，店內商品一律以一折出售。

意思2

【對象】表示前項先提出一個話題，後項就針對這個話題進行說明。中文意思是：「有關…、就…、關於…」。

例文B

私はこの町の歴史について調べています。

我正在調查這座城鎮的歷史。

比較

● にたいして

向…、對（於）…

接續方法 {名詞} ＋にたいして

意 思

【對象】表示動作、感情施予的對象，有時候可以置換成「に」。

例文b

息子は、音楽に対して人一倍興味が強いです。

兒子對音樂的興趣非常濃厚。

◆ 比較說明 ◆

「について」表示對象，用來提示話題，再作說明；「にたいして」也表對象，表示動作施予的對象。

について【對象】　例文B

にたいして【對象】　例文b

MEMO

6

実力テスト
做對了，往 😊 走，做錯了往 ✖ 走。

次の文の_____にはどんな言葉を入れたらよいか。1・2から最も適当なものをひとつ選びなさい。

實力測驗
Q 哪一個是正確的？

1 私はバイオリンを弾く（　　）できる。
1. ことが　　　　2. ように

譯
1. ことが：事情
2. ように：為了

2 この本は字が大きいので、お年寄りでも読み（　　）です。
1. やすい　　　　2. にくい

譯
1. やすい：容易…
2. にくい：不容易…

3 ベッドが（　　）すぎて、腰が痛い。
1. 柔らかい　　　2. 柔らか

譯
1. 柔らかい：軟的
2. 柔らか：軟

4 週末はいい天気だろう（　　）。
1. そうだ　　　　2. ということだ

譯
1. そうだ：聽說…
2. ということだ：聽說…

5 先生でも間違える（　　）。
1. ことができる
2. ことがある

譯
1. ことができる：可能
2. ことがある：偶爾

6 彼女は、男性（　　）は態度が違う。
1. について　　　2. に対して

譯
1. について：有關…
2. に対して：對於…

答案：(1) 1 (2) 1 (3) 2
　　　(4) 2 (5) 2 (6) 2

Chapter 7

★★★★★

変化、比較、経験と付帯

1 ようになる
2 ていく
3 てくる
4 ことになる

5 ほど～ない
6 と～と、どちら
7 たことがある
8 ず（に）

🎧 Track 065

1 ようになる
（變得）…了

接續方法 {動詞辭書形；動詞可能形} ＋ようになる

意思1

【變化】 表示是能力、狀態、行為的變化。大都含有花費時間，使成為習慣或能力。動詞「なる」表示狀態的改變。中文意思是：「（變得）…了」。

例文A

日本に来て、漢字が少し読めるようになりました。

來到日本以後，漸漸能看懂漢字了。

比較

● ように
請…、希望…

接續方法 {動詞辭書形；動詞否定形} ＋ように

意 思

【祈求】 表示祈求、願望、希望、勸告或輕微的命令等。有希望成為某狀態，或希望發生某事態，向神明祈求時，常用「動詞ます形＋ますように」。

例文a

世界が平和になりますように。

祈求世界和平。

◆ 比較說明 ◆

「ようになる」表示變化，表示花費時間，才能養成的習慣或能力；
「ように」表示祈求，表示希望成為狀態、或希望發生某事態。

ようになる【變化】

例文 A

漢字

ように【祈求】

例文 a

世界が平和に

🎧 **Track 066**

2 ていく
(1)…下去；(2)…起來；(3)…去

接續方法 {動詞て形} ＋いく

意思1

【變化】 表示動作或狀態的變化。中文意思是：「…下去」。

例文 A

子供は大きくなると、親から離れていく。

孩子長大之後，就會離開父母的身邊。

意思2

【繼續】 表示動作或狀態，越來越遠地移動，或動作的繼續、順序，多指從現在向將來。中文意思是：「…起來」。

例文 B

今後は子供がもっと少なくなっていくでしょう。

看來今後小孩子會變得更少吧。

【**方向－由近到遠**】保留「行く」的本意，也就是某動作由近而遠，從説話人的位置、時間點離開。中文意思是：「…去」。

例文 C

主人はゴルフに行くので、朝早く出て行った。

外子要去打高爾夫球，所以一大早就出門了。

比較

● てくる

…來

接續方法 {動詞て形} ＋くる

意 思

【**方向－由遠到近**】保留「来る」的本意，也就是由遠而近，向説話人的位置、時間點靠近。

例文 c

大きな石ががけから落ちてきた。

巨石從懸崖掉了下來。

◆ 比較說明 ◆

「ていく」跟「てくる」意思相反，「ていく」表示某動作由近到遠，或是狀態由現在朝向未來發展；「てくる」表示某動作由遠到近，或是去某處做某事再回來。

ていく【方向－由近到遠】　例文 C

てくる【方向－由遠到近】　例文 c

3 てくる
(1)…起來；(2)…來；(3)…（然後再）來…；(4)…起來、…過來

接續方法 {動詞て形}＋くる

意思 1

【變化】表示變化的開始。中文意思是：「…起來」。

例文 A

風が吹いてきた。

颳起風了。

意思 2

【方向－由遠到近】保留「来る」的本意，也就是由遠而近、向說話人的位置、時間點靠近。中文意思是：「…來」。

例文 B

あちらに富士山が見えてきましたよ。

遠遠的那邊可以看到富士山喔。

意思 3

【去了又回】表示在其他場所做了某事之後，又回到原來的場所。中文意思是：「…（然後再）來…」。

例文 C

先週ディズニーランドへ行ってきました。

上星期去了迪士尼樂園。

意思 4

【繼續】表示動作從過去到現在的變化、推移，或從過去一直繼續到現在。中文意思是：「…起來、…過來」。

例文 D

この歌は人々に愛されてきた。

這首歌曾經廣受大眾的喜愛。

比較

● ておく
先…、暫且…

接續方法 {動詞て形}＋おく

意 思

【準備】 表示為將來做準備，也就是為了以後的某一目的，事先採取某種行為。

例文 d

お客さんが来るから、掃除をしておこう。

有客人要來，所以先打掃吧。

◆ 比較說明 ◆

「てくる」表示繼續，表示動作從過去一直繼續到現在，也表示出去再回來；「ておく」表示準備，表示為了達到某種目的，先採取某行為做好準備，並使其結果的狀態持續下去。

🎧 Track 068

ことになる
(1) 也就是說…；(2) 規定…；(3)（被）決定…

接續方法 {動詞辭書形；動詞否定形}＋ことになる

意思1

【換句話說】 指針對事情，換一種不同的角度或說法，來探討事情的真意或本質。中文意思是：「也就是說…」。

最近雨の日が多いので、つゆに入ったことになりますか。

最近常常下雨，已經進入梅雨季了嗎？

意思2

【約束】 以「ことになっている」的形式，表示人們的行為會受法律、約定、紀律及生活慣例等約束。中文意思是：「規定…」。

例文B

夏は、授業中に水を飲んでもいいことになっている。

目前允許夏季期間上課時得以飲水。

意思3

【決定】 表示決定。指説話人以外的人、團體或組織等，客觀地做出了某些安排或決定。中文意思是：「（被）決定…」。

例文C

ここで煙草を吸ってはいけないことになった。

已經規定禁止在這裡吸菸了。

補 充

〔婉轉宣布〕 用於婉轉宣布自己決定的事。

例 文

夏に帰国することになりました。

決定在夏天回國了。

比較

● ようになる

（變得）…了

接續方法 {動詞辭書形；動詞可能形}＋ようになる

意思

【變化】 表示是能力、狀態、行為的變化。大都含有花費時間，使成為習慣或能力。動詞「なる」表示狀態的改變。

例文 C

練習して、この曲はだいたい弾けるようになった。

練習後，這首曲子大致會彈了。

◆ 比較說明 ◆

「ことになる」表示決定，表示決定的結果。而某件事的決定跟自己的意志是沒有關係的；「ようになる」表示變化，表示行為能力或某種狀態變化的結果。

ことになる【決定】
例文 C

ようになる【變化】
例文 C

5 ほど〜ない
不像…那麼…、沒那麼…

接續方法 {名詞；動詞普通形}＋ほど〜ない

意思1

【比較】 表示兩者比較之下，前者沒有達到後者那種程度。這個句型是以後者為基準，進行比較的。中文意思是：「不像…那麼…、沒那麼…」。

例文 A

外は雨だけど、傘をさすほど降っていない。

外面雖然下著雨，但沒有大到得撐傘才行。

比較

● くらい（ぐらい）～はない

　沒什麼是…、沒有…像…一樣、沒有…比…的了

接續方法 {名詞}＋くらい（ぐらい）＋{名詞}＋はない

意　思

【最上級】表示前項程度極高，別的東西都比不上，是「最…」的事物。

例文 a

お母さんくらいいびきのうるさい人はいない。

再沒有比媽媽的鼾聲更吵的人了。

◆ 比較說明 ◆

「ほど～ない」表示比較，表示前者比不上後者，其中的「ほど」不能跟「くらい」替換；「くらい～はない」表示最上級，表示沒有任何人事物能比得上前者。

🎧 Track 070

6 と～と、どちら

在…與…中，哪個…

接續方法 {名詞}＋と＋{名詞}＋と、どちら（のほう）が

【比較】表示從兩個裡面選一個。也就是詢問兩個人或兩件事，哪一個適合後項。在疑問句中，比較兩個人或兩件事，用「どちら」。東西、人物及場所等都可以用「どちら」。中文意思是：「在…與…中，哪個…」。

例文A

ビールとワインと、どちらがよろしいですか。

啤酒和紅酒，哪一種比較好呢？

比較

● のなかで

…之中、…當中

接續方法 {名詞}＋のなかで

意思

【範圍】用在在進行三個以上的事物的比較時，而比較時總是有一個比較的範圍，就用這個句型。

例文a

私は四季の中で、秋が一番好きです。

四季中我最喜歡秋天。

◆ 比較說明 ◆

「と～と、どちら」表示比較，用在從兩個項目之中，選出一項適合後面敘述的；「のなかで」表示範圍，用在從廣闊的範圍裡，選出最適合後面敘述的。

と～と、どちら【比較】　例文A

のなかで【範圍】　例文a

7 たことがある
(1) 曾經…過；(2) 曾經…

接續方法 {動詞過去式} ＋たことがある

意思1

【特別經驗】 表示經歷過某個特別的事件，且事件的發生離現在已有一段時間，大多和「小さいころ（小時候）、むかし（以前）、過去に（過去）、今までに（到現在為止）」等詞前後呼應使用。中文意思是：「曾經…過」。

例文A

ふ じ さん　のぼ
富士山に登ったことがある。

我爬過富士山。

意思2

【一般經驗】 指過去曾經體驗過的一般經驗。中文意思是：「曾經…」。

例文B

スキーをしたことがありますか。

請問您滑過雪嗎？

比較

● ことがある
有時…、偶爾…

接續方法 {動詞辭書形；動詞否定形} ＋ことがある

意 思

【不定】 表示有時或偶爾發生某事。

例文b

ゆうじん　　さけ　の　い
友人とお酒を飲みに行くことがあります。

偶爾會跟朋友一起去喝酒。

「たことがある」表示一般經驗，用在過去的經驗；「ことがある」表示不定，表示有時候會做某事。

たことがある【一般經驗】	ことがある【不定】
例文 B	例文 b

8 ず（に）
不…地、沒…地

接續方法 {動詞否定形（去ない）}＋ず（に）

意思1

【否定】「ず」雖是文言，但「ず（に）」現在使用得也很普遍。表示以否定的狀態或方式來做後項的動作，或產生後項的結果，語氣較生硬，具有副詞的作用，修飾後面的動詞，相當於「ない（で）」。中文意思是：「不…地、沒…地」。

例文A

こんしゅう
今週はお金を使わずに生活ができた。

這一週成功完成了零支出的生活。

補充

〔せずに〕當動詞為サ行變格動詞時，要用「せずに」。

例文

がっこう　　　　かえ　　　　　　　　　しゅくだい　　　　　で　　い
学校から帰ってきて、宿題をせずに出て行った。

一放學回來，連功課都沒做就又跑出門了。

● まま

…著

接續方法 {名詞の；形容詞辭書形；形容動詞詞幹な；動詞た形}＋
まま

意　思

【附帶狀況】 表示附帶狀況，指一個動作或作用的結果，在這個
狀態還持續時，進行了後項的動作，或發生後項的事態。

例文 a

日本酒は冷たいままで飲むのが好きだ。

我喜歡喝冰的日本清酒。

◆ 比較說明 ◆

「ず（に）」表示否定，表示沒做前項動作的狀態下，做某事；「まま」
表示附帶狀況，表示維持前項的狀態下，做某事。

実力テスト
做對了，往 😊 走，做錯了往 ❌ 走。

次の文の_____にはどんな言葉を入れたらよいか。1・2から最も適当なものをひとつ選びなさい。

實力測驗
Q 哪一個是正確的？

1
前に屋久島に（　　）ことがある。
1. 行った　　　2. 行く

譯
1. 行った：去過
2. 行く：去

2
20歳になって、お酒が飲める（　　）。
1. ようにした　2. ようになった

譯
1. ようにした：使其變成…了
2. ようになった：變得…了

3
雨が降っ（　　）。
1. ていきました
2. てきました

譯
1. ていきました：…去了
2. てきました：…來了

4
納豆は臭豆腐ほど（　　）。
1. 臭くない
2. 臭い食べ物はない

譯
1. 臭くない：不臭
2. 臭い食べ物はない：沒有臭的食物

5
昔のことはどんどん忘れ（　　）。
1. てくる　　　2. ていく

譯
1. てくる：…起來
2. ていく：就會…下去

6
歯を（　　）寝てしまった。
1. 磨かずに　　2. 磨いたまま

譯
1. 磨かずに：沒有刷
2. 磨いたまま：刷著

答案：(1) 1 (2) 2 (3) 2
(4) 1 (5) 2 (6) 1

Chapter

8

★★★★★

行為の開始と終了等

1 ておく
2 はじめる
3 だす
4 ところだ
5 ているところだ

6 たところだ
7 てしまう
8 おわる
9 つづける
10 まま

🎧 Track 073

1 ておく
(1)…著；(2) 先…、暫且…

接續方法 {動詞て形}＋おく

意思1

【結果持續】 表示考慮目前的情況，採取應變措施，將某種行為的結果保持下去或放置不管。中文意思是：「…著」。

例文A

友達が来るからケーキを買っておこう。

朋友要來作客，先去買個蛋糕吧。

意思2

【準備】 表示為將來做準備，也就是為了以後的某一目的，事先採取某種行為。中文意思是：「先…、暫且…」。

例文B

漢字は、授業の前に予習しておきます。

漢字的部分會在上課前先預習。

補充

〖口語縮約形〗「ておく」口語縮約形式為「とく」，「でおく」的縮約形式是「どく」。例如：「言っておく（話先講在前頭）」縮略為「言っとく」。

田中君に明日 10 時に来て、って言っとくね。

記得轉告田中，明天十點來喔！

● 他動詞＋てある

…著、已…了

接續方法 {他動詞て形} ＋ある

意　思

【動作的結果－有意圖】 表示抱著某個目的、有意圖地去執行，當動作結束之後，那一動作的結果還存在的狀態。相較於「ておく」（事先…）強調為了某目的，先做某動作，「てある」強調已完成動作的狀態持續到現在。

例文 b

果物は冷蔵庫に入れてある。

水果已經放在冰箱裡了。

◆ 比較說明 ◆

「ておく」表示準備，表示為了某目的，先做某動作；「てある」表示動作的結果，表示抱著某個目的做了某事，而且已完成動作的狀態持續到現在。

2 はじめる
開始…

接續方法 {動詞ます形}＋はじめる

意思1

【起點】 表示前接動詞的動作、作用的開始，也就是某動作、作用很清楚地從某時刻就開始了。前面可以接他動詞，也可以接自動詞。中文意思是：「開始…」。

例文A

先月から猫を飼い始めました。

從上個月開始養貓了。

補充

〖はじめよう〗 可以和表示意志的「（よ）う／ましょう」一起使用。

比較
● だす
…起來、開始…

接續方法 {動詞ます形}＋だす

意思

【起點】 表示某動作、狀態的開始。

例文a

空が急に暗くなって、雨が降り出した。

天空突然暗下來，開始下起雨來了。

◆ 比較說明 ◆

兩者都表示起點，「はじめる」跟「だす」用法差不多，但動作開始後持續一段時間用「はじめる」；突發性的某動作用「だす」。另外，表說話人意志的句子不用「だす」。

🎧 Track 075

3 だす
…起來、開始…

接續方法 {動詞ます形}＋だす

意思 1

【起點】 表示某動作、狀態的開始。有以人的意志很難抑制其發生，也有短時間內突然、匆忙開始的意思。中文意思是：「…起來、開始…」。

例文 A

かい ぎ ちゅう しゃちょう きゅう おこ だ
会議中に社長が急に怒り出した。

開會時總經理突然震怒了。

補 充

〔× 說話意志〕 不能使用在表示說話人意志時。

比較

● かけ (の)、かける
做一半、剛…、開始…

接續方法 {動詞ます形}＋かけ (の)、かける

意 思

【中途】 表示動作，行為已經開始，正在進行途中，但還沒有結束，相當於「～している途中」。

読みかけの本が5、6冊たまっている。

剛看一點開頭的書積了五六本。

◆ 比較說明 ◆

「だす」表示起點，繼續的動作中，說話者的著眼點在開始的部分；
「かけ（の）」表示中途，表示動作已開始，做到一半。著眼點在進
行過程中。

🎧 Track 076

---

4 ところだ
剛要…、正要…

接續方法 {動詞辭書形}＋ところだ

意思 1

【將要】 表示將要進行某動作，也就是動作、變化處於開始之前的
階段。中文意思是：「剛要…、正要…」。

例文 A

今から山に登るところだ。

現在正準備爬山。

補 充

〖用在意圖行為〗 不用在預料階段，而是用在有意圖的行為，或
很清楚某變化的情況。

比較

● ているところだ

正在…、…的時候

接續方法 {動詞て形}＋いるところだ

意 思

【時點】 表示正在進行某動作，也就是動作、變化處於正在進行的階段。

例文 a

しゃちょう いまおく へ や ぎんこう ひと あ
社長は今奥の部屋で銀行の人と会っているところです。

總經理目前正在裡面的房間和銀行人員會談。

◆ 比較說明 ◆

「ところだ」表示將要，是指正開始要做某事；「ているところだ」表示時點，是指正在做某事，也就是動作進行中。

🎧 Track 077

5

ているところだ

正在…、…的時候

接續方法 {動詞て形}＋いるところだ

意思 1

【時點】 表示正在進行某動作，也就是動作、變化處於正在進行的階段。中文意思是：「正在…、…的時候」。

けいさつ　きのう　じこ　げんいん　しら
警察は昨日の事故の原因を調べているところです。

警察正在調查昨天那起事故的原因。

補 充

〖**連接句子**〗 如為連接前後兩句子，則可用「ているところに」。

例 文

かれ　はなし　　　　　　　　　　　　　かれ
彼の話をしているところに、彼がやってきた。

正說他，他人就來了。

比較

● ていたところだ

正在…

接續方法 {動詞て形} ＋いたところだ

意 思

【時點】 表示一直持續的事，剛結束的時間。

例文 a

いま　　　　はん　た
今、ご飯を食べていたところだ。

現在剛吃完飯。

◆ 比較說明 ◆

「ているところだ」表時點，表示動作、變化正在進行中的時間；
「ていたところだ」也表時點，表示從過去到句子所說的時點為止，
該狀態一直持續著。

ているところだ【時點】
例文 A

ていたところだ【時點】
例文 a

6 たところだ
剛…

接續方法 {動詞た形}＋ところだ

意思1

【時點】 表示剛開始做動作沒多久，也就是在「…之後不久」的階段。中文意思是：「剛…」。

例文A

さっき、仕事が終わったところです。

工作就在剛才結束了。

補 充

〔發生後不久〕 跟「たばかりだ」比較，「たところだ」強調開始做某事的階段，但「たばかりだ」則是一種從心理上感覺到事情發生後不久的語感。

例 文

この洋服は先週買ったばかりです。

這件衣服上週剛買的。

比較

● ているところ
正在…

接續方法 {動詞て形}＋いるところ

意 思

【時點】 表示事情正在進行中的眼前或目前這段時間。

例文a

心を落ち着けるために、手紙を書いているところです。

為了讓心情平靜下來，現在正在寫信。

◆ 比較說明 ◆

兩者都表示時點，意思是「剛…」之意，但「たところだ」只表示事情剛發生完的階段，「ているところ」則是事情正在進行中的階段。

たところだ【時點】

例文A

ているところ【時點】

例文a

🎧 Track 079

7

てしまう
(1)…完；(2)…了

接續方法 {動詞て形}＋しまう

意思1

【完成】 表示動作或狀態的完成，常接「すっかり（全部）、全部（全部）」等副詞、數量詞。如果是動作繼續的動詞，就表示積極地實行並完成其動作。中文意思是：「…完」。

例文A

おいしかったので、全部食べてしまった。

因為太好吃了，結果統統吃光了。

意思2

【感慨】 表示出現了說話人不願意看到的結果，含有遺憾、惋惜、後悔等語氣，這時候一般接的是無意志的動詞。中文意思是：「…了」。

例文B

電車に忘れ物をしてしまいました。

把東西忘在電車上了。

〖口語縮約形－ちゃう〗 若是口語縮約形的話「てしまう」是「ちゃう」,「でしまう」是「じゃう」。

例　文

ごめん、昨日のワイン飲んじゃった。

對不起，昨天那瓶紅酒被我喝完了。

比較

● おわる

結束、完了、…完

接続方法 {動詞ます形}＋おわる

意　思

【終點】 接在動詞ます形後面，表示前接動詞的結束、完了。

例文b

日記は、もう書き終わった。

日記已經寫好了。

◆ 比較說明 ◆

「てしまう」跟「おわる」都表示動作結束、完了，但「てしまう」用「動詞て形＋しまう」，常有說話人積極地實行，或感到遺憾、惋惜、後悔的語感；「おわる」用「動詞ます形＋おわる」，是單純的敘述。

8 おわる
結束、完了、…完

接續方法 {動詞ます形}＋おわる

意思1

【終點】 接在動詞ます形後面，表示事情全部做完了，或動作或作用結束了。動詞主要使用他動詞。中文意思是：「結束、完了、…完」。

例文A

がっこう お いえ かえ
学校が終わったら、すぐに家に帰ってください。

放學後，請立刻回家。

比較

● だす
…起來、開始…

接續方法 {動詞ます形}＋だす

意思

【起點】 表示某動作、狀態的開始。

例文a

はなし はんぶん わら だ
話はまだ半分なのに、もう笑い出した。

事情才說到一半，大家就笑起來了。

◆ 比較說明 ◆

「おわる」表示終點，表示事情全部做完了，或動作或作用結束了；「だす」表示起點，表示某動作、狀態的開始。

おわる【終點】 例文A

だす【起點】 例文a

🎧 Track 081

9 つづける
(1) 連續…、繼續…；(2) 持續…

接續方法 {動詞ます形} ＋つづける

意思1

【繼續】 表示連續做某動作，或還繼續、不斷地處於同樣的狀態。中文意思是：「連續…、繼續…」。

例文A

あす いちにちじゅうあめ ふ つづ
明日は一日中雨が降り続けるでしょう。

明日應是全天有雨。

意思2

【意圖行為的開始及結束】 表示持續做某動作、習慣，或某作用仍然持續的意思。中文意思是：「持續…」。

例文B

せんせい じしょ いま つか
先生からもらった辞書を今も使いつづけている。

老師贈送的辭典，我依然愛用至今。

補 充

〖**注意時態**〗 現在的事情用「つづけている」，過去的事情用「つづけました」。

● つづけている

持續…

接續方法 {動詞ます形} ＋つづけている

意　思

【意圖行為的開始及結束】 表示目前持續做某動作、習慣，或目前某作用仍然持續的意思。

例文 b

傷^{きず}から血^ちが流^{なが}れ続^{つづ}けている。

傷口血流不止。

◆ 比較說明 ◆

「つづける」跟「つづけている」都是指某動作處在「繼續」的狀態，但「つづけている」表示動作、習慣到現在仍持續著。

つづける
【意圖行為的開始及結束】
例文 B

つづけている
【意圖行為的開始及結束】
例文 b

🎧 Track 082

10 **まま**
…著

接續方法 {名詞の；形容詞辭書形；形容動詞詞幹な；動詞た形} ＋まま

【附帶狀況】 表示附帶狀況，指一個動作或作用的結果，在這個狀態還持續時，進行了後項的動作，或發生後項的事態。「そのまま」表示就這樣，不要做任何改變。中文意思是：「…著」。

例文A

クーラーをつけたままで寝てしまった。

冷氣開著沒關就這樣睡著了。

比較

● まだ

還…

意　思

【繼續】 表示同樣的狀態，從過去到現在一直持續著。

例文a

別れた恋人のことがまだ好きです。

依然對已經分手的情人戀戀不忘。

◆ **比較說明** ◆

「まま」表示附帶狀況，表示在前項沒有變化的情況下就做了後項；「まだ」表示繼續，表示某狀態從過去一直持續到現在，或表示某動作到目前為止還繼續著。

実力テスト

做對了，往 😊 走，做錯了往 ✖ 走。

次の文の_____にはどんな言葉を入れたらよいか。1・2から最も適当なものをひとつ選びなさい。

實力測驗
Q 哪一個是正確的？

1 ビールを冷やし（　　）。
1. ておきましょうか
2. てありましょうか

2 ピアノを習い（　　）つもりだ。
1. はじめる　　2. だす

譯
1. はじめる：開始…
2. だす：…起來

譯
1. ておきましょうか：先…呢
2. てありましょうか：Ｘ

3 もうすぐ7時のニュースが（　　）。
1. 始まるところだ
2. 始まっているところだ

譯
1. 始まるところだ：就要開始
2. 始まっているところだ：正在開始

4 急いでいたので、眼鏡を忘れた（　　）家を出た。
1. ばかり　　2. まま

譯
1. ばかり：老是…
2. まま：…著

5 失恋し（　　）。
1. てしまいました
2. 終わりました

6 祭りの夜、人々は朝まで踊り（　　）。
1. 続けた　　2. 終わった

譯
1. てしまいました：…了
2. 終わりました：結束了

譯
1. 続けた：持續…
2. 終わった：結束…

答案：(1) 1 (2) 1 (3) 1
　　　(4) 2 (5) 1 (6) 1

理由、目的と並列

1 し
2 ため(に)
3 ように
4 ようにする
5 のに
6 とか～とか

★★★★★

1 し
(1) 既…又…、不僅…而且…；(2) 因為…

接續方法 {[形容詞・形容動詞・動詞] 普通形}＋し

意思 1

【並列】 用在並列陳述性質相同的複數事物同時存在，或説話人認為兩事物是有相關連的時候。中文意思是：「既…又…、不僅…而且…」。

例文 A

田中先生は面白いし、みんなに親切だ。

田中老師不但幽默風趣，對大家也很和氣。

意思 2

【理由】 表示理由，但暗示還有其他理由。是一種表示因果關係較委婉的説法，但前因後果的關係沒有「から」跟「ので」那麼緊密。中文意思是：「因為…」。

例文 B

日本は物価が高いし、忙しいし、生活が大変です。

居住日本不容易，不僅物價高昂，而且人人繁忙。

比較

● から

因為…

接續方法 {[形容詞・動詞] 普通形}＋から；{名詞；形容動詞詞幹}＋だから

【原因】 表示原因、理由。一般用於説話人出於個人主觀理由，進行請求、命令、希望、主張及推測，是種較強烈的意志性表達。

例文 b

雨が降っているから、今日は出かけません。

因為正在下雨，所以今天不出門。

◆ 比較說明 ◆

「し」跟「から」都可表示理由，但「し」暗示還有其他理由，「から」則表示説話人的主觀理由，前後句的因果關係較明顯。

🎧 Track 084

2 ため (に)
(1) 以…為目的，做…、為了…；(2) 因為…所以…

意思1

【目的】 {名詞の；動詞辭書形}＋ため（に）。表示為了某一目的，而有後面積極努力的動作、行為，前項是後項的目標，如果「ため（に）」前接人物或團體，就表示為其做有益的事。中文意思是：「以…為目的，做…、為了…」。

例文 A

試合に勝つために、一生懸命練習をしています。

為了贏得比賽，正在拚命練習。

【理由】{名詞の；[動詞・形容詞] 普通形；形容動詞詞幹な}＋
ため（に）。表示由於前項的原因，引起後項不尋常的結果。中文
意思是：「因為…所以…」。

例文B

事故のために、電車が遅れている。

由於發生事故，電車將延後抵達。

比較
● ので
因為…

接續方法 {[形容詞・動詞] 普通形}＋ので；{名詞；形容動詞詞幹}＋
なので

意思

【原因】 表示原因、理由。前句是原因，後句是因此而發生的事。
「ので」一般用在客觀的自然的因果關係，所以也容易推測出結果。

例文b

うちの子は勉強が嫌いなので困ります。

我家的孩子討厭讀書，真讓人困擾。

◆ 比較說明 ◆

「ため（に）」跟「ので」都可以表示原因，但「ため（に）」後面
會接一般不太發生，比較不尋常的結果，前接名詞時用「Ｎ＋のた
め（に）」；「ので」後面多半接自然會發生的結果，前接名詞時用
「Ｎ＋なので」。

ため（に）【理由】	ので【原因】
例文B	例文b

3 ように

(1) 請…、希望…；(2) 以便…、為了…

接續方法 {動詞辭書形；動詞否定形}＋ように

意思 1

【祈求】 表示祈求、願望、希望、勸告或輕微的命令等。有希望成為某狀態，或希望發生某事態，向神明祈求時，常用「動詞ます形＋ますように」。中文意思是：「請…、希望…」。

例文 A

明日晴れますように。

祈禱明天是個大晴天。

補充

〔提醒〕用在老師提醒學生時或上司提醒部屬時。

例文

山田さんに、あとで事務所に来るように言ってください。

請轉告山田先生稍後過來事務所一趟。

意思 2

【目的】 表示為了實現「ように」前的某目的，而採取後面的行動或手段，以便達到目的。中文意思是：「以便…、為了…」。

例文 B

よく眠れるように、牛乳を飲んだ。

為了能夠睡個好覺而喝了牛奶。

比較

● ため（に）

以…為目的，做…、為了…

接續方法 {名詞の；動詞辭書形}＋ため（に）

【目的】表示為了某一目的，而有後面積極努力的動作、行為，前項是後項的目標，如果「ため（に）」前接人物或團體，就表示為其做有益的事。

例文b

ダイエットのために、ジムに通(かよ)う。

為了瘦身，而上健身房運動。

◆ **比較說明** ◆

「ように」跟「ため（に）」都表示目的，但「ように」用在為了某個期待的結果發生，所以前面常接不含人為意志的動詞（自動詞或動詞可能形等）；「ため（に）」用在為了達成某目標，所以前面常接有人為意志的動詞。

🎧 **Track 086**

4 ようにする
(1) 使其⋯；(2) 爭取做到⋯；(3) 設法使⋯

接續方法 {動詞辭書形；動詞否定形} ＋ようにする

意思1

【目的】表示對某人或事物，施予某動作，使其起作用。中文意思是：「使其⋯」。

例文A

子供(こども)が壊(こわ)さないように、眼鏡(めがね)を高(たか)い所(ところ)に置(お)いた。

為了避免小孩觸摸，把眼鏡擺在高處了。

【**意志**】表示説話人自己將前項的行為、狀況當作目標而努力,或是説話人建議聽話人採取某動作、行為時。中文意思是:「爭取做到…」。

例文 B

子供は電車では立つようにしましょう。
こども でんしゃ た

小孩在電車上就讓他站著吧。

意思 3

【**習慣**】如果要表示下決心要把某行為變成習慣,則用「ようにしている」的形式。中文意思是:「設法使…」。

例文 C

毎日、自分で料理を作るようにしています。
まいにち じぶん りょうり つく

目前每天都自己做飯。

比較

● ようになる
(變得)…了

接續方法 {動詞辭書形;動詞可能形}＋ようになる

意思

【**變化**】表示是能力、狀態、行為的變化。大都含有花費時間,使成為習慣或能力。動詞「なる」表示狀態的改變。

例文 c

心配しなくても、そのうちできるようになるよ。
しんぱい

不必擔心,再過一些時候就會了呀。

◆ **比較說明** ◆

「ようにする」表示習慣,指設法做到某件事;「ようになる」表示變化,表示養成了某種習慣、狀態或能力。

🎧 Track 087

5 のに
用於…、為了…

接續方法 {動詞辭書形}＋のに；{名詞}＋に

意思1

【目的】是表示將前項詞組名詞化的「の」，加上助詞「に」而來的。表示目的、用途、評價及必要性。中文意思是：「用於…、為了…」。

例文A

N4 に合格するのに、どれぐらい時間がいりますか。

若要通過 N4 測驗，需要花多久時間準備呢？

補 充

〖省略の〗後接助詞「は」時，常會省略掉「の」。

例 文

病気を治すには、時間が必要だ。

治好病，需要時間。

比較

● ため (に)
以…為目的，做…、為了…

接續方法 {名詞の；動詞辭書形}＋ため (に)

【目的】表示為了某一目的，而有後面積極努力的動作、行為，前項是後項的目標，如果「ため（に）」前接人物或團體，就表示為其做有益的事。

例文 a

日本（にほん）に留学（りゅうがく）するため、一生懸命（いっしょうけんめい）日本語（にほんご）を勉強（べんきょう）しています。

為了去日本留學而正在拚命學日語。

◆ 比較說明 ◆

「のに」跟「ため（に）」都表示目的，但「のに」用在「必要、用途、評價」上；「ため（に）」用在「目的、利益」上。另外，「のに」後面要接「使う（使用）、必要だ（必須）、便利だ（方便）、かかる（花〔時間、金錢〕）」等詞，用法沒有像「ため（に）」那麼自由。

🎧 Track 088

---

6 とか～とか

(1) 又…又…；(2) …啦…啦、…或…、及…

接續方法 {名詞；[形容詞・形容動詞・動詞] 辭書形}＋とか＋{名詞；[形容詞・形容動詞・動詞] 辭書形}＋とか

意思 1

【不明確】列舉出相反的詞語時，表示說話人不滿對方態度變來變去，或弄不清楚狀況。中文意思是：「又…又…」。

息子夫婦は、子供を産むとか産まないとか言って、もう
7年ぐらいになる。

我兒子跟媳婦一會兒又說要生小孩啦，一會兒又說不生小孩啦，這樣都
過七年了。

意思2

【列舉】「とか」上接同類型人事物的名詞之後，表示從各種同類
的人事物中選出幾個例子來說，或羅列一些事物，暗示還有其它，
是口語的說法。中文意思是：「…啦…啦、…或…、及…」。

例文B

寝る前は、コーヒーとかお茶とかを、あまり飲まない
ほうがいいです。

建議睡覺前最好不要喝咖啡或是茶之類的飲料。

補　充

〖只用とか〗有時「とか」僅出現一次。

例　文

日曜日は家事をします。掃除とか。

星期天通常做家事，譬如打掃之類的。

比較

● たり～たりする

又是…，又是…

接續方法 {動詞た形}＋り＋{動詞た形}＋り＋する

意　思

【列舉】可表示動作並列，意指從幾個動作之中，例舉出 2 、 3 個
有代表性的，並暗示還有其他的。

例文b

ゆうべのパーティーでは、飲んだり食べたり歌ったり
しました。

在昨晚那場派對上吃吃喝喝又唱了歌。

「とか～とか」與「たり～たりする」都表示列舉。但「たり」的
前面只能接動詞。

MEMO

_____

_____

_____

_____

_____

_____

_____

_____

_____

_____

_____

_____

_____

_____

9 実力テスト

做對了，往😊走，做錯了往❌走。

次の文の_____にはどんな言葉を入れたらよいか。1・2から最も適当なものをひとつ選びなさい。

實力測驗
Q 哪一個是正確的？

1
のどが痛い（　　）、鼻水も出る。
1. し　　　　　2. から

譯
1. し：不僅…而且…
2. から：因為…

2
地震（　　）、電車が止まった。
1. のために　　2. なのに

譯
1. のために：因為…
2. なのに：居然…

3
風邪をひかない（　　）、暖かくしたほうがいいよ。
1. ために　　2. ように

譯
1. ために：為了…
2. ように：為了…

4
宿題をする（　　）5時間もかかった。
1. のに　　　2. ために

譯
1. のに：用於…
2. ために：為了…

5
野菜不足ですね。できるだけ野菜をたくさん食べる（　　）ください。
1. ようにして　2. ようになって

譯
1. ようにして：記得要…
2. ようになって：變得…了

6
この島には、野菜（　　）果物（　　）おいしいものが、たくさんありますよ。
1. か〜か　　2. とか〜とか

譯
1. か〜か：…或是…或是
2. とか〜とか：…啦…啦

答案：（1）1（2）1（3）2
（4）1（5）1（6）2

150

Chapter

10

★★★★★

条件、順接と逆接

1 と
2 ば
3 たら
4 たら～た
5 なら
6 たところ

7 ても、でも
8 けれど(も)、けど
9 のに

🎧 Track 089

1 と

(1) 一…竟… ; (2) 一…就

接續方法 {[名詞・形容詞・形容動詞・動詞] 普通形（只能用在現在形及否定形)} ＋と

意思1

【契機】表示指引道路。也就是以前項的事情為契機，發生了後項的事情。中文意思是：「一…竟…」。

例文A

はこ　あ　　　　　　　　にんぎょう　はい
箱を開けると、人形が入っていた。

打開盒子一看，裡面裝的是玩具娃娃。

意思2

【條件】表示陳述人和事物的一般條件關係，常用在機械的使用方法、說明路線、自然的現象及反覆的習慣等情況，此時不能使用表示說話人的意志、請求、命令、許可等語句。中文意思是：「一…就」。

例文B

はる　　　　　　　　　さくら　さ
春になると、桜が咲きます。

春天一到，櫻花就會綻放。

● たら

要是…、如果要是…了、…了的話

接續方法 {[名詞・形容詞・形容動詞・動詞]た形}＋ら

意 思

【條件】 表示假定條件，當實現前面的情況時，後面的情況就會實現，但前項會不會成立，實際上還不知道。

例文 b

雨が降ったら、運動会は1週間延びます。
あめ ふ　　　　　　うんどうかい　　しゅうかん の

如果下雨的話，運動會將延後一週舉行。

◆ 比較說明 ◆

「と」表示條件，通常用在一般事態的條件關係，後面不接表示意志、希望、命令及勸誘等詞；「たら」也表條件，多用在單一狀況的條件關係，跟「と」相比，後項限制較少。

🎧Track 090

2 ば

(1)假如…的話；(2)假如…、如果…就…；(3)如果…的話

接續方法 {[形容詞・動詞]假定形；[名詞・形容動詞]假定形}＋ば

意思1

【限制】 後接意志或期望等詞，表示後項受到某種條件的限制。中文意思是：「假如…的話」。

時間があれば、明日映画に行きましょう。

有時間的話，我們明天去看電影吧。

意思2

【條件】 後接未實現的事物，表示條件。對特定的人或物，表示對未實現的事物，只要前項成立，後項也當然會成立。前項是焦點，敘述需要的是什麼，後項大多是被期待的事。中文意思是：「假如…、如果…就…」。

例文B

急げば次の電車に間に合います。

假如急著搭電車，還來得及搭下一班。

意思3

【一般條件】 敘述一般客觀事物的條件關係。如果前項成立，後項就一定會成立。中文意思是：「如果…的話」。

例文C

大雪が降れば、学校が休みになる。

若是下大雪，學校就會停課。

補充

〔**諺語**〕也用在諺語的表現上，表示一般成立的關係。「よし」為「よい」的古語用法。

例文

終わりよければ全てよし、という言葉があります。

有句話叫做：一旦得到好成果，過程如何不重要。

比較

● **なら**

　　如果…就…

[接續方法] {名詞；形容動詞詞幹；[動詞・形容詞] 辭書形} ＋なら

【條件】 表示接受了對方所説的事情、狀態、情況後，説話人提出了意見、勸告、意志、請求等。

例文 c

そんなにおいしいなら、私も今度その店に連れていってください。

如果真有那麼好吃，下次也請帶我去那家店。

◆ 比較説明 ◆

「ば」表示一般條件，前接用言假定形，表示前項成立，後項就會成立；「なら」表示條件，前接動詞・形容詞終止形、形容動詞詞幹或名詞，指説話人接收了對方説的話後，假設前項要發生，提出意見等。另外，「なら」前接名詞時，也可表示針對某人事物進行説明。

ば【一般條件】　例文 C

なら【條件】　例文 c

🎧 Track 091

3 たら
(1)…之後、…的時候；(2) 要是…、如果要是…了、…了的話

接續方法 {[名詞・形容詞・形容動詞・動詞] た形}＋ら

意思1

【契機】 表示確定的未來，知道前項的（將來）一定會成立，以其為契機做後項。中文意思是：「…之後、…的時候」。

病気がなおったら、学校へ行ってもいいよ。

等到病好了以後，可以去上學無妨喔。

意思2

【假定條件】 表示假定條件，當實現前面的情況時，後面的情況就會實現，但前項會不會成立，實際上還不知道。中文意思是：「要是…、如果要是…了、…了的話」。

例文B

大学を卒業したら、すぐ働きます。

等到大學畢業以後，我就要立刻就業。

比較

● たら～た

原來…、發現…、才知道…

接續方法 {[名詞・形容詞・形容動詞・動詞] た形}＋ら～た

意思

【確定條件】 表示說話者完成前項動作後，有了新發現，或是發生了後項的事情。

例文b

仕事が終わったら、もう9時だった。

工作做完，已經是九點了。

◆ **比較說明** ◆

「たら」表示假定條件；「たら～た」表示確定條件。

たら【假定條件】 例文B

たら～た【確定條件】 例文b

🎧 Track 092

4 たら～た
原來…、發現…、才知道…

接續方法 {[名詞・形容詞・形容動詞・動詞] た形}＋ら～た

意思1

【確定條件】 表示說話者完成前項動作後，有了新發現，或是發生了後項的事情。中文意思是：「原來…、發現…、才知道…」。

例文A

食べすぎたら太った。

暴飲暴食的結果是變胖了。

比較

• と
一…就

接續方法 {[名詞・形容詞・形容動詞・動詞] 普通形（只能用在現在形及否定形)}＋と

意思

【條件】 表示陳述人和事物的一般條件關係，常用在機械的使用方法、說明路線、自然的現象及反覆的習慣等情況，此時不能使用表示說話人的意志、請求、命令、許可等語句。

例文a

雪が溶けると、春になる。

積雪融化以後就是春天到臨。

「たら～た」表示前項成立後，發生了某事，或說話人新發現了某件事，這時前、後項的主詞不會是同一個；「と」表示前項一成立，就緊接著做某事，或發現了某件事，前、後項的主詞有可能一樣。此外，「と」也可以用在表示一般條件，這時後項就不一定接た形。

たら～た【確定條件】

例文A

と【條件】

例文a

Track 093

5 なら
如果…就…；…的話；要是…的話

接續方法 {名詞；形容動詞詞幹；[動詞・形容詞] 辭書形} ＋なら

意思1

【條件】 表示接受了對方所說的事情、狀態、情況後，說話人提出了意見、勸告、意志、請求等。中文意思是：「如果…就…」。

例文A

「この時計は 3,000 円ですよ。」「えっ、そんなに安いなら、買います。」

「這支手錶只要三千圓喔。」「嘎？既然那麼便宜，我要買一支！」

補充1

〖先舉例再說明〗 可用於舉出一個事物列為話題，再進行說明。中文意思是：「…的話」。

例 文

中国料理なら、あの店が一番おいしい。

如果要吃中國菜，那家餐廳最好吃。

補充2

〖假定條件－のなら〗以對方發話內容為前提進行發言時，常會在「なら」的前面加「の」，「の」的口語説法為「ん」。中文意思是：「要是…的話」。

例 文

そんなに眠いんなら、早く寝なさい。

既然那麼睏，趕快去睡覺！

比較

● たら

要是…、如果要是…了、…了的話

接續方法 ｛[名詞・形容詞・形容動詞・動詞] た形｝＋ら

意 思

【條件】 表示假定條件，當實現前面的情況時，後面的情況就會實現，但前項不會成立，實際上還不知道。

例文 a

いい天気だったら、富士山が見えます。

要是天氣好，就可以看到富士山。

◆ 比較說明 ◆

「なら」表示條件，指説話人接收了對方説的話後，假設前項要發生，提出意見等；「たら」也表條件，當實現前面的情況時，後面的情況就會實現，但前項會不會成立，實際上還不知道。

なら【條件】　　　例文A

¥3000

買います!!

たら【條件】　　　例文a

6 たところ
結果…、果然…

接續方法 {動詞た形}＋ところ

意思1

【結果】順接用法。表示完成前項動作後，偶然得到後面的結果、消息，含有說話者覺得訝異的語感。或是後項出現了預期中的好結果。前項和後項之間沒有絕對的因果關係。中文意思是：「結果…、果然…」。

例文A

病院_{びょういん}に行_いったところ、病気_{びょうき}が見_みつかった。

去到醫院後，被診斷出罹病了。

比較

● たら～た
原來…、發現…、才知道…

接續方法 {[名詞・形容詞・形容動詞・動詞] た形}＋ら～た

意 思

【確定條件】表示說話者完成前項動作後，有了新發現，或是發生了後項的事情。

例文a

お風呂_{ふろ}に入_{はい}ったら、ぬるかった。

泡進浴缸後才知道水不熱。

◆ 比較說明 ◆

「たところ」表示結果，後項是以前項為契機而成立，或是因為前項才發現的，後面不一定會接た形；「たら～た」表示確定條件，表示前項成立後，發生了某事，或說話人新發現了某件事，後面一定會接た形。

たところ【結果】 例文A

たら～た【確定條件】 例文a

7 ても、でも
即使…也

接續方法 {形容詞く形}＋ても；{動詞て形}＋も；{名詞；形容動詞詞幹}＋でも

意思1

【假定逆接】 表示後項的成立，不受前項的約束，是一種假定逆接表現，後項常用各種意志表現的說法。中文意思是：「即使…也」。

例文A

そんな事は小学生でも知っている。

那種事情連小學生都知道！

補 充

〖常接副詞〗 表示假定的事情時，常跟「たとえ（比如）、どんなに（無論如何）、もし（假如）、万が一（萬一）」等副詞一起使用。

例 文

たとえ熱があっても、明日の会議には出ます。

就算發燒，我還是會出席明天的會議。

● 疑問詞＋ても、でも

不管（誰、什麼、哪兒）…

接續方法 {疑問詞}＋{形容詞く形}＋ても；{疑問詞}＋{動詞て形}＋も；{疑問詞}＋{名詞；形容動詞詞幹}＋でも

意思

【不論】前面接疑問詞，表示不論什麼場合、什麼條件，都要進行後項，或是都會產生後項的結果。

例文 a

いくら忙しくても、必ず運動します。

我不管再怎麼忙，一定要做運動。

◆ 比較說明 ◆

「ても／でも」表示假定逆接，表示即使前項成立，也不會影響到後項；「疑問詞＋ても／でも」表示不論，表示不管前項是什麼情況，都會進行或產生後項。

Track 096

けれど（も）、けど

雖然、可是、但…

接續方法 {[形容詞・形容動詞・動詞] 普通形・丁寧形}＋けれど（も）、けど

【逆接】逆接用法。表示前項和後項的意思或內容是相反的、對比的。是「が」的口語說法。「けど」語氣上會比「けれど（も）」還來的隨便。中文意思是：「雖然、可是、但…」。

例文A

たくさん寝たけれども、まだ眠い。

儘管已經睡了很久，還是覺得睏。

比較

● が

但是…

接續方法 {名詞です（だ）；形容動詞詞幹だ；[形容詞・動詞] 丁寧形（普通形）} ＋ が

意思

【逆接】表示連接兩個對立的事物，前句跟後句內容是相對立的。

例文a

鶏肉は食べますが、牛肉は食べません。

我吃雞肉，但不吃牛肉。

◆ 比較說明 ◆

「けれど（も）」與「が」都表示逆接。「けれど（も）」是「が」的口語說法。

けれど（も）【逆接】　例文A

が【逆接】　例文a

○ 鶏肉　× 牛肉

9 のに

(1) 明明…、卻…、但是…；(2) 雖然…、可是…

接續方法 {[名詞・形容動詞]な；[動詞・形容詞]普通形}＋のに

意思1

【對比】表示前項和後項呈現對比的關係。中文意思是：「明明…、卻…、但是…」。

例文 A

あに しず おとうと
兄は静かなのに、弟はにぎやかだ。

哥哥沉默寡言，然而弟弟喋喋不休。

意思2

【逆接】表示逆接，用於後項結果違反前項的期待，含有說話者驚訝、懷疑、不滿、惋惜等語氣。中文意思是：「雖然…、可是…」。

例文 B

はたら しごと
働きたいのに、仕事がない。

很想做事，卻找不到工作。

比較

● けれど（も）、けど

雖然、可是、但…

接續方法 {[形容詞・形動容詞・動詞]普通形（丁寧形）}＋けれど（も）、けど

意思

【逆接】逆接用法。表示前項和後項的意思或內容是相反的、對比的。是「が」的口語說法。「けど」語氣上會比「けれど（も）」還來的隨便。

例文 b

うそ ほんとう はなし
嘘のようだけれども、本当の話です。

聽起來雖然像是編造的，但卻是真實的事件。

◆ 比較說明 ◆

「のに」跟「けれど（も）」都表示前、後項是相反的，但要表達結果不符合期待，説話人的不滿、惋惜等心情時，大都用「のに」。

MEMO

次の文の＿＿＿＿＿にはどんな言葉を入れたらよいか。1・2から最も適当なものをひとつ選びなさい。

實力測驗
Q 哪一個是正確的？

1
夏休みが（　　）、海に行きたい。
1. 来ると　　　2. 来たら

譯
1. 来ると：一來…就…
2. 来たら：要是來…的話

2
20 歳に（　　）、お酒が飲める。
1. なれば　　　2. なるなら

譯
1. なれば：如果成為…
2. なるなら：如果成為…

3
疲れていたので、布団に（　　）すぐ寝てしまった。
1. 入ったら　　　2. 入ると

譯
1. 入ったら：要是鑽進…
2. 入ると：一鑽進…就…

4
天気予報を（　　）、今日は降らないようだ。
1. 見たところ　　2. 見たら

譯
1. 見たところ：看的結果…
2. 見たら：看了之後…

5
いくら（　　）わからなかった。
1. 考えても　　　2. 考えれば

譯
1. 考えても：即使想也…
2. 考えれば：想的話…

6
高い店（　　）、どうしてこんなにまずいんだろう。
1. なのに　　　2. だけど

譯
1. なのに：明明…
2. だけど：雖然…

答案：（1）2（2）1（3）2
（4）1（5）1（6）1

授受表現

🎧 Track 098

1 あげる
給予…、給…

接續方法 {名詞}＋{助詞}＋あげる

意思1

【物品受益－給同輩】 授受物品的表達方式。表示給予人（説話人或説話一方的親友等），給予接受人有利益的事物。句型是「給予人は（が）接受人に～をあげます」。給予人是主語，這時候接受人跟給予人大多是地位、年齡同等的同輩。中文意思是：「給予…、給…」。

例文A

「チョコレートあげる。」「え、本当に、嬉しい。」

「巧克力送你！」「啊，真的嗎？太開心了！」

比較

● **やる**

給予…、給…

接續方法 {名詞}＋{助詞}＋やる

意思

【物品受益－上給下】 授受物品的表達方式。表示給予同輩以下的人，或小孩、動植物有利益的事物。句型是「給予人は（が）接受人に～をやる」。這時候接受人大多為關係親密，且年齡、地位比給予人低。或接受人是動植物。

例文 a

犬(いぬ)にチョコレートをやってはいけない。

不可以餵狗吃巧克力。

◆ 比較說明 ◆

「あげる」跟「やる」都是「給予」的意思，「あげる」基本上用在給同輩東西；「やる」用在給晚輩、小孩或動植物東西。

あげる【物品受益－給同輩】

例文A

やる【物品受益－上給下】

チョコ

例文 a

🎧 Track 099

2 てあげる
（為他人）做…

接續方法 {動詞て形}＋あげる

意思1

【行為受益－為同輩】 表示自己或站在一方的人，為他人做前項利益的行為。基本句型是「給予人は（が）接受人に～を動詞てあげる」。這時候接受人跟給予人大多是地位、年齡同等的同輩。是「てやる」的客氣說法。中文意思是：「（為他人）做…」。

例文A

おじいさんに道(みち)を教(おし)えてあげました。

為老爺爺指路了。

● てやる

給…（做…）

接續方法 {動詞て形}＋やる

意 思

【行為受益－上為下】 表示以施恩或給予利益的心情，為下級或晚輩（或動、植物）做有益的事。

例文 a

<ruby>息子<rt>むすこ</rt></ruby>の8<ruby>歳<rt>はっさい</rt></ruby>の<ruby>誕生日<rt>たんじょうび</rt></ruby>に、<ruby>自転車<rt>じてんしゃ</rt></ruby>を<ruby>買<rt>か</rt></ruby>ってやるつもりです。

我打算在兒子八歲生日的時候，買一輛腳踏車送他。

◆ 比較說明 ◆

「てあげる」跟「てやる」都是「（為他人）做」的意思，「てあげる」基本上用在為同輩做某事；「てやる」用在為晚輩、小孩或動植物做某事。

🎧 Track 100

3 さしあげる

給予…、給…

接續方法 {名詞}＋{助詞}＋さしあげる

意思1

【物品受益－下給上】 授受物品的表達方式。表示下面的人給上面的人物品。句型是「給予人は（が）接受人に～をさしあげる」。給予人是主語，這時候接受人的地位、年齡、身份比給予人高。是一種謙虛的說法。中文意思是：「給予…、給…」。

例文A

<ruby>彼<rt>かれ</rt></ruby>のご<ruby>両親<rt>りょうしん</rt></ruby>に<ruby>何<rt>なに</rt></ruby>を<ruby>差<rt>さ</rt></ruby>し<ruby>上<rt>あ</rt></ruby>げたらいいですか。

該送什麼禮物給男友的父母才好呢？

比較

● いただく

承蒙…、拜領…

接續方法 {名詞}＋{助詞}＋いただく

意思

【物品受益－上給下】 表示從地位、年齡高的人那裡得到東西。這是以說話人是接受人，且接受人是主語的形式，或說話人站在接受人的角度來表現。句型是「接受人は（が）給予人に～をいただく」。用在給予人身份、地位、年齡比接受人高的時候。比「もらう」說法更謙虛，是「もらう」的謙讓語。

例文 a

<ruby>鈴木<rt>すずき</rt></ruby><ruby>先生<rt>せんせい</rt></ruby>にいただいたお<ruby>皿<rt>さら</rt></ruby>が、<ruby>割<rt>わ</rt></ruby>れてしまいました。

把鈴木老師送的盤子弄破了。

◆ 比較說明 ◆

「さしあげる」用在給地位、年齡、身份較高的對象東西；「いただく」用在說話人從地位、年齡、身份較高的對象那裡得到東西。

さしあげる【物品受益－下給上】 例文A

いただく【物品受益－上給下】 例文a

4 てさしあげる
（為他人）做…

接續方法 {動詞て形}＋さしあげる

意思1

【行為受益－下為上】 表示自己或站在自己一方的人，為他人做前項有益的行為。基本句型是「給予人は（が）接受人に～を動詞てさしあげる」。給予人是主語。這時候接受人的地位、年齡、身份比給予人高。是「てあげる」更謙虛的説法。由於有將善意行為強加於人的感覺，所以直接對上面的人説話時，最好改用「お～します」，但不是直接當面説就沒關係。中文意思是：「（為他人）做…」。

例文 A

お客様にお茶をいれて差し上げてください。

請為貴賓奉上茶。

比較

● ていただく

承蒙…

接續方法 {動詞て形}＋いただく

意 思

【行為受益－上為下】 表示接受人請求給予人做某行為，且對那一行為帶著感謝的心情。這是以説話人站在接受人的角度來表現。用在給予人身份、地位、年齡都比接受人高的時候。句型是「接受人は（が）給予人に（から）～を動詞ていただく」。這是「てもらう」的自謙形式。

例文 a

花子は先生に推薦状を書いていただきました。

花子請老師寫了推薦函。

◆ 比較說明 ◆

「てさしあげる」用在為地位、年齡、身份較高的對象做某事；「ていただく」用在他人替説話人做某事，而這個人的地位、年齡、身份比説話人還高。

てさしあげる【行為受益－下為上】
例文A

ていただく【行為受益－上為下】
例文a

🎧 Track 102

5 やる
給予…、給…

接續方法 {名詞}＋{助詞}＋やる

意思1

【物品受益－上給下】 授受物品的表達方式。表示給予同輩以下的人，或小孩、動植物有利益的事物。句型是「給予人は（が）接受人に～をやる」。這時候接受人大多為關係親密，且年齡、地位比給予人低。或接受人是動植物。中文意思是：「給予…、給…」。

例文A

<ruby>赤<rt>あか</rt></ruby>ちゃんにミルクをやる。

餵小寶寶喝奶。

比較

● さしあげる
給予…、給…

接續方法 {名詞}＋{助詞}＋さしあげる

【物品受益－下給上】 授受物品的表達方式。表示下面的人給上面的人物品。句型是「給予人は（が）接受人に～をさしあげる」。給予人是主語，這時候接受人的地位、年齡、身份比給予人高。是一種謙虛的説法。

例文 a

わたし まいとしせんせい ねん が じょう
私は毎年先生に年賀状をさしあげます。

我每年都寫賀年卡給老師。

◆ 比較說明 ◆

「やる」用在接受者是動植物，也用在家庭內部的授受事件；「さしあげる」用在接受東西的人是尊長的情況下。

やる【物品受益－上給下】

例文A

さしあげる【物品受益－下給上】

例文 a

🎧 Track 103

6 **てやる**
(1) 一定…；(2) 給…（做…）

接續方法 {動詞て形}＋やる

意思 1

【意志】 由於説話人的憤怒、憎恨或不服氣等心情，而做讓對方有些困擾的事，或説話人展現積極意志時使用。中文意思是：「一定…」。

例文A

こ とし だいがく ごうかく
今年は大学に合格してやる。

今年一定要考上大學！

【行為受益－上為下】
表示以施恩或給予利益的心情，為下級或晚輩（或動、植物）做有益的事。中文意思是：「給…（做…）」。

例文B

娘に英語を教えてやりました。

給女兒教了英語。

比較

● てもらう
（我）請（某人為我做）…

接續方法 {動詞て形}＋もらう

意　思

【行為受益－同輩、晚輩】
表示請求別人做某行為，且對那一行為帶著感謝的心情。也就是接受人由於給予人的行為，而得到恩惠、利益。一般是接受人請求給予人採取某種行為的。這時候接受人跟給予人大多是地位、年齡同等的同輩。句型是「**接受人は（が）給予人に（から）～を動詞てもらう**」。或給予人也可以是晚輩。

例文b

友達にお金を貸してもらった。

向朋友借了錢。

◆ 比較說明 ◆

「てやる」給對方施恩，為對方做某種有益的事；「てもらう」表示人物 X 從人物 Y（親友等）那裡得到某物品。

てやる【行為受益－上為下】

A.B.C...

例文B

てもらう【行為受益－同輩、晚輩】

例文b

7 もらう
接受…、取得…、從…那兒得到…

接續方法 {名詞} + {助詞} + もらう

意思1

【物品受益－同輩、晚輩】 表示接受別人給的東西。這是以說話人是接受人，且接受人是主語的形式，或說話人站是在接受人的角度來表現。句型是「接受人は（が）給予人に～をもらう」。這時候接受人跟給予人大多是地位、年齡相當的同輩。或給予人也可以是晚輩。中文意思是：「接受…、取得…、從…那兒得到…」。

例文A

いもうと　ともだち　　　　　　　　　　かし
妹は友達にお菓子をもらった。

妹妹的朋友給了她糖果。

比較

● くれる
給…

接續方法 {名詞} + {助詞} + くれる

意思

【物品受益－同輩、晚輩】 表示他人給說話人（或說話一方）物品。這時候接受人跟給予人大多是地位、年齡相當的同輩。句型是「給予人は（が）接受人に～をくれる」。給予人是主語，而接受人是說話人，或說話人一方的人（家人）。給予人也可以是晚輩。

例文a

むすめ　わたし　　たんじょう び
娘が私に誕生日プレゼントをくれました。

女兒送給我生日禮物。

◆ **比較說明** ◆

「もらう」用在從同輩、晚輩那裡得到東西；「くれる」用在同輩、晚輩給我（或我方）東西。

もらう【物品受益－同輩、晩輩】

例文A

くれる【物品受益－同輩、晩輩】

例文a

8 てもらう
（我）請（某人為我做）…

接續方法 {動詞て形}＋もらう

意思1

【行為受益－同輩、晩輩】 表示請求別人做某行為，且對那一行為帶著感謝的心情。也就是接受人由於給予人的行為，而得到恩惠、利益。一般是接受人請求給予人採取某種行為的。這時候接受人跟給予人大多是地位、年齡同等的同輩。句型是「**接受人は（が）給予人に（から）～を動詞てもらう**」。或給予人也可以是晩輩。中文意思是：「（我）請（某人為我做）…」。

例文A

留学生に英語を教えてもらいます。

請留學生教我英文。

比較

● **てくれる**
（為我）做…

接續方法 {動詞て形}＋くれる

意思

【行為受益－同輩】 表示他人為我，或為我方的人做前項有益的事，用在帶著感謝的心情，接受別人的行為，此時接受人跟給予人大多是地位、年齡同等的同輩。

同僚がアドバイスをしてくれた。

同事給了我意見。

◆ **比較説明** ◆

「てもらう」用「接受人は（が）給予人に（から）～を～てもらう」句型，表示他人替接受人做某事，而這個人通常是接受人的同輩、晚輩或親密的人；「てくれる」用「給予人は（が）接受人に～を～てくれる」句型，表示同輩、晚輩或親密的人為我（或我方）做某事。

てもらう【行為受益－同輩、晚輩】

例文 A

てくれる【行為受益－同輩】

例文 a

🎧 **Track 106**

9 いただく
承蒙…、拜領…

接續方法 {名詞} ＋ {助詞} ＋ いただく

意思 1

【物品受益－上給下】 表示從地位、年齡高的人那裡得到東西。這是以說話人是接受人，且接受人是主語的形式，或說話人站在接受人的角度來表現。句型是「接受人は（が）給予人に～をいただく」。用在給予人身份、地位、年齡比接受人高的時候。比「もらう」說法更謙虛，是「もらう」的謙讓語。中文意思是：「承蒙…、拜領…」。

例文 A

先生の奥様にすてきなセーターをいただきました。

師母送了我一件上等的毛衣。

● もらう

接受…、取得…、從…那兒得到…

接續方法 {名詞} + {助詞} + もらう

意 思

【物品受益－同輩、晚輩】 表示接受別人給的東西。這是以說話人是接受人，且接受人是主語的形式，或說話人是站在接受人的角度來表現。句型是「接受人は（が）給予人に～をもらう」。這時候接受人跟給予人大多是地位、年齡相當的同輩。或給予人也可以是晚輩。

例文 a

わたし じろう はな
私は次郎さんに花をもらいました。

我收到了次郎給的花。

◆ 比較說明 ◆

「いただく」與「もらう」都表示接受、取得、從那兒得到。但「いただく」用在說話人從地位、年齡、身分較高的對象那裡得到的東西；「もらう」用在從同輩、晚輩那裡得到東西。

いただく【物品受益－上給下】 例文 A

もらう【物品受益－同輩、晚輩】 例文 a

🎧 Track 107

10 ていただく

承蒙…

接續方法 {動詞て形} + いただく

【行為受益－上為下】 表示接受人請求給予人做某行為，且對那一行為帶著感謝的心情。這是以說話人站在接受人的角度來表現。用在給予人身份、地位、年齡都比接受人高的時候。句型是「接受人は（が）給予人に（から）～を動詞ていただく」。這是「てもらう」的自謙形式。中文意思是：「承蒙…」。

例文A

私は田中さんに京都へつれて行っていただきました。

田中先生帶我一起去了京都。

比較

● **てさしあげる**

（為他人）做…

接續方法 {動詞て形}＋さしあげる

意思

【行為受益－下為上】 表示自己或站在自己一方的人，為他人做前項有益的行為。基本句型是「給予人は（が）接受人に～を動詞てさしあげる」。給予人是主語。這時候接受人的地位、年齡、身份比給予人高。是「てあげる」更謙虛的說法。由於有將善意行為強加於人的感覺，所以直接對上面的人說話時，最好改用「お～します」，但不是直接當面說就沒關係。

例文a

私は先生の車を車庫に入れてさしあげました。

我幫老師把車停進了車庫。

◆ 比較說明 ◆

「ていただく」用在他人替說話人做某事，而這個人的地位、年齡、身分比說話人還高；「てさしあげる」用在為地位、年齡、身分較高的對象做某事。

11 くださる

給…、贈…

接續方法 {名詞}＋{助詞}＋くださる

意思1

【物品受益－上給下】 對上級或長輩給自己（或自己一方）東西的恭敬説法。這時候給予人的身份、地位、年齡要比接受人高。句型是「給予人は（が）接受人に～をくださる」。給予人是主語，而接受人是説話人，或説話人一方的人（家人）。中文意思是：「給…、贈…」。

例文A

せんせい　　　　じ ぶん　　か　　　　　　　　　　　ほん
先生がご自分の書かれた本をくださいました。

老師將親自撰寫的大作送給了我。

比較

● さしあげる

給予…、給…

接續方法 {名詞}＋{助詞}＋さしあげる

意思

【物品受益－下給上】 授受物品的表達方式。表示下面的人給上面的人物品。句型是「給予人は（が）接受人に～をさしあげる」。給予人是主語，這時候接受人的地位、年齡、身份比給予人高。是一種謙虛的説法。

退職する先輩に記念品を差し上げた。

贈送了紀念禮物給即將離職的前輩。

◆ 比較說明 ◆

「くださる」用「給予人は（が）接受人に～をくださる」句型，表示身份、地位、年齡較高的人給予我（或我方）東西；「さしあげる」用「給予人は（が）接受人に～をさしあげる」句型，表示給予身份、地位、年齡較高的對象東西。

くださる【物品受益－上給下】
例文 A

さしあげる【物品受益－下給上】
例文 a

🎧 Track 109

12 てくださる
（為我）做…

接續方法 {動詞て形}＋くださる

意思1

【行為受益－上為下】是「てくれる」的尊敬說法。 表示他人為我，或為我方的人做前項有益的事，用在帶著感謝的心情，接受別人的行為時，此時給予人的身份、地位、年齡要比接受人高。中文意思是：「（為我）做…」。

例文 A

先生、私の作文を見てくださいませんか。

老師，可以請您批改我的作文嗎？

〖**主語＝給予人；接受方＝說話人**〗常用「給予人は（が）接受人に（を・の…）～を動詞てくださる」之句型，此時給予人是主語，而接受人是說話人，或說話人一方的人。

例　文

けっこんしき

結婚式で、社長が私たちに歌を歌ってくださいました。

在結婚典禮上，總經理為我們唱了一首歌。

比較

● てくれる
（為我）做…

接續方法 {動詞て形}＋くれる

意　思

【**行為受益－同輩**】表示他人為我，或為我方的人做前項有益的事，用在帶著感謝的心情，接受別人的行為，此時接受人跟給予人大多是地位、年齡同等的同輩。

例文 a

た なか　　　　　　　し ごと　　て つだ

田中さんが仕事を手伝ってくれました。

田中先生幫了我工作上的忙。

◆ 比較說明 ◆

「てくださる」表示身份、地位、年齡較高的對象為我（或我方）做某事；「てくれる」表示同輩、晚輩為我（或我方）做某事。

てくださる【行為受益－上為下】	てくれる【行為受益－同輩】
例文A	例文a

13 くれる
給…

接續方法 {名詞}＋{助詞}＋くれる

意思 1

【物品受益－同輩、晚輩】 表示他人給說話人（或說話一方）物品。這時候接受人跟給予人大多是地位、年齡相當的同輩。句型是「給予人は（が）接受人に～をくれる」。給予人是主語，而接受人是說話人，或說話人一方的人（家人）。給予人也可以是晚輩。中文意思是：「給…」。

例文 A

マリーさんがくれた国のお土産は、コーヒーでした。

瑪麗小姐送我的故鄉伴手禮是咖啡。

比較

● やる
給予…、給…

接續方法 {名詞}＋{助詞}＋やる

意思

【物品受益－上給下】 授受物品的表達方式。表示給予同輩以下的人，或小孩、動植物有利益的事物。句型是「給予人は（が）接受人に～をやる」。這時候接受人大多為關係親密，且年齡、地位比給予人低。或接受人是動植物。

例文 a

小鳥には、何をやったらいいですか。

該餵什麼給小鳥吃才好呢？

◆ 比較說明 ◆

「くれる」用在同輩、晚輩給我（或我方）東西；「やる」用在給晚輩、小孩或動植物東西。

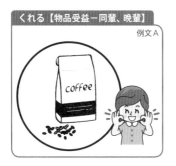

くれる【物品受益－同輩、晩輩】

例文 A

やる【物品受益－上給下】

例文 a

14 てくれる
（為我）做…

接續方法 {動詞て形}＋くれる

意思 1

【行為受益－同輩】 表示他人為我，或為我方的人做前項有益的事，用在帶著感謝的心情，接受別人的行為，此時接受人跟給予人大多是地位、年齡同等的同輩。中文意思是：「（為我）做…」。

例文 A

こ ばやし に ほんりょう り つく
小林さんが日本料理を作ってくれました。

小林先生為我們做了日本料理。

補充 1

〖行為受益－晚輩〗 給予人也可能是晚輩。

例文

こ ども わたし つく りょう り い
子供たちも、私の作った料理は「おいしい」と言ってくれました。

孩子們稱讚了我做的菜「很好吃」。

補充 2

〖主語＝給予人；接受方＝說話人〗 常用「給予人は（が）接受人に～を動詞てくれる」之句型，此時給予人是主語，而接受人是說話人，或說話人一方的人。

林さんは私に自転車を貸してくれました。

はやし　わたし　じ てんしゃ　か

林小姐把腳踏車借給了我。

比較

● てくださる

（為我）做…

接續方法 {動詞て形}＋くださる

意 思

【行為受益－上為下】是「てくれる」的尊敬説法。 表示他人為我，或為我方的人做前項有益的事，用在帶著感謝的心情，接受別人的行為時，此時給予人的身份、地位、年齡要比接受人高。

例文 a

先生がいい仕事を紹介してくださった。

せんせい　し ごと　しょうかい

老師介紹了一份好工作給我。

◆ 比較説明 ◆

「てくれる」與「てくださる」都表示他人為我做某事。「てくれる」用在同輩、晚輩為我（或我方）做某事；「てくださる」用在身分、地位、年齡較高的人為我（或我方）做某事。

11 実力テスト

做對了，往 😊 走，做錯了往 ✕ 走。

次の文の_____にはどんな言葉を入れたらよいか。1・2から最も適当なものをひとつ選びなさい。

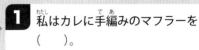

實力測驗

Q 哪一個是正確的？

---

1 私はカレに手編みのマフラーを
（ 　 ）。

1. あげました　2. やりました

譯
1. あげました：送了
2. やりました：給了

---

2 私はカレに肉じゃがを作っ（ 　 ）。

1. てあげました
2. てやりました

譯
1. てあげました：（為）…做了…
2. てやりました：（為）…做了…

---

3 私は先生から、役に立ちそうな本を（ 　 ）。

1. 差し上げました
2. いただきました

譯
1. 差し上げました：敬獻給了
2. いただきました：收到了

---

4 先生に分からない問題を教え（ 　 ）。

1. て差し上げました
2. ていただきました

譯
1. て差し上げました：（為）…做了…
2. ていただきました：承蒙…了

---

5 浦島太郎は乙姫様から玉手箱を
（ 　 ）。

1. もらいました　2. くれました

譯
1. もらいました：得到了
2. くれました：給了

---

6 倉田さんが見舞いに（ 　 ）。

1. 来てもらった
2. 来てくれた

譯
1. 来てもらった：請（某人為我）來…
2. 来てくれた：（為我）來…

---

7 あなたにこれを（ 　 ）。

1. くださいましょう
2. 差し上げましょう

譯
1. くださいましょう：給…吧
2. 差し上げましょう：奉送給…吧

---

8 この手袋は姉が買って（ 　 ）。

1. くださいました
2. くれました

譯
1. くださいました：給了
2. くれました：給了

答案：(1) 1　(2) 1　(3) 2
　　　(4) 2　(5) 1　(6) 2
　　　(7) 2　(8) 2

Chapter 12

★★★★★

受身、使役、使役受身と敬語

1 （ら）れる
2 （さ）せる
3 （さ）せられる
4 名詞＋でございます
5 （ら）れる
6 お／ご＋名詞
7 お／ご〜になる
8 お／ご〜する
9 お／ご〜いたす
10 お／ご〜ください
11 （さ）せてください

🎧 Track 112

1 （ら）れる
(1) 在…；(2) 被…；(3) 被…

接續方法 {[一段動詞・力變動詞] 被動形}＋られる；{五段動詞被動形；サ變動詞被動形さ}＋れる

意思1

【客觀說明】 表示社會活動等普遍為大家知道的事，是種客觀的事實描述。中文意思是：「在…」。

例文A

そつぎょうしき　がつ　おこな
卒業式は3月に行われます。

畢業典禮將於三月舉行。

意思2

【間接被動】 由於某人的行為或天氣等自然現象的作用，而間接受到麻煩（受害或被打擾）。中文意思是：「被…」。

例文B

でんしゃ　だれ　あし
電車で誰かに足をふまれました。

在電車上被某個人踩了腳。

意思3

【直接被動】 表示某人直接承受到別人的動作。中文意思是：「被…」。

警察に住所と名前を聞かれた。
けいさつ　じゅうしょ　なまえ　き

被警察詢問了住址和姓名。

比較

● (さ) せる

讓…、叫…、令…

接續方法 {[一段動詞・力變動詞]使役形;サ變動詞詞幹}＋させる；
{五段動詞使役形}＋せる

意　思

【強制】 表示某人強迫他人做某事，由於具有強迫性，只適用於長輩對晚輩或同輩之間。

例文c

子供にもっと勉強させるため、塾に行かせることにした。
こ　ども　　　　べんきょう　　　　　　　　じゅく　い

為了讓孩子多讀一點書，我讓他去上補習班了。

◆ 比較說明 ◆

「(ら)れる」（被…）表示「被動」，指某人承受他人施加的動作；「(さ)せる」（讓…）是「使役」用法，指某人強迫他人做某事。

2 （さ）せる
(1) 把…給；(2) 讓…、隨…、請允許…；(3) 讓…、叫…、令…

接續方法 {[一段動詞・カ變動詞] 使役形；サ變動詞詞幹}＋させる；
{五段動詞使役形}＋せる

意思1

【誘發】表示某人用言行促使他人自然地做某種行為，常搭配「泣く（哭）、笑う（笑）、怒る（生氣）」等當事人難以控制的情緒動詞。中文意思是：「把…給」。

例文A

父はいつも家族みんなを笑わせる。

爸爸總是逗得全家人哈哈大笑。

意思2

【許可】以「させておく」形式，表示允許或放任。中文意思是：「讓…、隨…、請允許…」。

例文B

バスに乗る前にトイレはすませておいてください。

搭乘巴士之前請先去洗手間。也表示婉轉地請求承認。

意思3

【強制】表示某人強迫他人做某事，由於具有強迫性，只適用於長輩對晚輩或同輩之間。中文意思是：「讓…、叫…、令…」。

例文C

母は子供に野菜を食べさせました。

媽媽強迫小孩吃了蔬菜。

比較

● （さ）せられる

被迫…、不得已…

接續方法 {動詞使役形}＋（さ）せられる

【被迫】 表示被迫。被某人或某事物強迫做某動作，且不得不做。含有不情願、感到受害的心情。這是從使役句的「X が Y に N を V-させる」變成為「Y が X に N を V-させられる」來的，表示 Y 被 X 強迫做某動作。

例文 c

納豆は嫌いなのに、栄養があるからと食べさせられた。

雖然他討厭納豆，但是因為有營養，所以還是讓他吃了。

◆ **比較說明** ◆

「(さ)せる」(讓…)是「使役」用法，指某人強迫他人做某事;「(さ)せられる」(被迫…)是「使役被動」用法，表示被某人強迫做某事。

（さ）せる【強制】 例文 c

（さ）せられる【被迫】 例文 c

🎧 **Track 114**

3 （さ）せられる
被迫…、不得已…

接續方法 {動詞使役形} + (さ)せられる

意思1

【被迫】 表示被迫。被某人或某事物強迫做某動作，且不得不做。含有不情願、感到受害的心情。這是從使役句的「X が Y に N を V-させる」變成為「Y が X に N を V-させられる」來的，表示 Y 被 X 強迫做某動作。中文意思是：「被迫…、不得已…」。

会長に、ビールを飲ませられた。

被會長強迫喝了啤酒。

比較

● させてもらう

請允許我…、請讓我…

接續方法 {動詞使役形}＋もらう

意思

【許可】 使役形跟表示請求的「させてもらう」表示請求允許的意思。

例文 a

詳しい説明をさせてもらえませんか。

可以容我做詳細的說明嗎？

◆ 比較說明 ◆

「（さ）せられる」表示被迫，表示人物 Y 被人物 X 強迫做不願意做的事；「させてもらう」表示許可，表示由於對方允許自己的請求，讓自己得到恩惠或從中受益的意思。

（さ）せられる【被迫】

例文 A

させてもらう【許可】

例文 a

4 名詞＋でございます
是…

接續方法 {名詞}＋でございます

意思1

【斷定】「です」是「だ」的鄭重語，而「でございます」是比「です」更鄭重的表達方式。日語除了尊敬語跟謙讓語之外，還有一種叫鄭重語。鄭重語用於和長輩或不熟的對象交談時，也可用在車站、百貨公司等公共場合。相較於尊敬語用於對動作的行為者表示尊敬，鄭重語則是對聽話人表示尊敬。中文意思是：「是…」。

例文A

はい、山田でございます。

您好，敝姓山田。

補充

〔あります的鄭重表現〕除了是「です」的鄭重表達方式之外，也是「あります」的鄭重表達方式。

例文

子供服売り場は、4階にございます。

兒童服飾專櫃位於四樓。

比較

● です

接續方法 {名；形容動詞詞幹；形容詞普通形}＋です

意思

【斷定・說明】以禮貌的語氣，表示對主題的斷定，或對狀態進行說明。

例文a

これは箱です。

這是箱子。

「でございます」是比「です」還鄭重的語詞，主要用在接待貴賓、公共廣播等狀況。如果只是跟長輩、公司同事有禮貌地對談，一般用「です」就行了。

でございます【斷定】

例文A

です【斷定・說明】

例文a

🎧 Track 116

5 （ら）れる

接續方法 {[一段動詞・カ變動詞] 被動形}＋られる；{五段動詞被動形；サ變動詞被動形さ}＋れる

意思 1

【尊敬】 表示對對方或話題人物的尊敬，就是在表敬意之對象的動作上用尊敬助動詞。尊敬程度低於「お～になる」。

例文A

今年はもう花見に行かれましたか。

您今年已經去賞過櫻花了嗎？

比較

● お～になる

接續方法 お＋{動詞ます形}＋になる；ご＋{サ變動詞詞幹}＋になる

意思

【尊敬】 動詞尊敬語的形式，比「（ら）れる」的尊敬程度要高。表示對對方或話題中提到的人物的尊敬，這是為了表示敬意而抬高對方行為的表現方式，所以「お～になる」中間接的就是對方的動作。

例文 a

先生の奥さんがお倒れになったそうです。

聽說師母病倒了。

◆ 比較說明 ◆

「（ら）れる」跟「お～になる」都是尊敬語，用在抬高對方行為，以表示對他人的尊敬，但「お～になる」的尊敬程度比「（ら）れる」高。

🎧 Track 117

6 お／ご＋名詞

您…、貴…

接續方法 お＋｛名詞｝；ご＋｛名詞｝

意思 1

【尊敬】 後接名詞（跟對方有關的行為、狀態或所有物），表示尊敬、鄭重、親愛，另外，還有習慣用法等意思。基本上，名詞如果是日本原有的和語就接「お」，如「お仕事（您的工作）、お名前（您的姓名）」。中文意思是：「您…、貴…」。

例文 A

こちらにお名前をお書きください。

請在這裡留下您的大名。

補充 1

〖ご＋中國漢語〗 如果是中國漢語則接「ご」如「ご住所（您的住址）、ご兄弟（您的兄弟姊妹）」。

田中社長はご病気で、お休みです。

田中總經理身體不適，目前正在靜養。

〖**例外**〗 但是接中國漢語也有例外情況。

1日に2リットルのお水を飲みましょう。

建議每天喝個 2000cc 的水吧！

比較

● お／ご～いたす

我為您（們）做…

接續方法 お＋{動詞ます形}＋いたす；ご＋{サ變動詞詞幹}＋いたす

【**謙讓**】 這是比「お～する」語氣上更謙和的謙讓形式。對要表示尊敬的人，透過降低自己或自己這一邊的人的說法，以提高對方地位，來向對方表示尊敬。

資料は私が来週の月曜日にお届けいたします。

我下週一會將資料送達。

◆ 比較說明 ◆

「お／ご＋名詞」表示尊敬，「お／ご～いたす」表示謙讓。「お／ご＋名詞」的「お／ご」後面接名詞；「お／ご～いたす」的「お／ご」後面接動詞ます形或サ變動詞詞幹。

お／ご＋名詞【尊敬】

例文A

お／ご〜いたす【謙讓】

例文a

来週の
月曜日に

🎧 Track 118

お／ご〜になる

接續方法 お＋{動詞ます形}＋になる；ご＋{サ變動詞詞幹}＋になる

意思1

【尊敬】 動詞尊敬語的形式，比「（ら）れる」的尊敬程度要高。表示對對方或話題中提到的人物的尊敬，這是為了表示敬意而抬高對方行為的表現方式，所以「お〜になる」中間接的就是對方的動作。

例文A

社長は、もうお帰りになったそうです。

總經理似乎已經回去了。

補充

〖ご＋サ変動詞＋になる〗 當動詞為サ行變格動詞時，用「ご〜になる」的形式。

例文

部長、これをご使用になりますか。

部長，這個您是否需要使用？

比較

● **お〜する**

我為您（們）做…

接續方法 お＋{動詞ます形}＋する

【謙讓】　表示動詞的謙讓形式。對要表示尊敬的人，透過降低自己或自己這一邊的人，以提高對方地位，來向對方表示尊敬。

例文 a

2、3日中に電話でお知らせします。

這兩三天之內會以電話通知您。

◆ 比較說明 ◆

「お／ご～になる」是表示動詞的尊敬語形式；「お～する」是表示動詞的謙讓語形式。

🎧 Track 119

8　お／ご～する
我為您（們）做…

接續方法　お＋{動詞ます形}＋する；ご＋{サ變動詞詞幹}＋する

意思 1

【謙讓】　表示動詞的謙讓形式。對要表示尊敬的人，透過降低自己或自己這一邊的人，以提高對方地位，來向對方表示尊敬。中文意思是：「我為您（們）做…」。

例文 A

私が荷物をお持ちします。

行李請交給我代為搬運。

〖ご＋サ変動詞＋する〗 當動詞為サ行變格動詞時，用「ご～する」的形式。

例　文

英語と中国語で、ご説明します。
えい ご　ちゅうごく ご　　　　せつめい

請容我使用英文和中文為您說明。

比較

お／ご～いたす

我為您（們）做…

接續方法 お＋{動詞ます形}＋いたす；ご＋{サ變動詞詞幹}＋いたす

意　思

【謙讓】 這是比「お～する」語氣上更謙和的謙讓形式。對要表示尊敬的人，透過降低自己或自己這一邊的人的說法，以提高對方地位，來向對方表示尊敬。

例文 a

会議室へご案内いたします。
かい ぎ しつ　　あんない

請隨我到會議室。

◆ 比較說明 ◆

「お～する」跟「お～いたす」都是謙讓語，用在降低我方地位，以對對方表示尊敬，但語氣上「お～いたす」是比「お～する」更謙和的表達方式。

お／ご～する【謙讓】
例文 A

お／ご～いたす【謙讓】
例文 a

9 お／ご～いたす
我為您（們）做…

接續方法 お＋{動詞ます形}＋いたす；ご＋{サ變動詞詞幹}＋いたす

意思1

【謙讓】 這是比「お～する」語氣上更謙和的謙讓形式。對要表示尊敬的人，透過降低自己或自己這一邊的人的説法，以提高對方地位，來向對方表示尊敬。中文意思是：「我為您（們）做…」。

例文A

これからもよろしくお願いいたします。

往後也請多多指教。

補 充

〖ご＋サ変動詞＋いたす〗 當動詞為サ行變格動詞時，用「ご～いたす」的形式。

例 文

会議の資料は、こちらでご用意いたします。

會議資料將由我方妥善準備。

比較
● お／ご～いただく
懇請您…

接續方法 お＋{動詞ます形}＋いただく；ご＋{サ變動詞詞幹}＋いただく

意 思

【謙讓】 表示禮貌地請求對方做某事的謙讓表現。謙讓表現。

例文a

以上、ご理解いただけましたでしょうか。

以上，您是否理解了。

「お～いたす」是自謙的表達方式。通過自謙的方式表示對對方的
尊敬,表示自己為對方做某事;「お～いただく」是一種更顯禮貌
鄭重的自謙表達方式。是禮貌地請求對方做某事。

例文A

例文a

🎧 Track 121

10 お／ご～ください
請…

接續方法 お+{動詞ます形}+ください;ご+{サ變動詞詞幹}+
ください

意思1

【尊敬】 尊敬程度比「てください」要高。「ください」是「くだ
さる」的命令形「くだされ」演變而來的。用在對客人、屬下對
上司的請求,表示敬意而抬高對方行為的表現方式。中文意思是:
「請…」。

例文A

どうぞ、こちらにおかけください。

這邊請,您請坐。

補充1

〔ご+サ変動詞+ください〕 當動詞為サ行變格動詞時,用
「ご～ください」的形式。

では、詳しくご説明ください。

那麼，請您詳細說明！

〔**無法使用**〕「する（上面無接漢字，單獨使用的時候）」跟「来る」無法使用這個文法。

比較

● てください

請…

接續方法 {動詞て形}＋ください

意 思

【**請求－動作**】 表示請求、指示或命令某人做某事。一般常用在老師對學生、上司對部屬、醫生對病人等指示、命令的時候。

例文a

食事の前に手を洗ってください。

用餐前請先洗手。

◆ 比較說明 ◆

「お～ください」跟「てください」都表示請託或指示，但「お～ください」的說法比「てください」更尊敬，主要用在上司、客人身上；「てください」則是一般有禮貌的說法。

11 （さ）せてください

請允許…、請讓…做…

接續方法 {動詞使役形；サ變動詞詞幹}＋（さ）せてください

意思1

【謙讓－請求允許】 表示「我請對方允許我做前項」之意，是客氣地請求對方允許、承認的說法。用在當說話人想做某事，而那一動作一般跟對方有關的時候。中文意思是：「請允許…、請讓…做…」。

例文A

ここに荷物を置かせてください。

請讓我把包裹放在這裡。

比較

● てください

請…

接續方法 {動詞て形}＋ください

意思

【請求－動作】 表示請求、指示或命令某人做某事。一般常用在老師對學生、上司對部屬、醫生對病人等指示、命令的時候。

例文a

大きな声で読んでください。

請大聲朗讀。

◆ 比較說明 ◆

「（さ）せてください」表示客氣地請對方允許自己做某事，所以「做」的人是說話人；「てください」表示請對方做某事，所以「做」的人是聽話人。

（さ）せてください
【謙讓－請求允許】

例文A

ここ

てください
【請求－動作】

例文a

MEMO

12 実力テスト 做對了，往😊走，做錯了往❌走。

次の文の_____にはどんな言葉を入れたらよいか。1・2から最も適当なものをひとつ選びなさい。

實力測驗
Q 哪一個是正確的？

1
財布を泥棒に（ 　 ）。
1. 盗まれた　　2. 盗ませた

譯
1. 盗まれた：被…偷走了
2. 盗ませた：讓…偷走了

2
帽子が風に（ 　 ）。
1. 飛ばせた　　2. 飛ばされた

譯
1. 飛ばせた：讓…吹走了
2. 飛ばされた：被…吹走了

3
（同僚に）これ、今日の会議で使う資料（ 　 ）。
1. でございます　　2. です

譯
1. でございます：是
2. です：是

4
明日、こちらから（ 　 ）。
1. ご電話します
2. お電話いたします

譯
1. ご電話します：Ｘ
2. お電話いたします：致電

5
こちらに（ 　 ）ください。
1. お来て　　2. 来て

譯
1. お来て：Ｘ
2. 来て：來

6
お父さん。結婚する相手は、自分で決め（ 　 ）。
1. させてください
2. てください

譯
1. させてください：請讓我…
2. てください：請…

答案：(1) 1 (2) 2 (3) 2
(4) 2 (5) 2 (6) 1

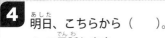

203

な

は

ま

や

ら

山田社日檢權威題庫小組

超高命中率
絕對合格

日檢 單字

N4
新制對應！

朗讀 QR 免費下載 QR Code線上音檔

朗讀 MP3 隨書附贈 學習不漏接

山田社
日檢書

前言
はじめに
preface

日檢絕對合格秘密武器就在這！
關鍵字分類密技，N4 上千字馬上輕鬆入手，
讓您快速累積功力，
單字、文法、閱讀、聽力，四大技能全面提升。
趕快搭上這班合格直達列車，成為日檢得分高手！

　　關鍵字是什麼？關鍵字是龐大資訊的濃縮精華，是長篇大論中的重點、靈魂。藉由關鍵字，我們可以化複雜為簡單，節省大量時間，集中火力來提高專注力，並達到長久且深入的記憶成效。而經由此方式輸入的記憶，一旦碰到名為關鍵字的鑰匙，便能刺激大腦運作，產生敏感的直覺反應，由點到線、由字到文句一一串聯，瞬間點開龐大的記憶連結網，打開一連串記憶的篇章。

　　在面對大量單字時，只要抓對關鍵字，將容易聯想在一起的類義語綁在一塊。往後只須藉由關鍵字輕輕一點，便能經由聯想叫出整個檔案。腦袋不再當機，再多的詞彙都能納入您的專屬字庫。

本書精華：

▲超齊全必考詞彙，高效率掌握考試重點！
▲聯想記憶法，抓住同類詞語過目不忘！
▲將單字分類，讓您活用零碎時間，零壓力充實記憶體！
▲生活例句，立即應用在生活中，和日本人聊天對答如流！
▲聽標準日文發音，提升語感，聽力測驗信心滿滿！

　　上千單字總是背到半途而廢？明明花了很多時間卻總是看過就忘嗎？想要破解單字書無限輪迴的魔咒，並快速累積實力就靠這一本！本書由經驗豐富的日檢老師精心撰寫高質量的內容，單字搭配例句，再加上聰明的關鍵字學習方法，幫您濃縮學習時間、提高學習成效。學習新單字就是這麼簡單！

本書五大特色：

★整理 N4 關鍵字類語，同類用語一次到位！

　　本書將 N4 單字依照類義語分門別類，打造最充實的日本語字庫。不只能幫讀者輕易掌握單字用法，還能透過聯想串聯記憶，讓您在茫茫辭海中，

將相關詞語一網打盡。同時本書也針對日檢單字第二、三大題的考法，題型包含從四個選項中選出與題目同義的詞彙，以及從相似單字中選出符合句意的選項。只要有了它，相似詞語不再混淆，同類詞彙更是替換自如，面對考題就像打開記憶的抽屜般自由活用，N4 單字量大躍進！

★ 由關鍵字查詢，讓您搜尋一字，整組複習！

書中將所有關鍵字以 50 音排序，不但可以在想不起單字時快速查詢，且一查便能找到整組相似詞語。超貼心排序法，讓讀者忘一個字，整套一併複習，反覆閱讀加深記憶！另外在閱讀文章時看到不會的單字時，也能透過本書的關鍵字查詢來觸類旁通，學到更多類語詞彙的表達方式！

★由豐富例句深入理解詞意，大量閱讀打造堅強實力！

每個 N4 單字旁皆附上超生活化的實用例句，在透過例句理解單字用法的同時，還能一併訓練閱讀、文法及口說應用，再藉由例句加深記憶力。可謂日檢通關技能一次提升！此外，經過本書的類語分類，讀者也能比較相似用法，抑或是透過替換類語來舉一反三、交叉練習。為日語打下雄厚根基，怎麼考都不怕！

★書後 50 音索引，查單字就是要精準、快速！

光有目錄還不夠，書末再將所有 N4 單字以 50 音順序排列，考題做到不會的單字時只要隨手一查，本書便立即化身辭典來答題解惑。且本系列單字書全按照日檢級數編排出版，因此讀者可選擇自己適合的難度，縮小範圍準確查詢。

★跟日籍老師說標準日語，口說、聽力都不是問題！

日籍老師親自配音單字、例句，帶領讀者學習最道地的標準日文。只要反覆聆聽熟悉日文頻率，面對聽力測驗便能不再緊張。而且由聲音記住單字的學習法，單字輕鬆攻略自不必說，就連句子也在不知不覺中自然烙印腦海。讓讀者從此滿懷自信，自然說出正確日語！

不論您是自學日語、考生、還是正準備迎向下一個自我挑戰，本書將會是最堅強的後盾。替您把握重點，並藉由對的方法，輕鬆消化紮實內容，讓您宛如站在巨人的肩膀上。迎戰日檢，絕對合格！

·目録·

もくじ
content

類語
單字

N4

あう／合う	適合、一致、相稱

【式】
様式，類型，風格★日本式の結婚式が行われている／日式婚禮正在舉行。

【適当】
（對於某條件、目的來說）適當，適合，恰當，適宜★次の三つの選択肢から適当なものを選びなさい／請從下列三個選項中選出適切的答案。

【映る】
相稱★桜子には白がよく映る／櫻子很適合白色。

【合う】
合適，適合；相稱，諧合★あの赤いドレスは彼女によく合う／那件紅色的禮服很適合她穿。

あがる／上がる	登上、舉高上升、長進

【上げる】
舉，抬，揚，懸；起，舉起，抬起，揚起，懸起★警察だ。手を上げろ／我們是警察！把手舉高！

【立てる】
冒，揚起★あの人が捨てたタバコ、まだ少し煙を立てている／那人丟的香菸還冒著些許的煙。

【進む】

進步，先進★気象予報の技術が進んでいる／氣象預報的技術不斷進步。

【上がる】
上，登；上學；登陸；舉，抬★猫が、テレビの上に上がって人形を落とした／貓咪爬到電視機上把玩偶弄掉了。

あきなう／商う	經商

【貿易】
（進出口）貿易★日本と台湾の間では、貿易が盛んに行われている／目前日本和台灣之間貿易往來暢旺。

【経済】
經濟（商品的生產、流通、交換、分配及其消費等，這種從商品、貨幣流通方面看的社會基本活動）★彼は経済問題ばかりか、教育についても詳しい／他不僅通曉經濟問題，在教育方面也知之甚詳。

【品物】
物品，東西；實物；商品，貨，貨物★あと一ヶ月もすれば、冬の品物は安くなるだろう／再過一個月，冬季商品應該就會降價了吧。

【チェック】check
支票★トラベラーズチェック／旅行支票。

【床屋】
理髮店★2ヶ月に一回ぐらい床屋に行きます／大約每兩個月上一次理髮廳。

【客】

顧客，主顧，使用者，客戶★そのイベントは沢山客を呼びました／那場活動招攬了許多客人。

【社長】

社長，公司經理，總經理，董事長★将来の夢は、大きい会社の社長になることです／未來的夢想是成為一家大公司的社長。

【主人】

主人，老闆，店主；東家★その店の主人は日本人の女性でした／之前這家店的老闆是位日本女生。

あじわう／味わう　品味

【味】

味，味道★この店は、おいしいし、味もいろいろあるから好きです／這家店的餐點不但好吃，還有各種口味可供選擇，所以我很喜歡光顧。

【ジャム】jam

果醬★ジャムがあるから、バターはつけなくてもいいです／已經有果醬了，不必再抹奶油也沒關係。

【味噌】

味噌，黃醬，大醬，豆醬★スプーンを使って、みそを量る／使用湯匙量味噌的份量。

【ケーキ】cake

蛋糕，洋點心，西洋糕點★初めてケーキを焼いてみました／第一次嘗試烤了蛋糕。

【うまい】

美味，可口，好吃，好喝，香★これ、食べてみると意外とうまいですね／這個嚐了一下，竟出乎意料的好吃呢。

【苦い】

苦的，苦味的★「いかがですか。」「少し苦いですが、おいしいです。」／「你覺得如何？」「雖然有點苦，但很美味！」

●Track-002

あそぶ／遊ぶ　遊玩

【遊び】

遊戲，玩耍★子どもたちは、いろいろな遊びに夢中になっていました／孩子們顧著玩各種遊戲。

【玩具】

玩具，玩意兒★野菜や果物は本館の地下1階、おもちゃは新館の4階にございます／蔬菜和水果的賣場位於本館地下一樓，玩具賣場則位於新館四樓。

【人形】

娃娃，偶人；玩偶；傀儡★ひな祭りの人形を飾ったら、部屋がきれいになりました／女兒節的人偶一擺放出來，房間頓時變得很漂亮。

【親】

撲克牌的莊家★トランプの親／玩紙牌的莊家。

【打つ】

下（以敲打的動作做工作或事情）★碁を
打つ／下圍棋。

あたえる／ 与える	給、給予

【お陰】

（神佛的）保佑，庇護；幫助，恩惠；托
…的福，沾…的光，幸虧…，歸功於…；
由於…緣故（他人的幫助及恩惠）★「あ
なたのおかげです」は、いいことにつ
いて相手に感謝を伝える言葉です／「託
您的福」是用來向對方表達謝意的話語。

【ガソリンスタンド】（和製英
語）gasoline+stand

加油站，街頭汽油銷售站（給車子加油之
處）★バイクを買うために、一年間ずっ
とガソリンスタンドで働いていた／為
了買一台摩托車，這一年來一直在加油
站工作。

【遣る】

給★弟にお金をやる／給弟弟錢。

【上げる】

給，送給★僕は彼女にお花をあげまし
た／我送了她一束花。

【差し上げる】

呈送，敬獻★この花を差し上げる／這
是奉送給您的花。

【呉れる】

給（我），幫我★この本、田中先生に返

してくれる？／這本書，可以幫我還給田
中老師嗎？

【下さる】

送，給（我）；為「与える」和「くれる」
的尊敬語★これは社長がくださった絵
です／這是社長送給我的畫。

あつい／ 熱い	熱、燙

【暖房】

供暖；暖氣設備★この辺りは暖かいか
ら、暖房はなくてもかまわない／這一
帶很溫暖，不開暖氣也沒關係。

【熱】

熱，熱度★水に熱を加えると湯が沸く
／把水加熱就會燒成熱開水。

【湯】

洗澡水★いい湯に入る／泡進溫度正好
的洗澡水。

【ガソリン】gasoline

汽油★半年ほど、ガソリンの値段が上
がり続けています／這半年以來，汽油
的價格持續攀升。

【火事】

火災，失火，走火★地震や火事が起き
たときのために、ふだんから準備して
おこう／為了因應地震和火災的發生，平
時就要預作準備。

【火】

火★火が消えた／火熄滅了。

【点く】

點著；燃起★台風のため、電気が点かないうえ、水道も止まった／颱風不僅造成停電，甚至導致停水。

【点ける】

點（火），點燃★タバコに火を点ける／點煙。

【焼く】

被太陽曬黑★肌を真っ黒に焼く／皮膚曬得黝黑。

| あつかう／扱う | 接待、對待 |

【具合】

方便，合適★今晩は具合が悪い／今晩沒有空（不方便）。

【都合】

（狀況）方便合適（與否）★妹は都合が悪くなったから、僕が行かされた／因為妹妹時間不方便，所以就派我去了。

【丁寧】

小心謹慎，周到，細心，精心★字はもっと丁寧に書きなさい／請更用心寫字。

【受ける】

接受，答應，承認★彼は電話を受けると、すぐ出かけて行った／他一接完電話就出門了。

| あつまる／集まる | 聚集 |

【社会】

（某）界，領域★作家の社会を描く／描繪作家界的種種。

【会】

（為某目的而集結眾人的）會；會議；集會★大会で優勝するために、毎日練習しています／為了在大賽中獲勝，每天勤於練習。

【講堂】

禮堂，大廳★合唱コンクールの練習のために生徒たちが講堂に集められた／學生們為了合唱比賽的練習而齊聚在講堂裡。

【会場】

會場★会場には、１万人もの人が来てくださった／會場來了多達一萬人。

【席】

聚會場所★宴会の席へ出席しています／出席宴會。

【招待】

邀請★友達を家に招待しました／朋友邀請我去了他家。

【集める】

（人）集合，招集，吸引★客の注目を集める／吸引觀眾的注目。

あらい／粗い	粗略、隨便

【ばかり】

左右，上下，表示大約的數量★15分ばかり待ってください／請等我15分左右。

【ほとんど】

幾乎(不)，可能性微小★このお話はほとんど意味がない／這個故事幾乎沒有什麼意義。

【大体】

大致，大體，差不多★そこから映画館までは、だいたい3分くらいで着きます／從那裡去電影院，大約3分鐘就到了。

【適当】

酌情，隨意，隨便，馬虎，敷衍★適当な返事でイライラします／因敷衍了事的回答而感到心煩意燥。

あらがう／争う	競爭、爭奪

【点】

分，分數★1点足りなくて、試験に落ちてしまった／我少了一分，沒通過考試。

【戦争】

戰爭，戰事；會戰；打仗★戦争のことは孫の代まで伝えていかなければならないと思っている／我認為戰爭的真相必須讓子孫了解才行。

【競争】

競爭，爭奪，競賽，比賽★どっちが勝つか、競争しよう／來比賽看誰贏吧！

【柔道】

柔道，柔術★相撲と柔道と、どちらが面白いですか／相撲和柔道，哪一種比較有意思呢？

【試合】

比賽★試合に勝つためには、不安をなくして、自信をつけましょう／為了贏得比賽，要趕走焦慮，培養信心！

【テニス】tennis

網球★学生の時はテニスサークルでいつもテニスをしていた／學生時代一天到晚在網球社裡打網球。

【テニスコート】tennis court

網球場★テニスコートは昼のように明るかった／網球場和白天一樣明亮。

【失敗】

失敗★朝から失敗ばかりで、気分が悪い／從早上就一直出錯，心情很糟。

【勝つ】

勝，贏★明日の試合に勝ったら、全国大会に行ける／明天的比賽如果獲勝，就能夠晉級參加全國大賽。

【負ける】

輸，敗★試合に負けたことはよくないが、経験になったことはよかった／比賽輸了雖然不好，卻能成為很好的經驗。

【参る】

認輸，敗★この安さで、どうだ、まいっ

たか／這麼便宜，怎麼樣，你認輸了吧？

【比べる】
比賽，競賽，較量，比試★根気を比べる／比耐性。

● Track-004

| ある | 有、在、夠、普遍 |

【味】
趣味；妙處★味のある絵が素敵ですね／妙趣橫生的畫作真是賞心悅目。

【遊び】
間隙，游動，遊隙★ハンドルの遊びが大きい／方向盤連接處的縫隙很大。

【力】
權力；勢力；威力；暴力；實力★親の力で芸能界に入れた／靠著父母的力量進了演藝圈。

【お金持ち】
有錢的人，財主，富人★彼はお金持ちなのに、車も持っていない／他明明是個富翁，卻沒有車子。

【普通】
一般，普通；通常，平常，往常，尋常；正常★夫は、顔は普通だけれど、心の温かい人です／我先生雖然長相平凡，但是待人熱心。

【一般】
一般，普遍，廣泛，全般；普通（人），一般（人）★電池を一般ゴミに混ぜてはいけません／電池不可以丟進一般垃圾裡。

【空く】

有空閒★手がすいている時でいいです／手邊有空閒時就可以了。

【空く】
有空，有空閒，有時間★今度の土曜日は空いていますか／下星期六有空嗎？

【空く】
職位等出現空缺★部長のポストが空いている／部長的職位出現空缺。

【間に合う】
夠用，過得去，能對付★一時間あれば間に合う／有一個小時就夠用了。

【足りる】
數量足夠★一ヶ月ぐらいヨーロッパへ遊びに行きたいんですが、40万円で足りますか／我想去歐洲玩一個月左右，請問四十萬日圓夠嗎？

【残る】
剩下★今日の夕飯は、ゆうべ残ったカレーを食べよう／今天的晚飯吃昨天剩下的咖哩吧！

【ございます】
有；是；在★こちらが当社の新製品でございます／這是本公司的新產品。

| あわせる／合わせる | 配合、合併 |

【形】
形式上的，表面上的★形だけの夫婦／只是形式上的夫妻。

【習慣】
個人習慣★私は朝冷たいシャワーを浴びる習慣があります／我習慣早上沖個冷水澡。

【慣れる】
習慣，習以為常★部長に叱られるのは、もう慣れました／我已經習慣被部長罵了。

【間に合う】
趕得上，來得及★タクシーで行ったのに、パーティーに間に合いませんでした／我都已經搭計程車去了，還是來不及趕上宴會。

【済む】
過得去，沒問題；夠★朝食はパンとコーヒーで済ませた／早餐用麵包和咖啡打發了。

| いい／良い | 良好 |

【どんどん】
順利，順當★ネットで本がどんどん売れる／書本在網路上非常暢銷。

【是非】
是非：正確與錯誤，對與不對★是非をただす／辨別是非。

【興味】
興趣，興味，興致；興頭★私は子どもの頃から虫に興味があります／我從小就對昆蟲有興趣。

【宜しい】
好：恰好；不必，不需要★仕事がある

ところなら、どこでもよろしい／只要是有工作的地方，哪裡都可以。

【素晴しい】
（令人不自覺地感嘆）出色的，優秀的，令人驚嘆的，極優秀，盛大，宏偉，極美★スカイツリーの上から見た景色はすばらしいものでした／從晴空塔上面俯瞰的景色真是太壯觀了！

【正しい】
正確，對，確切，合理★選択肢の中では2が正しい／選項中的正確答案是2。

【美しい】
（精神上的、深刻動人的）美好，優美★花も美しい、月も美しい、それに気づく心が美しい／花美月也美，而能察覺到這一情境的心亦是優美純淨。

【美しい】
（視覺及聽覺上的）美，美麗，好看，漂亮★彼はいつも美しい女性を連れている／他身邊總是帶著漂亮的女生。

【優しい】
優美，柔和，優雅★安心する優しい声が聞こえる／可以聽到讓人感到安心的柔和聲音。

【適当】
（份量或程度等）正好，恰當，適度★適当な運動は健康に良い／適度的運動有益健康。

【慣れる】
熟練★病人の扱いに慣れた人／照看病人的老手。

【進む】
事情順利開展★会えなくても仕事が進む／不需面對面也可以讓工作順利進展。

【上げる】
變得更好、更出色，長進，進步★初めて演じた役柄で名を上げた／第一次飾演的角色讓名聲大噪。

【決まる】
得體，符合★背広が決まっている／西裝符合身型及體格。

【合う】
對，正確★何度やっても計算が合わない／算幾次都不對。

【足りる】
值得★彼は信頼するに足りる男だ／他是個值得信賴的男人。

いう／言う　說、叫

【うん】
嗯，是；表回應★「先生、明日は大学にいらっしゃいますか。」「うん、明日も来るよ。」／「教授，請問您明天會到學校嗎？」「嗯，我明天也會來呀！」

【ああ】
啊；是；嗯；表回應★ああ、そうですか。じゃあ、待ちましょう／嗯，這樣啊，那等一等吧！

【発音】
發音★外国人には発音しにくい言葉があるので、そこが一番難しいです／有些外國人很難發音的詞句，那就是最難學的部分。

【挨拶】
賀辭或謝辭★皆様にご挨拶を申し上げました／我跟大家說了幾句謝辭。

【嘘】
謊言，假話★嘘ばかりつくと、人に嫌われるよ／如果老是說謊，就會被討厭喔！

【嘘】
不恰當，不應該，不對頭；吃虧★嘘の報告／不恰當的報告。

【失礼】
對不起，請原諒；不能奉陪，不能參加★「え、佐藤さんのお宅じゃありませんか。」「いいえ、うちは鈴木ですけど。」「あ、失礼しました。」／「咦，這裡不是佐藤公館嗎？」「不是，敝姓鈴木。」「啊，對不起。」

【謝る】
謝罪，道歉，認錯★謝れば済むことと、謝っても済まないことがある／有些事只要道歉就可以原諒，有些事就算道歉也不能原諒。

【おっしゃる】
說，講，叫★来週試験をすると先生がおっしゃった／老師說了下星期要考試。

【申す】
說；講，告訴，叫做；「する」的謙讓語★私は李と申します／敝姓李。

【申し上げる】
說，講，提及，說起，陳述★私が一番申し上げたかったことは、それはあく

までも噂<ruby>うわさ</ruby>ということだ／我最想申明的是，那只不過是謠言而已。

いきる／生きる	生存、生活、有生氣

【生活<ruby>せいかつ</ruby>】

生活，謀生，維持度日的活動★あと三日<ruby>か</ruby>、2,000円<ruby>えん</ruby>で生活<ruby>せいかつ</ruby>しなければなりません／還有整整三天，只能靠這兩千日圓過活。

【社会<ruby>しゃかい</ruby>】

社會，世間★大学を卒業<ruby>そつぎょう</ruby>して社会<ruby>しゃかい</ruby>に出<ruby>で</ruby>る／大學畢業後進入社會。

【世界<ruby>せかい</ruby>】

世界，全球，環球，天下，地球上的所有的國家、所有的地域★世界<ruby>せかい</ruby>を知るために、いろいろな国<ruby>くに</ruby>へ行<ruby>い</ruby>ってみたい／我想去許多國家來認識這個世界。

【気<ruby>き</ruby>】

氣息，呼吸★気<ruby>き</ruby>が詰<ruby>つ</ruby>まりそうな雰囲気<ruby>ふんいき</ruby>／令人窒息的氣氛。

【代<ruby>だい</ruby>】

輩，時代，年代；統治時代★私<ruby>わたし</ruby>の家族<ruby>かぞく</ruby>は、祖父<ruby>そふ</ruby>の代<ruby>だい</ruby>からこの村<ruby>むら</ruby>に住んでいる／我們家族從爺爺那一輩就住在這座村子裡了。

【盛<ruby>さか</ruby>ん】

繁榮，昌盛；(氣勢)盛，旺盛★この辺<ruby>へん</ruby>は昔<ruby>むかし</ruby>から商業<ruby>しょうぎょう</ruby>が盛<ruby>さか</ruby>んで、とても賑<ruby>にぎ</ruby>やかだった／這一帶從以前就是商業興盛之地，熱鬧非凡。

【生<ruby>い</ruby>きる】

活，生存，保持生命★おばあさんは百歳<ruby>ひゃく</ruby>まで生<ruby>い</ruby>きました／奶奶活到了一百歲。

【生<ruby>い</ruby>きる】

生活，維持生活，以…為生；為…生活★イラスト1本<ruby>ぽん</ruby>で生<ruby>い</ruby>きる／靠畫插畫維持生活。

【送<ruby>おく</ruby>る】

度過★ここは私<ruby>わたし</ruby>が少年時代<ruby>しょうねんじだい</ruby>を送<ruby>おく</ruby>った家<ruby>いえ</ruby>です／這是我少年時期曾經住過的房子。

● Track-006

いく／行く	前往、去

【特急<ruby>とっきゅう</ruby>】

特快，特別快車★池袋<ruby>いけぶくろ</ruby>へ行<ruby>い</ruby>くには特急<ruby>とっきゅう</ruby>に乗<ruby>の</ruby>るのが一番<ruby>いちばん</ruby>早<ruby>はや</ruby>いですか／要去池袋的話，搭特快車是最快的方式嗎？

【留守<ruby>るす</ruby>】

不在家★部屋<ruby>へや</ruby>の電気<ruby>でんき</ruby>が消えているから、山田<ruby>やまだ</ruby>さんは留守<ruby>るす</ruby>だろう／既然房間裡的電燈沒亮，山田小姐應該不在吧。

【出発<ruby>しゅっぱつ</ruby>】

出發，動身，啟程，朝目的地前進★出発<ruby>しゅっぱつ</ruby>の時間<ruby>じかん</ruby>が30分<ruby>ぷん</ruby>早<ruby>はや</ruby>くなりました／出發的時間早了30分鐘。

【途中<ruby>とちゅう</ruby>】

途中，路上；前往目的地的途中★八百屋<ruby>やおや</ruby>に行<ruby>い</ruby>く途中<ruby>とちゅう</ruby>、ケーキ屋<ruby>や</ruby>でアイスクリームを買<ruby>か</ruby>った／前往蔬果店的途中，我在蛋糕店買了冰淇淋。

【いらっしゃる】

去；為「行く」的尊敬語★大森<ruby>おおもり</ruby>へいらっ

しゃる方は、中山駅で乗り換えてください／前往大森的乗客請在中山站換車。

【おいでになる】
去★部長は来月アメリカへおいでになる／部長下個月要去美國。

【参る】
去；來★部長が病気のため、私が参りました／因為部長生病，所以由我代理前往了。

【上がる】
去，到★日曜日お宅へあがってもいいですか／星期天到您家裡去拜訪可以嗎？

【邪魔】
訪問，拜訪，添麻煩★明日、ご自宅にお邪魔してもいいですか／明天想到貴府拜訪，方便嗎？

【訪ねる】
訪問，拜訪★大学の先生を訪ねる／拜訪大學教授。

【伺う】
拜訪，訪問★昨日、社長のお宅に伺いました／昨天到社長家拜訪了。

【向かう】
出門；前往★「もしもし、今どこですか。」「今、車でそちらに向かっているところです。」／「喂？你現在在哪裡？」「現在正開車前往你那邊。」

【寄る】
順便去，順路到★買い物に行く途中で、美容院に寄るつもりだ／我打算去購物的途中順便繞到美髮沙龍。

【送る】
送；寄，郵寄★プレゼントをもらったので、お礼の手紙を送った／由於收到了禮物，所以寄了信道謝。

【連れる】
帶，領★昨日は子どもを病院へ連れて行きました／昨天帶孩子去了醫院。

【通う】
往來，來往；通行★新宿・上野間を通うバス／來往於新宿及上野間的巴士。

【通う】
上學，通學；上班，通勤★このごろ、バスをやめて、自転車で学校に通い始めた／這陣子開始不搭巴士，改騎自行車上學了。

いそぐ／急ぐ	趕緊、著急

【急】
急，急迫；趕緊★急な用事ができたため、今日は休ませてください／因為出了急事，今天我想請假。

【急行】
急往，急趨★事故の現場に急行する／奔赴事故現場。

【急ぐ】
快，急，加快，著急；為早點達成目的的行動★あの、これ、いつできますか。ちょっと急いでるんですけど／不好意思，請問什麼時候可以完成呢？我時間有

點趕。

【騒ぐ】
慌張，著忙；激動，興奮不安★彼の声を聞くだけで心が騒ぐ／光聽到他的聲音就感到心慌意亂。

いなむ／否む	拒絶、否定

【そんな】
哪裡，不會★「お上手ですね。」「いいえ、そんな。」／「您真厲害。」「不，哪裡。」

【全然】
全然，完全，根本，簡直，絲毫，一點（也沒有）★フランス語は全然分かりません／我完全不會講法語。

【ちっとも】
一點（也不），一會兒也（不），毫（無）；總（不）★皆が彼はすごいと言うけど、私はちっともすごいと思わない／大家都說他很厲害，我卻一點都不覺得他厲害。

【そんなに】
（不用、無需）那麼，那麼樣；程度不如想像★そんなに食べられないから、1個でいいわ／吃不了那麼多，給我一個就夠了。

【不便】
不便，不方便，不便利★この掃除機、少し重いので、お年寄りにはちょっと不便かもしれません／這台吸塵器有點重，老人家可能不太方便使用。

● Track-007

いる	在、有

【留守】
看家，看門★みんな、留守を頼む／大夥們，這邊就請大家照應啦。

【住所】
住址，地址；住所★あなたのお名前とご住所を伺います／請教您的大名和住址。

【アドレス】address
住址★アドレスをカタカナで書く／用片假名寫地址。

【メールアドレス】mail address
電子信箱；電子郵箱★僕のメールアドレスを教えますから、なにか書くものはありますか／我把電子郵件信箱留給你，有沒有紙筆呢？

【居る】
有，在★社長はただいま、出かけております／社長目前不在公司裡。

【いらっしゃる】
在：為「いる・ある」的尊敬語★加藤さんはいらっしゃいますか／加藤先生在嗎？

【おいでになる】
在★田中社長はおいでになりますか／田中社長在嗎？

【頑張る】
不動，不走，不離開★入り口に警備員

ががんばっている／門口有守衛監視著。

いれる／入れる	入、放入、包進

【財布】さいふ

銭包，銭袋；腰包★この財布は大きくて使いやすい／這個錢包容量大，方便使用。

【ファイル】file

文件夾；講義夾★ファックスしてから、ファイルに入れておいてください／傳真後，請放進文件夾歸檔。

【キーボード】keyboard

鍵盤，電子鍵盤★こちらのキーボードは軽くて打ちやすいですよ／這種鍵盤不但輕又很好打喔！

【ラップ】wrap

（食品包装用的）保鮮膜；用保鮮膜包★残りの食材はラップに包んで冷蔵庫に入れる／剩下的食材用保鮮膜包起來放進冰箱裡。

【注射】ちゅうしゃ

注射，打針★男の子は注射器を見て激しく泣き出した／小男孩一看到針筒就放聲大哭了。

【入力】にゅうりょく

輸入★名字を平仮名で入力してください／請用平假名輸入名字。

【挿入】そうにゅう

插入，裝入；填入★本文の最後に広告を挿入してください／請在內頁的最後插入廣告。

【打つ】う

打或以類似打的動作，一下子打進去★注射を打たなくても、治す方法はないのか／有沒有不打針就能治好的方法？

【包む】つつむ

包；裹；包上；穿上★黒い毛皮のコートに身を包んだ女性は俳優です／那位身穿黑色毛皮大衣的女人是演員。

うける／受ける	承接、接受

【受付】うけつけ

受理，接受★願書の受付は十月一日からです／從 10 月 1 日開始受理申請。

【受信】じゅしん

收信；收聽★受信した中国語のメールが文字化けしてしまった／收到的中文電子郵件變成亂碼了。

【頂く・戴く】いただく・いただく

領受，拜領，蒙賜給；要★丁寧に教えていただいて、よく分かりました／承蒙詳細告知，這樣我清楚了。

【受ける】う

遭受★多くの傷を受けた／多處受傷。

【受ける】う

繼承，接續★父のあとを受けて社長となる／接父親的後任當社長。

【受ける】

應試；應考★模擬試験を受ける／報考模擬考試。

【受ける】

受歡迎★一般大衆に受ける／受一般群眾歡迎。

【持てる】

受歡迎，吃香；受捧★学生に持てる先生になりたい／想成為廣受學生歡迎的老師。

● Track-008

うごかす／動かす	活動、操作

【機械】

機器，機械★機械を動かす／開動機器。

【ソフト】soft

軟體★機械に問題はないが、ソフトに問題があるようだ／機器本身沒有問題，但是軟體似乎有問題。

【スタートボタン】start button

開始按鈕；起始按鈕★この機械の赤いスタートボタンを押したら、電気が付きますよ／只要按下這部機器的紅色啟動按鈕，就會亮起來囉！

【運動】

（向大眾宣揚某想法的）運動，活動★選挙運動で注意すべきことはありますか／選舉運動有什麼需要注意的地方呢？

【運転】

開，駕駛，運轉，操作機械使其工作，亦指機械轉動★車を運転したければ、免許を取らなければならない／想開車的話，就非得考到駕照不可。

【クリック】click

（電腦滑鼠）點擊，按按鈕★スタートボタンを右クリックすると、スタートメニューが出てきます／移到起始按鈕按下右鍵，就會出現起始表單。

【保存】

保存★PCに資料を保存します／把資料存在PC裡。

【折る】

折疊★新聞紙を二つに折って植物をはさむ／把報紙折疊成兩折，把植物夾入其中。

【点ける】

打開★昨夜テレビをつけっぱなしにして、寝てしまった／昨晚沒關電視就睡著了。

【捕まえる】

捉住動物，逮住；捕捉動物或犯人★虫を捕まえるなど、気持ち悪くてだめです／抓蟲子實在太噁心了，我辦不到。

【打つ】

使勁用某物撞他物，打，擊，拍，碰★満塁だ。打て、打て、たかはしー／滿壘了！揮棒啊，揮棒啊，高橋——！

【捨てる】

置之不理，不顧，不理★親は自分の命を捨てても子どもを守るんだよ／父母往往不顧自己的性命，也要保護孩子萬全。

【投げる】

投，拋，扔，擲★槍投げとかボール投げとか、物を投げるスポーツは多い／擲標槍和投球等等，投擲物體的運動有很多種。

【踏む】

踏，踩，踐踏；踩腳★カーブの途中でブレーキを踏むと、車は曲がらなくなって危ないです／在過彎時踩煞車，可能導致車子無法順利轉彎，很危險的。

【動く】

有目的的行動★地域のために動いたが、失敗した／為了地區而行動，卻失敗了。

【落とす】

使降落，弄下，往下投，摔下★都市に爆弾を落とす／於都市上空扔炸彈。

うごく／動く	動、搖動、變動

【どんどん】

旺盛，旺，熱火朝天；茁壯★暑くなってくると、草がどんどん伸びます／天氣一熱起來，草木便生長旺盛。

【地震】

地震，地動★地震だ。机の下に入れ／地震！快躲到桌下！

【踊り】

舞，舞蹈，跳舞★3歳から踊りを習い始めました／從三歲開始學習舞蹈。

【水泳】

游泳★泳げないから、水泳の授業は嫌いです／因為不會游泳，所以討厭上游泳課。

【運動】

運動，體育運動★週に3回、運動するようにしている／我現在每星期固定運動三天。

【掛ける】

開動（機器等）★車のエンジンを掛ける／發動車子的引擎。

【動く】

動，形體位置不靜止而變動★雲が動く／雲朵飄動。

【動く】

移動，挪動★ここを動きたくない／不想從這裡挪動。

【踊る】

跳舞，舞蹈★社長がお酒を飲んで踊るのを見たことがありますか／您看過社長邊喝酒邊跳舞的模樣嗎？

【駆ける・駈ける】

跑，快跑，奔跑★家に帰ると犬のシロが駆け寄ってきた／一回到家，愛犬小白立刻衝了過來。

【回る】

轉，旋轉，回轉，轉動★お茶を飲むときは、おちゃわんを2回回して、それから飲みます／喝茶的時候要將茶碗轉兩次，然後啜飲。

【回る】

繞彎，繞道，迂迴★十字路を左へ回る

／在十字路口往左轉。

【滑る】

（在物體表面）滑行，滑動★かっこよく氷の上を滑ろうとして転んだ／想在冰上帥氣地滑行，沒想到卻跌了一跤。

【滑る】

站不住腳，打滑★滑って転んでしまい、恥ずかしさで死にそうだった／不慎腳滑摔倒了，羞得我簡直想死。

【倒れる】

倒，塌，倒毀★大雨で家が倒れた／房屋因大雨倒塌了。

【揺れる】

搖晃，搖擺，擺動，搖盪；晃蕩，顛簸；動搖，不穩定★「今朝大きな地震があったよね！」「ええ、久しぶりに結構揺れたわ。」／「今天早上發生了大地震對吧！」「是呀，好久沒搖得那麼厲害了。」

【逃げる】

逃走★地震のとき、エレベーターで逃げてはいけません／地震發生時不可以搭乘電梯逃生。

【降りる】

下交通工具；從上方下來，降，降落★電車を降りて、そこからバスに乗る／下電車，再搭公車。

【降りる】

指露、霜等生成於地上或空中★昨日は霜が下りていた／昨天降了霜。

【進む】

進，前進★800 メートルくらい進み、

橋を渡ると、左にテニスコートがあります／往前走 800 公尺左右，過橋後的左邊有一座網球場。

【折れる】

拐彎★十字路で右に折れる／在十字路口向右拐。

【折れる】

折疊★紙幣がふたつに折れている／紙幣對折了。

【運ぶ】

進展（事物按照預期順利進展）★事がうまく運ぶ／事情進展順利。

【落ちる】

落下，降落，掉下來，墜落；沒考中；落選，落後★木の葉が道に落ちていました／樹葉飄落路面了。

● Track-009

うつす／移す	移動、搬遷、改變

【エスカレーター】escalator

自動扶梯★顔や手をエスカレーターの外に出して乗ると、たいへん危険です／搭乘手扶梯時如果把頭或手伸出去，將會非常危險。

【送る】

傳送；傳遞；依次挪動★バケツを手で送る／用手傳遞水桶。

【運ぶ】

運送，搬運★会議のために椅子とテーブルを運んでください／為了布置會議

場地，請將椅子和桌子搬過來。

【移る】
移動★もっと女性に働きやすい職場に移りたいと思います／我想要換到更適合女性工作的職場做事。

【変える】
變更（地點、物品的位置）★会場を変える／變更會場。

【変わる】
改變地點，遷居，遷移★新しいビルに変わる／遷入新大樓。

【動く】
調動，調轉，離開，向新的場所或地方遷移★支社へ動く／調往分公司。

【引っ越す】
搬家，搬遷，遷居★今、アパートを引っ越そうと思ってるんだよ／我正在考慮搬離公寓呢。

うつす／映す・写す	映、照

【鏡】
鏡子★ここに鏡を掛けようと思う／我想在這裡掛上鏡子。

【スクリーン】screen
銀幕；電影界；螢幕★スクリーンは映画などを映す幕やテレビの画面のことだ／銀幕（螢幕）是指播映電影的布幕或是電視機的畫面。

【写す】
拍照★「写真を写す」と「写真を撮る」は同じ意味です／「拍相片」和「照相片」是相同的意思。

うむ／生む	生產、孕育

【女性】
女性，婦女★会場には日本の着物を着た女性も見えました／會場裡也看到了身穿日本和服的女性。

【男性】
男性，男子★女性の服は本館の３階、男性の服は本館の４階です／仕女服專櫃位於本館三樓，紳士服專櫃位於本館四樓。

【子】
子女★うちの子が、悪いことをするはずがありません／我家的孩子不可能做壞事！

【親】
雙親；父母，父親，母親★親に反対されて、彼女と結婚できなかった／由於遭到父母的反對，以致於無法和她結婚了。

【祖父】
爺爺，祖父，老爺，外祖父★祖父を東京見物に連れて行く／我要帶爺爺去東京觀光。

【祖母】
祖母，外祖母★祖母は料理が好きで、よく私に教えてくれた／奶奶喜歡下廚，

時常教我做菜。

【赤ちゃん】

小寶寶，小寶貝，小娃娃，嬰兒★姉の赤ちゃんはよく笑います／姐姐生的小寶寶很愛笑。

【赤ん坊】

嬰兒，乳兒，小寶寶，小寶貝，小娃娃★うちの赤ん坊はまだしゃべれない／我家寶寶還不會說話。

【お子さん】

（您的）孩子，令郎，令愛★洗濯とか、掃除とか、お子さんにさせるんですか／請問您會讓孩子幫忙洗衣服或是掃地等家務嗎？

【息子さん】

您兒子★これが、山田先生の奥さん。で、こっちが息子さんの誠君／這位是山田老師的夫人，然後這一位是他們的少爺小誠。

【娘さん】

您女兒★娘さんはあなたに似て、とてもかわいいです／令千金長得像您，可愛極了。

【お嬢さん】

令愛，（您的）女兒；千金★上のお嬢さんたち二人はお母さんより大きいですけど、高校生ですか／您的大千金和二千金都比母親長得高，兩位都是高中生嗎？

【出来る】

有了（孩子），發生（事情）★二人の間に

子どもができた／兩人有了孩子。

● Track-010

うやまう／敬う　尊敬

【お待たせしました】

讓您久等了★お待たせしました。どうぞお入りください／讓您久等了，請進。

【畏まりました】

（敬語）知道了★かしこまりました。あさってまでにお渡しします／瞭解了，後天之前會交給您。

【でございます】

是，在★山田産業の加藤でございます／我是山田產業的加藤。

【御】

表示尊敬：表示禮貌之意★ご主人の社長就任、おめでとうございます／恭喜尊夫君就任社長！

【丁寧】

很有禮貌，恭恭敬敬★丁寧な言葉を使う／說話有禮貌。

【大事】

重要，要緊，寶貴，保重，愛護★ジュースが倒れて、大事な書類が汚れてしまった／打翻了果汁，把重要的文件弄髒了。

【珍しい】

珍奇，稀奇★珍しい動物が見られる／可以看到珍奇的動物。

【挨拶】

打招呼，寒暄語★大きな声で挨拶しましょう／要大聲向人家問好喔！

【祈る】

祈求，祝願，希望；祈禱，禱告★道中のご無事をお祈り申し上げます／為您祈求一路平安。

【褒める】

讚揚，稱讚，讚美，褒獎，表揚，高度評價人和事★先生から「絵がうまい、絵がうまい」と褒められた／老師稱讚了我：「畫得真好、畫得真好！」

うる／売る	銷售

【輸出】

輸出，出口★1996年からは、米の輸出がまた増えてきました／自1996年起，稻米的外銷量又增加了。

【店員】

店員，售貨員★店員：「袋に入れますか。」客：「いいえ、そのままでいいです。」／店員：「要不要幫您裝袋？」顧客：「不必，我直接帶走就好。」

【売り場】

出售處，售品處，櫃檯★お客様にお知らせします。先月、売り場が変わりました／敬告各位貴賓，專櫃已於上個月異動。

【スーパー】supermarket 之略

超市★このスーパーなら、金曜日に買うと新鮮な野菜が買える／假如挑星期五上這家超市，就能買到新鮮的蔬菜。

【バーゲン】bargain sale 之略

大拍賣，廉價出售★バーゲンセールに賢い観光客がおおぜい来た／特賣會時來了很多懂得精打細算的觀光客。

【食料品】

食品★故郷の母から、衣類や食料品が送られてきた／媽媽從故鄉寄來了衣服和食物。

える／得る	獲得、得到

【時給】

計時工資★時給2000円ならすぐ人が見つかりますよ／如果時薪給到兩千日圓，一定立刻就能找到人手喔！

【受ける】

承蒙，受到；接到；得到；奉★弟子となって、師の教えを受ける／成為弟子，受教於老師。

【もらう】

領到，收受，得到★友達に台湾みやげのウーロン茶をもらいました／我收到了朋友從台灣帶來的烏龍茶伴手禮。

【拾う】

弄到手，意外地得到；接（發球）★先生のおかげで娘は命を拾った／多虧醫生讓女兒撿回了一條命。

【拾う】

拾，撿★拾ったカバンの中には1万円が入っていた／撿到的提包裡裝了一萬日圓鈔。

【拾う】

招呼交通工具；挑出，選出，揀出★ちょっと遠いから、タクシーを拾いましょう／距離有點遠，攔輛計程車吧。

【釣る】

釣魚★その旅館では、窓から魚を釣れるらしい／聽說那家旅館可以在窗前釣魚。

【上がる】

被找到（發現）；被抓住★犯人が上がった／犯人被抓到了。

● Track-011

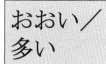

おおい／多い　多的

【ほとんど】

大體，大部分★テストはほとんど分からなかった／考題幾乎都不會寫。

【中々】

頗，很，非常；相當★扇風機だけの夏はなかなか暑かったです／只有電風扇的夏天，相當熱啊！

【大分】

很，相當地★どうしたの。だいぶ具合が悪そうだね／怎麼了？看你好像身體很不舒服的樣子。

【十分】

十分，充分，足夠，充裕★今出れば、2時の会議に十分間に合いますよ／現在出門的話，距離2點開會還有相當充裕時間喔。

【以上】

以上，不少於，不止，超過，以外；以上，上述★日本では、6月から8月はかなり暑くて、30度以上の日も多いです／在日本，從6月到8月都相當炎熱，經常出現30度以上的氣溫。

【億】

指數目非常多★億兆の兵士／士卒數目龐大。

【一杯】

滿，充滿於特定場所中★とても天気のよい日だったので、公園は人でいっぱいだった／由於天氣很好，公園到處都是人。

【一杯】

數量很多★部屋に蚊がいっぱい入ってしまった／房間跑進了許多蚊子。

【深い】

濃厚★深い霧がかかる／濃霧籠罩。

【多い】

多的，數目或者分量大，數量、次數等相對較大、較多★京都は、神社と寺とどちらが多いですか／請問京都的神社和寺院，哪一種比較多呢？

【過ぎる】

超過；過度；過分；太過★新しい言葉が多すぎて、どうしても全部覚えることができない／新的詞彙太多，怎麼樣都沒辦法全部背下來。

【勝つ】

超過；超越★世界で強豪国に勝つのも

夢じゃない／超越世界上實力堅強的強
國也不再是夢想。

【足りる】

（對於正在做的事情來説是）夠用的、可
以的★今のところ人が足りているので、
大丈夫です／目前人手夠用，沒問題。

おおきい／大きい	大的、高的

【大匙】

湯匙，大型的匙子★料理するとき大匙
を使う／做料理時使用大湯匙。

【大きな】

大，巨大，重大，偉大★大きな荷物／
大件行李。

【深い】

（顔色、深度、輪廓等）深★湖の深さを測
ると、300 メートルもありました／測量
湖水的深度後發現，居然深達 300 公尺。

【太る】

胖，發福；肥★太って、スカートがき
つくなってしまった／胖了以後，裙子
變緊了。

おく／置く	置、放置、裝置

【デスクトップ】desktop

桌上型電腦★かわいいお花のかたちの
時計をデスクトップに置いてみました
／在桌上電腦設置了可愛的花型時鐘。

【棚】

棚，架；擱板，架子★棚から荷物を下
ろします／從架子把東西搬下來。

【インストール】install

裝置；安裝；裝配；備用；建立★ソフト
をインストールしたら、パソコンが動
かなくなってしまった／把軟體灌進去
以後，電腦就當機了。

【植える】

栽種，種植★この池の前に、木を植え
ようと思っています／我打算在這個池
塘的前面種樹。

【付ける】

安上，安裝上；連接上；掛上；插上；縫
上★トイレには、窓をつけたほうがい
いですか／廁所最好安裝上窗戶嗎？

● Track-012

おくる／送る	送、寄送、送（人）

【仕送り】

匯寄生活補貼★親の仕送りを受けずに
大学を卒業した／沒有讓父母補貼生活
費，憑一己之力讀到了大學畢業。

【車内アナウンス】しゃない
announce

車内廣播★間もなく小田原に到着致し
ます、との車内アナウンスが流れた／
電車放著「即將抵達小田原」的車内廣播。

【放送】

廣播，播出；在電視上播放；收音機播

送：用擴音器傳播，傳佈消息★夕飯の時間にこんな番組を放送してはいけない／晚餐時段不可以播映這種節目。

【インターネット・ネット】internet

網路★赤ちゃんの名前をインターネットで調べてみた／在網路上搜尋了新生兒的姓名。

【メール】mail

郵政；郵件，短信★何度も連絡したのに、いくら時間がなくても、メールを見るぐらいできるでしょう／都已經聯絡那麼多次了，再怎麼沒空，至少也要看一下郵件吧？

【差出人】

發信人，寄信人，寄件人★はがきを書くときは、差出人の名前ははがきの表に書きます／寫明信片的時候，寄件者的姓名要寫在明信片的正面。

【宛先】

收信人的姓名、地址★手紙の宛先を間違えて、戻ってきてしまった／寫錯信件收信人的地址，結果被退回來了。

【転送】

轉送；轉寄；轉遞★パソコンから iPad へ写真や音楽を転送した／從電腦傳送了照片和音樂檔到 iPad 裡。

【送信】

（通過無線）發報；（通過有線或無線）播送；（通過電波）發射★メールを間違って、送信してしまった／我寄錯電子郵件了。

【送る】

送（人），送行，送走；伴送★日本に帰る彼女を飛行場まで送った／我送要回去日本的她到了機場。

【出す】

寄，郵送；發送★家族が死んだら、次の年の年賀状は出しません／假如適逢服喪期間，隔年就不寄送賀年卡。

【届ける】

送到；送給；送去★今週中にこのテレビを届けてもらえますか／這台電視機可以在本週內送來嗎？

【打つ】

送出，打，輸入★電報を打つ／打電報。

【遣る】

派去，派遣，送去，打發去★娘をアメリカの学校へやる／送女兒去美國上學。

おくる／贈る　贈與

【お土産】

土産；當地特產★お土産は、きれいなハンカチを２枚買いました／買了兩條漂亮的手帕當作伴手禮。

【プレゼント】present

贈送禮物，送禮；禮品，贈品，禮物★この番組を聞いているみなさんに、チケットをプレゼントします／本節目將會致贈票券給正在收聽的各位聽眾。

【お祝い】

祝賀的禮品★引っ越しのお祝いに、鏡をもらった／人家送了我鏡子作為搬家的賀禮。

【御礼】 おれい

謝禮，酬謝，為表示感謝而贈送的物品★お礼に、これを差し上げます／送給您此禮，表示我的一點謝意。

【贈り物】 おくもの

禮物，禮品，贈品，獻禮★結婚祝いにどんな贈り物をしようか。困っています／到底該送什麼作為結婚賀禮呢？真傷腦筋。

おこす／起こす	引起、喚起、創立

【致す】 いた

引起，招致，致★彼を死に致す／讓他死亡。

【始める】 はじ

開創，創辦★自分で商売を始める／自己經商。

【起こす】 お

湧起情感；自然的湧出、生起；因某事而引起；惹起不愉快的事情；精神振奮起來★彼女は私にやる気を起こさせてくれた／她讓我重新燃起了動力。

【起こす】 お

喚起，喚醒，叫醒★降りる時に起こしてください／下車時叫我起來。

おしえる／教える	教授

【育てる】 そだ

教育，培養★自分で学んでいける生徒を育てる／培養出自動自發學習的學生。

【教育】 きょういく

學校教育；（廣義的）教養；文化程度，學力★うちの会社では社員の教育に力を入れています／我們公司對於員工教育不遺餘力。

【テキスト】 text

教科書，教材，課本，講義★テキストの12行目を読んでください／請讀教科書的第12行。

【校長】 こうちょう

校長★校長先生が話されます。静かにしましょう／校長要致詞了，大家保持安靜！

【小学校】 しょうがっこう

小學校★小学校入学のとき買ってもらった机を、今でも使っている／進入小學就讀時家裡買給我的書桌，直到現在都還在用。

【中学校】 ちゅうがっこう

初級中學，初中，國中★天気が良かったら、午前10時までに中学校にお集まりください／如果天氣晴朗，請在早上10點前到中學集合。

【高校・高等学校】 こうこう こうとうがっこう

高級中學，高中★こんにちは。ゆきえ

です。17歳^{さい}です。高校^{こうこう}2年生^{ねんせい}です／大家好，我叫雪繪，今年17歲，是高中二年級學生。

【学部^{がくぶ}】

院；系★医学部^{いがくぶ}に入^{はい}るには、いい成績^{せいせき}で、さらに、態度^{たいど}も良^よくなければならない／想進入醫學系必須成績優異，並且態度也要謙恭才行。

【講義^{こうぎ}】

講義：大學課程★火曜日^{かようび}は9時^じから講義^ぎがある／星期二從9點開始上課。

【入門講座^{にゅうもんこうざ}】

初級講座★それは初心者^{しょしんしゃ}にも分^わかりやすい入門講座^{にゅうもんこうざ}です／那是初學者也能夠輕鬆聽懂的入門講座。

おそい／遅い	緩慢、晩的

【そろそろ】

漸漸，逐漸；慢慢地，徐徐地★そろそろ涼^{すず}しくなってきた／天氣越來越涼了。

【夕^{ゆう}べ】

昨晚，昨夜★夕^{ゆう}べ遅^{おそ}く、知^しらない電話^{でんわ}番号^{ばんごう}から電話^{でんわ}がかかってきて、出^でないことにした／昨天深夜收到一通陌生號碼打來的電話，我沒有接聽。

【夕^{ゆう}べ】

傍晚★秋^{あき}の夕^{ゆう}べが美^{うつく}しい／秋天黃昏無限好。

【遅^{おく}れる】

鐘錶慢了★この時計^{とけい}は5分^{ふんおく}遅れている／這隻錶慢了5分鐘。

【遅^{おく}れる】

沒趕上；遲到；誤點，耽誤；時間晚了★10時から会議^{おく}です。遅れないように／10點開始開會，請切勿遲到。

【暮^くれる】

日暮，天黑，入夜★日^ひが暮^くれたのに、子^こどもが帰^{かえ}って来^きません／太陽都下山了，孩子卻還沒有回來。

おどろく／驚く	感到驚訝、意外

【あっ】

啊，呀，哎呀，感動時或吃驚時發出的聲音★あっ、雨^{あめ}だ！どうしよう、傘^{かさ}がない／啊，下雨了！我沒帶傘，怎麼辦？

【けれど・けれども】

雖然…可是，但是，然而★ぶどうはおいしいけれど、ちょっと高^{たか}い／葡萄雖然好吃，但有點貴。

【割合^{わりあい}に】

表示與其基準相比不符；雖然…但是；等同於「けれど」★今年^{ことし}は忙^{いそが}しかった割合^{わり}に、利益^{りえき}が上^あがらなかった／今年雖然很忙，但是收益卻沒有增加。

【びっくり】

吃驚，嚇一跳★その店^{みせ}のラーメンのおいしいのには、びっくりさせられた／我被那家店的拉麵美味的程度給嚇了一跳。

【凄い】

可怕的，駭人的；陰森可怕的★夫の帰りが遅いため、妻が凄い顔をしている／因為老公回來得晚，老婆板著一張臉。

【怖い】

令人害怕的；可怕的★台風が来て、うちの子は雨や風の音を怖がった／颱風肆虐，我家的孩子被雨聲和風聲嚇壞了。

【驚く】

嚇；驚恐、驚懼、害怕，吃驚嚇了一跳；驚訝；驚奇；驚歎，意想不到，感到意外★急に肩をたたかれて驚いた／忽然被人拍了肩膀一下，我嚇了一跳。

● Track-014

おもう／ 思う	想像、感覺

【うん】

嗯嗯，哦，喔；表示思考★「もうタイ語、読めるようになった?」「うん、まだ習い始めたばかりだから…」／「讀得懂泰語了嗎?」「嗯…我才剛學沒多久…」

【やはり】

果然★ドラマより、やはり元の小説のほうが、いろいろ想像することができていいです／比起影集，還是看原著小說更有想像空間。

【すると】

那，那麼，那麼說來，這麼說來★すると、彼はそれに気づいたのか／這麼說來，那件事被他察覺了是嗎?

【つもり】

打算★大学には進学せずに、就職するつもりです／我不打算上大學，想去工作。

【気分】

氣氛，空氣★ロマンチックな気分になる／沈浸在浪漫的氛圍中。

【空気】

氣氛★発表中、緊張した空気が流れていました／發表中，充滿了緊張的氣氛。

【気】

氣氛★人の言うことを気にしている／在意著別人說的話。

【心】

心情，心緒，情緒★悲しい話に心が引かれる／被悲傷的故事感染了情緒。

【心】

心地，心田，心腸；居心；心術；心，心理★心の優しい人が好きだ／我喜歡心地善良的人。

【気持ち】

精神狀態；胸懷，襟懷；心神★気持ちを新たにする／重新振作精神。

【心配】

擔心，掛心，掛念，牽掛，惦記，掛慮，惦念；害怕；不安；憂慮★今のところ大きな地震の心配はありませんが、注意が必要です／目前雖不必擔心會發生大地震，但還是需要小心。

【可笑しい】

可疑★様子のおかしい男がカメラに向かってピースしている／行徑可疑的男

子面對攝影機擺出 V 字手勢。

【可笑しい】

可笑，滑稽★この映画はおかしすぎます／這部影片太滑稽有趣了。

【間違える】

弄錯，搞錯★おつりの計算を間違えて、叱られた／因為找錯零而挨罵了。

【上がる】

怯場，失掉鎮靜，緊張★彼は人前だと上がってしまう／他一到人前就會怯場。

【思う】

預想，預料，推想，推測，估計，想像，猜想★この雨は 1 時間ぐらいでやむだろうと思う／這雨我想大概一個小時左右就會停了。

【思う】

相信，確信★彼が悪いことをするとは思わない／我不相信他會做壞事。

【思う】

想，思索，思量，思考★携帯電話を新しいのにしようと思う／我打算換一支新手機。

【決まる】

一定是★夏は暑いに決まっている／夏天當然熱了。

【決める】

獨自斷定；認定；自己作主★自分の意見が正しいと決めてかかる／獨自斷定自己的意見是正確的。

【思い出す】

記起，回憶起★この歌手の名前がどうしても思い出せない／我怎麼樣都想不起來這位歌手的名字。

● Track-015

おわる／終わる	結束

【てしまう】

完了，光了，盡了（為補助動詞，表示該動作全部結束或該狀態完成，往往表示某事的非自願發生）★この暑さで、パンにかびが生えてしまった／在這麼熱的氣溫下，麵包發霉了。

【すると】

於是，於是乎★僕は彼女にお花をあげました。すると、彼女はニッコリ笑って花を受け取りました／我送了她一束花，然後她就微笑收下了。

【到頭】

終於，到底，終究，結局★1 年もかかったけど、とうとう治った／耗費了一整年，終於把病治好了。

【終わり】

終，終了，末尾，末了，結束，結局，終點，盡頭★私の話を終わりまで聞いてください／請聽完我的話。

【終わり】

末期；一生的最後★ペットの命の終わりを迎えた／迎來寵物的離世。

【最後】

最後，最終，最末★最後に帰る人は、部屋の電気を消してください／最後離

開的人請關室內燈。

【以上】

終了，以上（寫在信件、條文或目錄的結尾處表示終了）★以上、よろしくお願い致します／以上（終了），請多指教。

【終電】

末班電車★彼は 23 時 40 分の終電に間に合わなかった／他沒趕上 23 點 40 分的最後一班電車。

【卒業】

體驗過，過時，過了階段★ゴルフはもう卒業した／我已經不再打高爾夫了。

【暮れる】

即將過去，到了末了★お歳暮を頂きました。今年も暮れる時期ですね／收到您的年終禮品，今年也到年終了。

【済む】

完了，終了，結束★手術無事に済んだ／手術順利完成。

【済む】

（問題、事情）解決，了結★トラックに引きずられたが，幸い足に軽い怪我だけですんだ／被貨車撞倒拖行，所幸只有腳受了輕傷而已。

【上がる】

完，了，完成；停，住，停止；滿，和★彼は仕事が上がると、すぐジムに向かった／他工作一結束，馬上前往健身房。

【落ちる】

落入★会社が人手に落ちる／公司落入他人的手裡。

【片付ける】

解決，處理★トラブルを片付ける／處理糾紛。

かえる／返る	返回、恢復、歸還

【お釣り】

找的零錢，找零頭★このボタンを押すと、お釣りが出ます／只要按下這顆按鈕，找零就會掉出來。

【直る】

復原，恢復原來良好的狀態★仲が直るきっかけを見つける／找尋言歸於好的契機。

【戻る】

歸還；退回；把原本擁有的物品歸還原主★貸した金が戻る／收回借出去的錢。

【戻る】

倒退；折回★駅から 5 キロほど戻る／從車站退回約 5 公里左右。

かえる／換える・替える	代替、變換、改換

【代わりに】

代理，代替★手紙の代わりにメールを送ります／不寫信，而是以寄電子郵件取而代之。

【代わり】

代理，代替★私はいけませんので、代

わりの人が書類を送ります／我沒辦法去，所以由別人代替我遞送文件。

【翻訳】

翻譯；筆譯；翻譯的東西，譯本★私の興味は、好きな作家の翻訳をすることです／我的嗜好是翻譯喜歡的作家的作品。

【取り替える】

交換，互換★姉と洋服を取り替える／跟姊姊互換衣服。

【取り替える】

更換，替換，換成新的★シーツは毎日取り替えて洗濯している／床單每天都要更換清洗。

【乗り換える】

換車，船，換乘，改乘★東京駅で中央線に乗り換えて、立川駅まで行きたいと思います／我想在東京車站轉乘中央線到立川車站。

● Track-016

かかわる／関わる・係わる	關係、牽連

【について】

關於…；就…；對於…★平安時代の文学について調べています／我正在蒐集查找平安時代的文學資料。

【関係】

關係；關聯，聯繫；牽連；涉及★関係者以外は立ち入り禁止です／非工作人員禁止進入。

【関係】

親屬關係，親戚裙帶關係★親の関係で入社した／因為父母的關係而進入了公司。

【血】

血緣，血脈★彼は私と血がつながっているのです／他和我有血緣關係。

【間】

關係★夫婦の間がうまくいかない／夫妻之間關係不良。

【世話】

推薦，周旋，調解，介紹★先生に就職の世話をお願いに行った／去拜託老師介紹工作。

【承知】

原諒，饒恕★謝らなければ承知しないよ／不賠罪我可不饒恕你。

【出来る】

兩人搞到一起，有了戀愛關係★あの二人はどうもできているらしい／那兩人似乎搞上了。

【触る】

觸；碰；摸；觸怒，觸犯★あなたのペットのハムスターに触らせてください／你那隻寵物倉鼠借我摸一下。

かく／書く	書寫

【字】

字，文字★本の中に字を書いてはいけません／書上不可以寫字。

【点】

逗號，標點符號★文に点を打つ／給句

子打上標點符號。

【返事】〔へんじ〕

回信，覆信★メールをご覧になった後、お返事いただけると幸いです／此封郵件過目之後，盼能覆信。

【線】〔せん〕

線，線條★電車のホームでは白い線の内側に立ちます／在電車的月台上要站在白線後面。

【チェック】check

方格花紋，格子，花格★チェックのスカートを穿いている／穿著格子花紋的裙子。

【件名】〔けんめい〕

主旨，名稱，分類品項的名稱★メールを送るときには、分かりやすい件名をつけましょう／寄送電子郵件時，主旨要寫得簡單扼要喔。

【漫画】〔まんが〕

漫畫；連環畫；動畫片★眼鏡を取ると美人、というのは、漫画ではよくあることです／摘下眼鏡後赫然是位美女，在漫畫裡經常出現這樣的場景。

【文学】〔ぶんがく〕

文藝作品、文學作品，研究文學作品★外国文学が好きだ／我喜歡外國文學作品。

【小説】〔しょうせつ〕

小說★長い小説だけれど、とうとう読み終わった／雖然這部小說很長，還是終於讀完了。

【写す】〔うつ〕

抄，謄，摹★授業中ノートを写す／上課中抄寫筆記。

かける／掛ける	懸掛、澆灌

【掛ける】〔か〕

掛上，懸掛；拉，掛（幕等）★壁に絵が掛けてある／牆上掛著畫。

【掛ける】〔か〕

撩（水）；澆；潑；倒，灌★木に水を掛ける／給樹木澆水。

【下がる】〔さ〕

垂，下垂，垂懸★小さな庭にヘチマが下がっている／小巧的庭院裡，絲瓜垂掉著。

【下げる】〔さ〕

吊；懸；掛；佩帶，提★天井からカーテンを下げた／從天花板開始掛上窗簾。

●Track-017

かぞえる／数える	計算

【一度】〔いちど〕

一回，一次，一遍★一度やっただけで覚えられる／做過一次就能記住。

【すっかり】

全，都，全都；完全，全部；已經★姑の介護で、もうすっかり疲れてしまった／為了照顧婆婆，我已經筋疲力竭了。

【点】

計算物品數量的單位，件★本日は時計 2 点をご紹介します／今天介紹兩只手錶。

【億】

億，萬萬★人口はどんどん増えて、1 億人を超えた／人口日漸増加，已經超過一億人了。

【軒・軒】

所，棟★東ホテルは、橋を渡ると、右の 3 軒目ですよ／東旅館就在過橋後右邊的第三家喔。

【倍】

（接尾詞）倍，相同數重複相加的次數，計算倍數的單位★生徒さんは多くなって、去年の 2 倍になりました／學生人數增加到去年的兩倍了。

【倍】

倍，加倍，某數量兩個之和★動物園の観客数が倍になった／動物園的遊客數呈現了倍數成長。

【人口】

人口★東京の人口は、1,000 万人以上のはずだ／東京的人口應該已經超過一千萬人了。

【暗証番号】

暗碼，密碼★忘れるといけないから、この暗証番号を写しておきなさい／萬一忘記就糟糕了，去把這個密碼抄起來！

【数学】

數學★日本語はクラスで一番だが、数学はだめだ／我日文是全班第一，但是數學不行。

【コンピューター】computer

電腦，電子電腦★コンピューターで簡単な文や絵が書ける人を探している／我正在找能夠用電腦做簡單的文書和繪圖的人才。

【ノートパソコン】notebook personal computer 之略

筆記型電腦★私はこのノートパソコンを 8 万円で買いました／我用八萬日圓買了這台筆記型電腦。

【パソコン】personal computer 之略

個人電腦，電腦★パソコンの電源を入れても、すぐには動かない／電腦即使打開電源，也沒辦法立刻啟動。

【両方】

雙方，兩者，兩方★肺は左右両方にあるが、右側の方が大きい／肺部左右兩邊都有，但是右側的比較大。

【皆】

全，都，皆，一切★いやなことはみな忘れた／我把討厭的事統統忘光了。

【以下】

以下；在某數量或程度以下★私の国は、6 月から 8 月はとても寒くて、5 度以下の日が多いです／我的國家從 6 月到 8 月非常寒冷，經常出現 5 度以下的氣溫。

【以内】

以內，不到，不超過★ご注文いただいた商品を、2 時間 30 分以内にお届けいたします／您所訂購的商品將於 2 小時

30 分鐘之內送達。

【掛ける】

乗★2に4を掛ける／二乗以四。

【上がる】

提高，長進；高漲；上升；抬起；晉；提（薪）；取得（成績），有（效果）★10 年後に土地の値段が必ず上がる／十年後土地必定增值。

【上げる】

提高，抬高；增加★仕事の効率を上げる／提升工作效率。

【足す】

加（數學）★1と1を足すと2になる／一加一等於二。

●Track-018

かなしむ／悲しむ	悲傷

【ああ】

啊；呀！唉！哎呀！哎喲；表感嘆或驚嘆★ああ、くたびれた／哎喲！累死我了！

【残念】

懊悔★決勝戦は、残念ながら敗れました／很遺憾地輸了決賽。

【残念】

遺憾，可惜，對不起，抱歉★ここにあった古いお寺は、火事で焼けてしまって、本当に残念です／原本座落在這裡的古老寺院慘遭祝融之災，真是令人遺憾。

【悲しい】

悲哀的，悲傷的，悲愁的，可悲的，遺憾的★悲しい映画を見て涙を流している彼女が好きになった／我愛上了看了悲傷的電影而流著淚的她。

【寂しい】

寂寞，孤寂，孤單，淒涼，孤苦；無聊★息子が東京の大学に行ってしまって、寂しい／兒子去了東京讀大學，家裡真冷清。

【泣く】

哭，啼哭，哭泣★最初から最後まで泣かせる映画でした／這部電影讓人從第一個鏡頭哭到最後一個鏡頭。

【滑る】

不及格，沒考上★友達は入学試験に滑った／朋友入學考試沒考上。

かまう／構う	顧及、照顧

【お見舞い】

慰問★井上先生に、おみまいの電話をかけた／撥了電話慰問井上老師。

【心配】

操心，費心；關照；張羅，介紹★子どもに金の心配をさせたくない／不想讓孩子操心任何有關錢的事。

【世話】

照料，照顧，照應，照看，照管；幫助，幫忙，援助★古沢さんには、いつもお

世話（せわ）になっております／平時承蒙古澤小姐多方關照。

【主人（しゅじん）】

接待他人的主人★主人役（しゅじんやく）をつとめる／做東道主。

【御馳走（ごちそう）】

款待，請客★「私（わたし）がご馳走（ちそう）しますよ。」「いえ、今日（きょう）は私（わたし）がお誘（さそ）いしたんですから、私（わたし）に払（はら）わせてください。」／「由我請客吧！」「不行，今天是我邀約的，請讓我付帳。」

【構（かま）う】

管；顧；介意；理睬；干預★ここで飲（の）み物（もの）を飲（の）んでもかまいません／在這裡可以喝飲料沒關係。

【捨（す）てる】

拋棄，斷念，遺棄，斷絕關係★仕事（しごと）のために子（こ）どもを捨（す）てるなんて信（しん）じられない／因為工作而拋棄小孩，真叫人難以置信。

【叱（しか）る】

責備，批評★レジを打（う）つのが遅（おそ）いため、いつもお客（きゃく）さんに叱（しか）られます／由於結帳收銀太慢，總是遭到客人的責備。

【怒（おこ）る】

申斥，怒責★遅刻（ちこく）して先生（せんせい）に怒（おこ）られた／由於遲到而挨了老師責罵。

【笑（わら）う】

嘲笑；取笑★あれで先生（せんせい）なんて本当（ほんとう）に笑（わら）っちゃう／那樣也叫老師，真是可笑。

からだ／体	身體

【首（くび）】

頭，腦袋，頭部★朝（あさ）から首（くび）のへんが痛（いた）い。昨日（きのう）変（へん）な寝（ね）かたをしたかな／一早起來脖子就開始痛了。該不會是昨天睡相太差吧？

【喉（のど）】

咽喉，喉嚨，嗓子★喉（のど）が渇（かわ）いた。水（みず）が飲（の）みたい／口好渴，想喝水。

【指（ゆび）】

指，手指，指頭；趾，腳趾，趾頭，腳趾頭★自分（じぶん）の体（からだ）で好（す）きな所（ところ）は、指（ゆび）です／我最喜歡自己身體的部位是手指。

【爪（つめ）】

指甲；腳趾甲；爪★伸（の）ばしていた爪（つめ）が、折（お）れてしまった／長長的指甲折斷了。

【腕（うで）】

前臂；胳膊，臂；上臂★彼女（かのじょ）は恋人（こいびと）と腕（うで）を組（く）んで歩（ある）いていた／那時，她和情人挽著手走著。

【背中（せなか）】

背，脊背；脊樑★写真（しゃしん）を撮（と）りますから、あごを引（ひ）いて、背中（せなか）を伸（の）ばしてください／要為您拍照了，請縮下巴、挺直背部。

●Track-019

かわる／変わる	改變

【変（か）える】

改變，變更；變動（事物的狀態、內容）★彼の言葉を聞いて、彼女は顔色を変えた／一聽到他的話，她頓時臉色大變。

【変わる】

變，變化；改變，轉變★急に天気が変わってきたので、山に登るのをやめた／由於天氣驟然轉壞，因此取消了登山行程。

【動く】

變動，變更；動搖，心情，想法發生變化★時代が動く／時代在變動。

【移る】

變心★別の男性に心が移った／愛上別的男人。

かんがえる／考える 考慮

【若し】

要，要是，如果，假如；假設，倘若★もし痛くなったら、まず薬を飲んでください／如果覺得痛了，請先服藥。

【手前】

（當著）面，（顧慮）對某人的體面★約束した手前、やるしかない／已經約好了，顧慮到體面，不做不行啊！

【心】

意志；心願；意圖；打算★彼に惹かれていった彼女は結婚へと心を決める／她被他深深吸引著，於是下決心想跟他結婚。

【心】

心思，想法；念頭★君の心はわからない／我不明白你的心思。

【計画】

計畫，謀劃，規劃★これからの計画について、ご説明いたします／關於往後的計畫，容我在此說明。

【遠慮】

遠慮，深謀遠慮★遠慮を欠く／缺乏深謀遠慮。

【意見】

意見，見解★今の部長には、意見を言いやすい／現在這位部長能夠廣納建議。

【細かい】

微細，入微，精密，縝密；小至十分細微的地方★考えが細かい／思慮周密。

【考える】

考慮，斟酌★その件はちょっと考えさせてください／那件事請讓我考慮一下。

【考える】

想，思，思維，思索，探究★寝ても覚めても、彼女のことばかり考えていた／不管睡著了還是清醒時，我滿腦子想的都是她。

かんじる／感じる 感想、感受

【お陰様で】

托您的福，很好★「お元気ですか？」「はい、おかげ様で。」／「近來可好？」

「很好，託福、託福！」

【安心】
あんしん

放心，無憂無慮★明日までにできます。
ご安心ください／請您放心，明天之前就
會完成。

【趣味】
しゅみ

趣味；風趣；情趣★趣味の悪い銅像／
缺乏美感的銅像。

【味】
あじ

滋味；甜頭，感觸★今の若者は貧乏の
味を知らない／現在的年輕人不知道貧窮
的滋味。

【気】
き

香氣，香味；風味★気の抜けたコーラ
／走了味的可樂。

【匂い】
におい

香味，香氣，芳香；味道，氣味★いい
匂いがしてきたら、火を止めます／等
聞到香味時就關火。

【気持ち】
きもち

感，感受；心情，心緒，情緒；心地，心
境★シャワーを浴びると気持ちいいよ
／淋了浴會感到心情舒暢喔！

【気分】
きぶん

心情；情緒；心緒；心境★今日はいい
天気で、気分がいい／今天天氣好，讓
人有個好心情。

【大きな】
おおきな

大；深刻★大きなお世話だ／多管閒事。

【寂しい】
さびしい

覺得不滿足，空虛★給料前で財布が寂
きゅうりょうまえ　さいふ　さび
しい／領薪水前錢包空虛。

【柔らかい】
やわ

柔軟的；柔和的★とても柔らかいから、
やわ
赤ちゃんでも食べられます／這個非常
あか　　　　　　　た
軟嫩，連小寶寶也能嚼得動。

【集まる】
あつ

（人們的注意、情緒等）聚集★ダメ父に
同情が集まる／大家都同情那個無能的父
どうじょう　あつ
親。

【思う】
おも

感覺，覺得★弟の様子が変だと思った
おとうと　ようす　へん　　　おも
／覺得弟弟的樣子實在不對勁。

【聞こえる】
き

聽起來覺得…，聽來似乎是…★人をほ
ひと
めるときに皮肉に聞こえる人がいる／
ひにく　　き　　　ひと
有些人在稱讚他人時，會讓人聽起來像在
諷刺。

【焼ける】
や

胃酸過多，火燒心；燥熱難受★喉から
のど
胸が焼けるように痛い／從喉嚨到胸口
むね　や　　　　　いた
像火燒心似的痛。

【空く】
す

肚子空，肚子餓★おなかが空いて鳴っ
す　　な
てしまった／肚子餓得咕咕叫了。

【沸く】
わ

激動，興奮★頑張る人の姿を見て、自
がんば　ひと　すがた　み　じ
身も血が沸いてくる／看到他人努力的
しん　ち　わ
身影，自己也熱血沸騰了起來。

【沸かす】
わ

使沸騰，使狂熱，使興高采烈★変な踊
へん　おど

り踊って、周りを沸かす／跳著怪異的舞蹈，使周遭的人欣喜若狂。

【冷える】
冷淡下來，變冷淡★仲が冷えた／兩人的感情冷淡了下來。

【乾く】
冷淡，無感情★乾いた声で笑う／冷冰冰的笑聲。

【喜ぶ】
歡喜，高興，喜悅★私たちが会いに行くと、祖母はとても喜びます／看到我們去探望，奶奶非常開心。

● Track-020

きく／聞く	聽、答應、問

【音】
音，聲，聲音；音響，聲響★電車の音がうるさいのはもう慣れた／已經習慣電車吵雜的聲響了。

【ステレオ】stereo
立體聲音響器材，身歷聲設備★このステレオは壊れてしまったから、捨てよう／這部音響已經壞了，就扔了吧。

【ラップ】rap
說唱★ラップミュージックが好きで、よく聴いています／我很喜歡饒舌音樂，時常聽。

【宜しい】
沒關係，行，可以；表容許、同意★こちらから１時間ぐらいあとでお電話を差し上げてもよろしいでしょうか／請問大約一小時後回電方便嗎？

【煩い】
嘈雜，煩人的★ピアノの音がうるさい／鋼琴聲很煩人。

【調べる】
審問，審訊★徹底的に犯人を調べる／徹底審問犯人。

【伺う】
打聽，聽到★園田さんから、ベトナムの話を伺った／從園田小姐那裡聽到了越南的見聞。

【聞こえる】
聽得見，能聽見，聽到，聽得到，能聽到★みんなに聞こえるように大きな声で話します／提高嗓門以便讓大家都能聽清楚。

きめる／決める	斷定、約定、規定

【きっと】
一定★明日はきっと晴れるでしょう／明天一定會放晴吧。

【決して】
絕對（不），斷然（不）★この窓は決して開けないでください／這扇窗請絕對不要打開。

【必ず】
一定，必定，必然，註定，準★野菜は必ず１日３回食べましょう／一天三餐都要吃蔬菜喔！

【予定】

預定★来週の金曜日に帰る予定です／我計畫下週五回去。

【文法】

文法，語法★文法の説明は分かりやすいが、字はちょっと小さすぎる／文法的説明雖然很清楚，但是字體有點太小了。

【約束】

約，約定，商定，約會★12時にリカちゃんと映画館で会う約束がある／和梨花約好12點在電影院見面。

【規則】

規則，規章，章程★会社の規則では、1日8時間働くことになっています／根據公司的規定，每天需工作8小時。

【決まる】

決定勝負★ほぼ勝負が決まった／勝負大致已定。

【決まる】

決定，規定★ゴミを決まった時間以外に出すな／在規定的時間以外，不准傾倒垃圾！

【決める】

定，決定，規定；指定；選定；約定；商定★ゴミは決められた曜日に出さなくてはいけない／垃圾只能在每星期的規定日拿去丟棄。

【選ぶ】

選擇，挑選★どうしてこの仕事を選びましたか／您為什麼選擇了這份工作呢？

きる／着る　穿、戴

【格好・恰好】

裝束，打扮★こんな格好で、ごめんなさい／不好意思，這身打扮。

【着物】

和服；衣服★着物で結婚式に出席すると会場の雰囲気が華やかになります／穿上和服出席婚禮能將會場營造出華麗的氣氛！

【スーツ】suit

套裝，成套服裝，成套西服★うちの会社は、スーツでなくてもいい／我們公司可以不穿西裝上班。

【下着】

貼身衣服，內衣，襯衣★かわいい下着があったので、買いました／看到可愛的內衣就買了。

【手袋】

手套★店員に勧められた白い手袋に決めた／我決定買店員推薦的白手套了。

【サンダル】sandal

涼鞋；拖鞋★このサンダルは、かわいいけど歩きにくい／這雙涼鞋雖然可愛，但是不好走。

【頂く・戴く】

頂，戴，頂在頭上；頂在上面★王冠を頂く／戴上王冠。

【履く】

穿★くつを履いたまま、家に入らないでください／請不要穿著鞋子走進家門。

【付ける】

穿上；帶上；繋上；別上；佩帶★髪に飾りを付けます／往頭髮別上髮夾。

【掛ける】

戴上；蒙上；蓋上★眼鏡をかけるほうがかっこういいですね／戴上眼鏡比較酷喔！

くぎる／区切る　劃分

【国際】

國際★世界平和のために、国際会議が開かれる／為了維持世界和平而舉行國際會議。

【内】

(空間)內部，裡面，裡邊，裡頭；(時間)內；中；時候；期間；以前；趁★建物の内へ入る／進入建築物裡面。

【坂】

大關；陡坡★既に 50 の坂を越えている／已經過五十的大關了。

【町】

町；行政劃分的單位★わたしは河田町に住んでいる／我住在河田町。

【壁】

牆，壁★壁の色を塗り替えよう／把牆壁漆上新的顏色吧！

【間】

間隔，距離★一定の間を置いて、木を一本植える／在一定的間隔種上一棵樹。

【アフリカ】Africa

非洲★初めての海外旅行は、アフリカに行きました／第一次出國旅遊時，去了非洲。

【アジア】Asia

亞洲，亞細亞★この製品はアジアからアフリカまで、輸出されています／這種商品的外銷範圍遍及亞洲，甚至遠到非洲。

【西洋】

西洋，西方，歐美★西洋料理の中で、どの料理が好きですか／在西洋料理當中，你喜歡哪一種呢？

【島】

島嶼★日本の島の数は 6,852 もあるということです／日本的島嶼多達 6,852 座。

【県】

縣★日本の都道府県は 47 あるそうです／據說日本有 47 個都道府縣。

【市】

市；城市，都市★ゴミは、市が決めた袋に入れて出しなさい／垃圾請裝在市政府規定的袋子裡再拿出來丟。

【村】

村落，村子，村莊，鄉村★近頃、村に戻って働き始めた若者が多くなってきた／這陣子開始有愈來愈多年輕人回到村子裡工作了。

【線】

界限★「不要不急」ってどこで線を引けばいいんですか／所謂「不重要、非急需的事物」要在什麼地方劃清界限呢？

【年】
年，一年★節分には、年の数だけ豆を食べるとよい／立春的前一天最好吃下和年紀相同數量的豆子。

【日】
天（過去的日子）★その日、父は家を出たまま、帰らなかった／那一天，父親離開家就沒有再回來了。

【月】
一個月★私は月に一度、オンラインで買い物をします／我一個月上網購物一次。

【正月】
正月，新年★子どもはお正月に「お年玉」がもらえます／小孩子在新年時可以領到「紅包」。

くらべる／比べる	比較

【例えば】
譬如，比如，例如★果物でしたら、例えばみかん、りんご、バナナなども売っています／以水果來說，例如橘子、蘋果、香蕉等都有販售。

【割合に】
比較地，比預想地★割合によく働く／特別會做事。

【割合】
比例★経費の中で、人件費の割合は約30パーセントです／成本當中，人事費的佔比大約是百分之三十。

【比べる】
比較；對比，對照★去年と今年の雨の量を比べる／比較去年和今年的雨量。

● Track-022

くる／来る	到來

【帰り】
回來，回去，歸來★主人の帰りを待つ／等待丈夫回家。

【帰り】
歸途；回來時★ときどき、会社の帰りにカラオケに行くことがある／下班後偶爾會去唱唱卡拉OK。

【いらっしゃる】
來：為「来る」的尊敬語★あの方は、私の家によくいらっしゃいます／那位人士經常光臨舍下。

【おいでになる】
來，光臨，駕臨★先生はもうおいでになりました／議員先生已經蒞臨了。

【下がる】
放學，下班，自學校、機關、工作單位等處回家★会社から下がる／下班回家。

【戻る】
返回原本的狀態，回到原位★財布は戻ってきたけれど、中のお金はなくなっていた／錢包雖然找回來了，但是裡面的錢已經不見了。

くるしむ／苦しむ ｜ 痛苦、煩惱

【玩具 (おもちゃ)】
玩物，玩弄品★彼女を玩具 (かのじょ・おもちゃ) にする／把她當作玩具耍弄。

【苦い (にがい)】
不愉快，不高興；痛苦的，難受的★一年間 (いちねんかん)、仕事 (しごと) がない苦 (にが) い思 (おも) いを経験 (けいけん) しています／嚐到一整年沒有工作的痛苦經驗。

【煩い (うるさい)】
厭惡，麻煩而令人討厭★煩 (うるさ) い問題 (もんだい) が山積 (やま・つ) みだ／煩人的問題堆積如山。

【恥ずかしい (はずかしい)】
害羞，害臊；不好意思，難為情★若 (わか) いころに書 (か) いた詩 (し) は、恥 (は) ずかしくて読 (よ) めません／年輕時寫的詩實在太難為情了，沒辦法開口朗誦。

【大嫌い (だいきらい)】
極不喜歡，最討厭，非常厭惡★私 (わたし) は、タバコが大嫌 (だいきら) いなの。あなたがやめないなら、あなたとは結婚 (けっこん) しません／我最討厭菸味了！如果不戒菸，就不和你結婚！

【苛める (いじめる)】
欺負；虐待；捉弄；折磨★毎日 (まいにち) いじめられて、もう学校 (がっこう) に行 (い) きたくない／每天都被霸凌，我再也不想上學了。

【参る (まいる)】
受不了，吃不消；叫人為難；不堪，累垮★物価 (ぶっか) の高 (たか) さにはまいった／物價貴

的受不了。

【暮れる (くれる)】
不知如何是好★彼 (かれ) に何 (なん) といったら良 (い) いのか、途方 (とほう) に暮 (く) れている／不知道跟他說什麼好。

【怒る (おこる)】
憤怒，惱怒，生氣，發火★父 (ちち) が真 (ま) っ赤 (か) になって怒 (おこ) った／爸爸氣得滿臉通紅。

くわえる／加える ｜ 添加

【それに】
而且，再加上★この家 (いえ) はお買 (か) い得 (どく) だよ。新 (あたら) しいし、それに安 (やす) い／這間房子很值得買喔！不但剛剛蓋好，而且價格便宜。

【けれど・けれども】
也，又，更★東京 (とうきょう) も暑 (あつ) いけれど、熊本 (くまもと) はもっと暑 (あつ) いです／東京熱，但熊本更熱。

【もう一つ (ひとつ)】
再一個★もう一 (ひと) つ別 (べつ) のものを見 (み) せてください／請給我看另一件。

【アクセサリー】accessary
裝飾品，服飾★彼 (かれ) とお揃 (そろ) いのアクセサリーがほしいです／我想要和男友搭配成套的飾品。

【イヤリング】earring
耳環，耳飾，掛在耳朵上的飾物★高 (たか) そうなイヤリングをもらいました／收到了一副看起來很昂貴的耳環。

【指輪】（ゆびわ）

戒指，指環★彼女（かのじょ）への結婚指輪（けっこんゆびわ）を探（さが）しています／我正在找要送給她的結婚戒指。

【添付】（てんぷ）

添上；付上★図書館（としょかん）でコピーした資料（しりょう）を添付いたしましたので、参考（さんこう）までにご覧（らん）ください／後面附上了在圖書館影印的資料，敬請參閱。

【増える】（ふ）

増加，増多★タバコをやめたら、体重（たいじゅう）が増（ふ）えました／自從戒菸之後，體重就增加了。

【足す】（た）

添；續；補上★小（ちい）さいスプーンで一杯（いっぱい）のみそを足（た）してください／請拿小匙子加入一匙味噌。

【飾る】（かざ）

裝飾，裝點★お月見（つきみ）のときは、「すすき」という草（くさ）を飾（かざ）ります／賞月時會擺放一種名為「芒草」的草葉作為裝飾。

● Track-023

くわわる／加わる	増加、參加

【ながら】

一邊……一邊……，一面……一面★CD を聞（き）きながら、メモをとるようにしよう／一面聽CD，一面做筆記吧！

【家】（か）

……家；藝術、學術的派別★百家争鳴（ひゃっかそうめい）／百家爭鳴。

【入学】（にゅうがく）

入學★弟（おとうと）の入学祝（にゅうがくいわ）いに自転車（じてんしゃ）を買（か）ってやりました／我買了自行車送給弟弟作為入學賀禮。

【員】（いん）

人員，人數★急（いそ）いで部屋（へや）に入（はい）ったところ、もう全員集（ぜんいんあつ）まっていた／我急著衝進房間裡一看，已經全員到齊了。

【出席】（しゅっせき）

出席；參加★会社（かいしゃ）からは私（わたし）のほか8名（めい）が出席（しゅっせき）、ほかの会社（かいしゃ）からお客様（きゃくさま）が4人（にん）いらっしゃる／本公司除我之外還有八名出席，其他公司則將有四位客戶蒞臨。

こいする／恋する	戀愛

【彼女】（かのじょ）

女朋友，愛人，戀人★紹介（しょうかい）します。僕（ぼく）の彼女（かのじょ）です／我來介紹一下，這是我的女友。

【彼】（かれ）

情人，男朋友，對象★いつか桜子（さくらこ）の彼（かれ）になりたいと思（おも）っていました／希望有一天我能成為櫻子的男友。

【彼氏】（かれし）

男朋友，情人，男性戀愛對象；丈夫★裕子（ゆうこ）さんが泣（な）いている。彼氏（かれし）とけんかしたらしい／裕子小姐在哭，聽說是和男友吵架了。

【ラブラブ】lovelove

卿卿我我，膩味，黏乎，甜蜜狀★あの<ruby>二<rt>ふたり</rt></ruby>人は子どもが<ruby>生<rt>う</rt></ruby>まれても、<ruby>相変<rt>あいか</rt></ruby>わらずラブラブです／那兩個人在生了孩子以後，還是一樣甜甜蜜蜜的。

【<ruby>思<rt>おも</rt></ruby>う】

愛慕★<ruby>彼女<rt>かのじょ</rt></ruby>を<ruby>思<rt>おも</rt></ruby>う／愛慕她。

こそあど	這個、那個、哪個

【そんな】

那樣的★そんな<ruby>難<rt>むずか</rt></ruby>しい<ruby>漢字<rt>かんじ</rt></ruby>は<ruby>書<rt>か</rt></ruby>けません／那麼難的漢字我不會寫。

【こう】

如此，這樣，這麼★「おおやまは<ruby>大<rt>おお</rt></ruby>きい<ruby>山<rt>やま</rt></ruby>と<ruby>書<rt>か</rt></ruby>いてください。」「<ruby>分<rt>わ</rt></ruby>かりました。こうですね。」／「ooyama 請寫為大山。」「了解，是這兩個字沒錯吧？」

【そう】

那樣★<ruby>彼<rt>かれ</rt></ruby>がそうしたのには、<ruby>何<rt>なに</rt></ruby>か<ruby>訳<rt>わけ</rt></ruby>があるはずです／他之所以做那種事，應該有什麼理由。

【それ<ruby>程<rt>ほど</rt></ruby>】

那麼，那樣的程度★このラーメン<ruby>屋<rt>や</rt></ruby>は<ruby>有名<rt>ゆうめい</rt></ruby>だが、それほどおいしくない／這家拉麵店雖然有名，但沒那麼好吃。

【ああ】

那樣；那麼★<ruby>兄<rt>あに</rt></ruby>は、ああいう<ruby>服<rt>ふく</rt></ruby>が<ruby>格好<rt>かっこう</rt></ruby>いいと<ruby>思<rt>おも</rt></ruby>っている／我哥哥覺得那種衣服很有型。

【あんな】

那樣的★あんな<ruby>大声<rt>おおごえ</rt></ruby>を<ruby>出<rt>だ</rt></ruby>したから、びっくりしたよ／因為你叫得那麼大聲，讓我嚇了一跳。

【<ruby>何方<rt>どっち</rt></ruby>】

哪一個，哪一方面★こっちとこっち、どっちのスカートにしよう？／這件和這件，該買哪一件裙子呢？

【<ruby>此方<rt>こっち</rt></ruby>】

這邊，這兒，這裡★<ruby>台風<rt>たいふう</rt></ruby>がこっちに<ruby>来<rt>き</rt></ruby>そうです／颱風可能會撲向這邊。

こたえる／答える	回答

【<ruby>答<rt>こた</rt></ruby>え】

回答，答覆，答應★はっきりした<ruby>答<rt>こた</rt></ruby>えがほしい／希望得到明確的回覆。

【<ruby>答<rt>こた</rt></ruby>え】

解答，答案★<ruby>自分<rt>じぶん</rt></ruby>で<ruby>答<rt>こた</rt></ruby>えを<ruby>出<rt>だ</rt></ruby>す<ruby>力<rt>ちから</rt></ruby>が<ruby>身<rt>み</rt></ruby>についた／學會自己找答案的能力。

【<ruby>返事<rt>へんじ</rt></ruby>】

答應，回答，回話★いい<ruby>返事<rt>へんじ</rt></ruby>をもらった／取得好的回覆。

【<ruby>返信<rt>へんしん</rt></ruby>】

回信，回電★<ruby>お手数<rt>てすう</rt></ruby>ですが、ご<ruby>確認<rt>かくにん</rt></ruby>のうえご<ruby>返信<rt>へんしん</rt></ruby>をお<ruby>願<rt>ねが</rt></ruby>いします／敬請於確認之後回信，麻煩您了。

【<ruby>挨拶<rt>あいさつ</rt></ruby>】

回答，回話★<ruby>挨拶<rt>あいさつ</rt></ruby>に<ruby>困<rt>こま</rt></ruby>った／無言以對。

【<ruby>御礼<rt>おれい</rt></ruby>】

謝意，謝詞，表示感謝之意，亦指感謝的話★仕事を手伝ってくれた後輩に、「ご苦労様」とお礼を言った／向幫忙工作的學弟道謝，說了句「辛苦了」。

【代わり】

補償；報答★そのかわり、今度晩ご飯を作ってあげる／作為報答，下次我做晚飯給你吃。

●Track-024

こだわる／拘る	拘泥、特別在意

【ばかり】

只，僅；光，淨，專；唯有，只有★嘘ばかりつくと、友達がいなくなるよ／如果老是說謊，會交不到朋友喔！

【お宅】

沉迷於某特定事物的人★彼は電車お宅です／他熱衷於電車。

【ストーカー】stalker

騷擾；跟蹤狂★最近、ストーカーらしい人がいるのですが、どうしたらいいでしょうか／最近出現了一個疑似跟蹤狂的人，該怎麼辦才好呢？

【固い】

死，硬，執拗，固執，頑固★頭が固い／死腦筋。

【煩い】

說三道四，挑剔★旦那様が料理に煩い／老公對料理很挑剔。

【頑張る】

堅持己見，硬主張；頑固，固執己見★がんばって自分の主張を譲らない／堅持己見。

こと／事	事實、事件

【事】

事，事情，事實；事務，工作★女の人はどの人のことを話していますか／女士在談論誰的事情呢？

【政治】

政治★政治家がきちんとした理念に基づいて、政治を行わなければならない／政治家必須秉持端確的理念從政才行。

【事故】

事故；事由★交通事故を起こしてしまいました／發生了交通意外。

ことなる／異なる	不同

【特に】

特，特別★「先生、どこが悪いんですか。」「今のところは特に悪いところはありませんよ。」／「老師，您哪裡不舒服嗎？」「目前沒有特別不舒服的地方呀。」

【別に】

分開；另★靴下とパンツは別に洗います／襪子和內褲另外洗。

【別に】

並（不），特別★別に行きたくはない／

並不怎麼想去。

【又は】
また

或，或者，或是★黒または青のペンで
記入してください／請用黑色或是藍色
的原子筆填寫。

【以外】
いがい

以外★彼はコーヒー以外飲みません／
他除了咖啡以外什麼都不喝。

【特別】
とくべつ

特別，格外★先生は今日だけ特別に寝
坊を許してくれた／老師只有今天破例允
許我睡晚一點。

【別】
べつ

別，另外★彼女がいるのに別の人を好
きになってしまいました／他都已經有
女朋友了，卻還愛上了別人。

【裏】
うら

背後；內幕，幕後★このようなうまい
話にはたいてい裏がある／這麼好的事
情大抵都有內幕的。

【変わる】
か

不同，與眾不同；奇怪，出奇★私はか
なり性格が変わっているみたいです／
我的性情似乎有些古怪。

こわれる／壊れる	壊、損壊

【怪我】
けが

傷，受傷，負傷★私が昨日学校を休ん
だのは、けがをして病院へ行ったから

だ／我昨天向學校請假是因為受傷去醫院
了。

【故障】
こしょう

故障，事故；障礙；毛病★暖房がつか
ない。故障したのかもしれない／暖氣
無法運轉，說不定是故障了。

【壊す】
こわ

弄壞，毀壞，弄碎（有形的物品）★携帯
を床に落として、壊してしまった／手
機摔落在地上故障了。

【壊す】
こわ

損害，傷害（人、物品的功能）★無理をし
て体を壊した／過度勞累而損壞了健康。

【壊す】
こわ

破壞（原本談妥、和諧、有條理的事或狀
態）★交渉を壊す／破壞談判。

【壊れる】
こわ

壞，失去正常功能或發生故障★1年
使っただけなのに、冷房が壊れた／冷
氣才剛用了一年就壞了。

【壊れる】
こわ

落空，毀掉，破裂，計畫或約定告吹★
邪魔者がいたために、縁談が壊れた／
因為有從中作梗的人，而使婚事告吹了。

【壊れる】
こわ

碎，毀，坍塌，物體失去固有的形狀或
七零八落★台風や地震で家が壊れた／
因颱風、地震等原故房子倒塌了。

【割れる】
わ

破碎★このお皿は薄くて割れやすいの
で、気をつけてください／這枚盤子很

薄，容易碎裂，請小心。

【欠ける】

缺口，裂縫★固い煎餅を噛んだら、左上の歯が欠けてしまいました／咬下一口堅硬的烤餅後，左上方的牙齒缺了一角。

【噛む】

嚼，咀嚼★ご飯をよく噛んで食べなさい／吃飯要仔細咀嚼。

【倒れる】

倒閉，破產；垮臺★景気が悪いため、倒れた会社が多い／景氣不好，許多公司因而倒閉。

【折る】

折斷★木の枝を折る／折下樹枝。

【折れる】

折斷★台風で、庭の木の枝がたくさん折れてしまいました／在颱風肆虐之下，院子裡很多樹枝都被吹斷了。

● Track-025

さえぎる／遮る	阻擋

【中々】

輕易（不）、（不）容易、（不）簡單，怎麼也…★夜、なかなか眠れないことがある／晚上有時候會遲遲無法入睡。

【壁】

障礙，障礙物★仕事が壁にぶつかった／工作碰上釘子。

【故障】

異議，反對意見★その意見について故障を唱える人がいる／關於該意見有人持反對意見。

【邪魔】

妨礙，阻礙，障礙，干擾，攪擾，打攪，累贅★写真を撮るのに右の木が邪魔だ／想拍照，但是右邊那棵樹擋到鏡頭了。

【止まる】

堵塞，堵住，斷，中斷，不通，走不過去★台風で電車が止まった／因颱風電車不通了。

さがす／探す	尋找

【ため】

為，為了★ゴミを減らすために、買い物には自分の袋を持って行く／為了垃圾減量，我購物時總是自備袋子。

【地理】

地理情況★この辺りの地理はよく知っている／這一帶的地理狀況我很熟悉。

【相談】

徵求意見，請教；諮詢★相談に乗ったからには、なんとか解決してあげたい／既然幫人想辦法，就要想方設法地幫對方解決問題。

【探す・捜す】

查找，尋找，找★子どもが小学生になったら、パートの仕事を探そうと思う／等孩子上小學了以後，我想去找個工作兼差。

【尋ねる】

探求，尋求★日本語の源流を尋ねる／探求日語的起源。

さからう／逆らう	抗拒、違抗

【けれど・けれども】

拒絕，不★僕もそうしたいけれども、できない／我雖然也想這樣做，但我不能。

【信号無視】

闖紅綠燈★信号無視でけがした男の人が病院に運ばれた／未遵守交通規則而受了傷的那個男人被送往醫院了。

【駄目】

不行，不可以★ビルの前は車を止めてはだめなんですよ／不可以把車子停在大廈前面喔！

【遠慮】

回避；謙辭；謝絕★すみませんが、タバコはご遠慮ください／不好意思，這裡不能吸菸。

【反対】

反對★あなたが、彼の意見に反対する理由は何ですか／你反對他的看法的理由是什麼？

【向かう】

反抗，抗拒★我々と一緒に敵に向かう／跟我們一起反抗敵人。

さがる／下がる	下降、降低

【下りる】

下，降，下來，降落；從交通工具中出來★幕がおりる／布幕下降。

【下げる】

降低，降下；放低★人気のない商品の価格を下げた／調降銷路不佳商品的價格。

【下がる】

降溫★薬を飲んだのに、熱が下がりません／藥都已經吃了，高燒還是沒退。

【下がる】

（高度）下降，降落，降低★一階のボタンを押してエレベーターが下がっていく／按下一樓的按鈕，電梯便會降下來。

【落ちる】

降低★スピードが落ちる／降低速度。

【落とす】

降低，貶低★声を落とす／降低聲音。

さま	先生、女士、情況

【君】

接在同輩、晚輩的名字後方表示親近，主要用於稱呼男性。★山本君がいるから、君は休んでもいいだろ／既然有山本在，你可以休假無妨。

【様】

置於人名或身份後方表示尊敬；…先生；
…女士；…小姐★お客様にお茶をお出
ししました／送了茶水給客人。

【ちゃん】

為「さん」的轉音；接在名字後表示親
近★あ、けんちゃん、どこ行くの／啊，
小健，你要去哪裡？

【具合】

情況，狀態，情形★天気の具合を見て、
出発するか決める／看天氣的情況，決
定是否出發。

● Track-026

したがう／ 従う	順從

【習慣】

國家地區風俗習慣★この国にはチップの
習慣がある／這個國家有給小費的習慣。

【法律】

法律★誰でも法律を守らなければなら
ない／任何人都必須遵守法律才行。

【承知】

同意，贊成，答應；許可，允許★以上
の条件を承知していただけますか／請
問上述條件您都同意嗎？

したしい／ 親しい	親密

【夫】

丈夫，夫；愛人★夫は「うん、うん」

と適当に返事をして、私の話をちゃんと
聞いてくれません／我先生只是「嗯、嗯」
隨口敷衍，根本沒有仔細聽我說什麼。

【主人】

丈夫；愛人★ご主人、入院なさったん
ですか。それはいけませんね／您先生
住院了嗎？真糟糕呀。

【妻】

妻★誕生日に、妻から手袋をもらった
／生日時，太太送了我手套。

【家内】

內人，妻子★家内は今出かけて、おり
ません／內人出門了，現在不在家。

しぬ／死ぬ	死亡

【亡くなる】

死；殺；滅亡★祖父が亡くなったため、
学校を休んだ／由於爺爺過世而向學校請
了假。

【倒れる】

死亡★彼が銃弾に倒れた／他死於敵人
的槍彈。

【眠る】

死亡★ここに眠っている／在此長眠。

【片付ける】

除掉，消滅；殺死★あの男を片付けろ
／把那男的幹掉。

| しめす／示す | 出示、指示 |

【美術館】
美術館★今、県立美術館にピカソの有名な絵が来ているということだ／目前，縣立美術館正在展出畢卡索的知名畫作。

【説明】
説明；解釋★お電話でお話したことについて、ご説明いたします／稍早在電話裡報告的事，在此向您説明。

【出す】
展出，展覽；陳列★コンクールに写真を出す／在競賽會上展出照片。

| しらせる／知らせる | 通知、報告 |

【案内】
通知，通告★携帯に結婚式の案内を送る／給手機發出結婚通知。

【電報】
電報，利用電信設施收發的通信，亦指其通信電文★友人の結婚の知らせを聞いて、祝福の気持ちを電報に込めて送りました／聽到朋友即將結婚的佳音，我打了電報送上祝福。

【連絡】
通知，通報★学校からの連絡はメールで行います／學校用郵件進行通知。

【連絡】
聯絡，聯繫，彼此關聯，通訊聯繫★もし飛行機が遅れたら、連絡してください／萬一班機延遲了，請和我聯繫。

【レポート】report
（新聞等）報告；報導，通訊★現地の生活をレポートする／對當地的生活進行報告。

【紹介】
介紹★お客様に合う旅行の計画を紹介します／介紹符合客戶需求的旅遊行程。

【知らせる】
通知★このことは誰にも知らせるな／這件事別通知任何人。

【届ける】
報，報告；登記★拾ったお金を交番に届ける／把撿到的錢送到派出所。

| しらべる／調べる | 查找、查驗 |

【辞典】
詞典，辭典；辭書★あさっての授業には辞典が必要なので必ず持って来るようにということです／後天的課程必須用到辭典，請務必帶來。

【味見】
嘗口味，嘗鹹淡★これ、ちょっと味見してごらん。すごく美味しいよ／你嚐嚐看這個，非常好吃喔！

【チェック】check

検験，核對記號等★ここを通る車は全
てチェックするようにという指令が出
ている／上面指示必須檢查所有行經這裡
的車輛。

【調べる】

調査；查閱；檢查；查找；查驗★韓国
の文化について、調べています／蒐集
韓國文化的資訊。

● Track-027

しる／知る	知曉、認識、懂得

【承知】

知道，瞭解★危険を承知の上で頼んで
いる／明明知道危險而拜託您。

【経験】

經驗，經歷★旅行中、珍しい経験をし
ました／旅途中得到了寶貴的經驗。

【ご存知】

您知道，相識；熟人；朋友★ご存知か
と思いますが、最近、野菜がとても高
いです／我想您應該知道，最近蔬菜的價
格非常昂貴。

【科学】

科學★科学の力で世界を変える／以科
學的力量改變世界。

【文学】

文藝，文藝學，研究文學作品的學科★
子どもの頃から本が好きだったので、
文学部に進みたいと思います／因為我
從小就喜歡看書，所以想進文學系就讀。

【言語学】

語言學★これからも言語学の研究を続け
ていきます／往後仍將持續研究語言學。

【英会話】

英語會話，用英語進行交談★英会話
レッスンの前に、新しい言葉を調べて
おきます／在上英語會話課之前先查好新
的詞彙。

【経済学】

經濟學（研究人類社會的經濟現象，特別
是研究物質財富、服務的生產、交換、
消費的規律的學問）★日本に来てから、
経済学の勉強を始めました／來到日本
以後，開始研讀了經濟學。

【医学】

醫學★大学で二年間東洋医学を学ぶ／
大學兩年期間研習東洋醫學。

【ホームページ】homepage

網頁主頁，瀏覽網際網路的目錄頁面★
インターネットの普及で、多くの会社
がホームページを持つようになりました
／網際網路普及後，許多公司都有了自己
的網頁。

【細かい】

詳細，仔細（敘述、描繪事物的細節）★
細かく説明する／詳細說明。

【研究】

研究；鑽研★毎日一時間泳いで、そし
てビデオを見て、自分の泳ぎ方を研究
します／每天游一小時，然後看錄下來的
影片，檢討自己的游泳動作。

【存じ上げる】

し
しる

知道，想，認為★社長が入院したこと
については存じ上げず、大変失礼いた
しました／我竟不曉得社長住院，實在太
失禮了。

【見付ける】

找到，發現★二十歳になったら、仕事
を見つけて働きたい／等到滿二十歲，
我想找份工作來做。

【見付かる】

能找出，找到★大学は卒業したけれど、
仕事がみつからない／雖然已經大學畢業
了，但還沒找到工作。

【割れる】

暴露★警察の捜査で、タバコからホシ
が割れた／警察的捜査中，從香菸查找到
了犯人。

しるす／記す	做記號、記住、記錄

【通帳記入】

補登存摺★通帳記入欄がいっぱいに
なった／存摺內頁已經刷滿了。

【ブログ】blog

部落客，網路日記，博客★ブログの更
新が遅くなってしまい、大変申し訳あり
ません／太慢更新部落格了，非常抱歉。

【レポート】report

報告書：學術研究報告★直してあげる
から、レポートができたら持ってきな
さい／我會幫你改報告，完成後拿過來。

【請求書】

訂單，帳單，申請書★修理費に 40 万の
請求書が届いた／四十萬的修繕估價單
送來了。

【日記】

日記，日記本★もう 20 年も日記を書き続
けている／我已經持續寫日記長達 20 年
了。

【ワープロ】word processor 之略

文字處理機，語言處理機★文字の入力
だけなら、昔のワープロで十分だ／如
果只是要輸入文字，以前的文字處理機就
很夠用了。

【訳】

意義，意思★訳のわからない会話とな
ります／成為毫無意義的對談了。

【登録】

登記，註冊★暗証番号はご自身で登録
していただいた 4 桁の数字です／密碼
是您親自註冊過的四位數字。

【付ける】

寫上，記上，標注上★日本語で日記を
付けることにしました／我決定用日語寫
日記。

● Track-028

すぎる／過ぎる	過去、經過

【久しぶり】

（隔了）好久★「叔父さん、久しぶりで
す。」「ほんとうに久しぶりだね。元気

かい?」/「叔叔,好久不見。」「真的好久不見呀,過得好嗎?」

【暫く】

半天,許久,好久★母とけんかをして、しばらく家に帰っていない/和媽媽吵架後,許久沒回家了。

【時代】

時代:當代,現代;朝代★今の時代、やはり英語は話せないといけない/這個時代,不會說英語還是不行。

【歴史】

歴史★最近の若者は、あまり歴史の本を読まないようだ/最近的年輕人似乎不太讀歷史書。

【時】

時間★時がたつほどに味が出てきます/時間越久越有味道。

【季節】

季節★秋はおしゃれの季節です。そして、またダイエットの季節でもあります/秋天是個讓人講究時尚的季節,同時也是個適合瘦身的季節。

【移る】

時光流逝★時が移る/時代變遷。

すくない/ 少ない	少、不多

【偶に】

有時,偶爾★母はいつも優しいが、たまに怒るととても恐い/媽媽平常都很溫柔,但偶爾生氣的時候會變得非常可怕。

【一度】

一下,隨時,稍微★一度富士山に登ってみたいな/真想爬一次富士山啊!

【気持ち】

小意思,心意,對於自己的用心表示謙遜時使用的自謙語★つまらないものですが、ほんの気持ちです/小小禮物,不成敬意。

【経済】

經濟實惠,少花費用或工夫,節省★車を借りたほうが経済的だ/租車比較節省錢。

【少ない】

少,不多★病院の食事はまずいし、少ないし、もう嫌だ/醫院的伙食不但難吃而且份量又少,我再也不想吃了!

【浅い】

顏色淡的,顏色淺的★濃いピンクの着物に浅い緑の帯を合わせる/深粉紅的和服搭配淺綠色的腰帶。

【浅い】

淺薄的,膚淺的★君は考えが浅いね/你的想法真是膚淺啊!

【珍しい】

(事情)少有,罕見★今年は珍しく大雪が降りました/今年罕見地下了大雪。

【ダイエット】diet

減肥★少し細くなりましたね。ダイエットしたんですか/妳瘦了一些哦,節食了嗎?

【下がる】

（價格、行情）下降，降低，降價★テレビの値段が下がった／電視跌價了。

【空く】

某空間中的人或物的數量減少★この店はいつも混んでいるが、今日は空いている／這家店總是很多人，今天卻空蕩蕩的。

すごい	非常的、可怕的

【随分】

超越一般程度的樣子，比想像的更加★たかし君は、一年でずいぶん大きくなったね／才過一年，小隆長高了不少呢！

【全然】

（俗語）非常，很★全然楽しい／非常快樂。

【そんなに】

那麼；形容程度之大★彼はなんでそんなに夜遅くまで働くんだ／他為什麼要工作到那麼晚啊！

【非常に】

緊急，非常★この建物は非常に大きい／這棟建築非常大。

【ずっと】

（比…）…得多，…得很，還要…★茹でるより、焼いた方がずっとおいしい／與其川燙不如用烤得更為美味。

【台風】

颱風★台風のときは、海に行くな／颱風來襲期間禁止去海邊！

【酷い】

（程度）激烈，兇猛，厲害，嚴重★「酷い雨ですね。」「台風が来ているらしいですよ。」／「好大的雨呀！」「聽說是颱風來了喔。」

【凄い】

了不起的，好得很的★これ、すごくおいしいわよ／這個真是太好吃了！

【厳しい】

嚴酷，殘酷，毫不留情★母子家庭の生活が厳しすぎる／單親媽媽的家庭生活很艱苦。

【凄い】

（程度上）非常的，厲害的★台風きてるから、すごい雨だよ／颱風來犯，雨勢驚人。

【素晴しい】

（形容程度）及其，非常，絕佳，極好的，了不起的★このスイカはすばらしく甘い／這西瓜非常地甜。

● Track-029

すてる／捨てる	丟棄

【ごみ】

垃圾，廢物，塵埃★この川には、ごみがたくさん浮かんでいる／這條河飄著許多垃圾。

【燃えるごみ】

可燃垃圾★燃えるごみと燃えないごみ

を正しく分けて捨ててください／可燃
垃圾和不可燃垃圾請確實分類丟棄。

【生ごみ】

廚餘垃圾；含有水分的垃圾★料理で出
た生ごみは燃えるごみの日に出してく
ださい／烹飪時產生的廚餘，請在可燃垃
圾的回收日拿出來丟棄。

【捨てる】

（將無用的東西、無價值的事物）扔掉，
拋棄★半分しか食べてないままで捨て
ちゃだめ／不可以只吃了一半就丟掉！

する	做

【方】

手段，方法★やっとスマホの使い方が
分かってきました／終於學會了智慧型手
機的操作方式。

【仕方】

辦法；做法，做的方法★「今日は道が混ん
でいるし…。それじゃ、やっぱり電車か
な。」「あと１時間ね、仕方ないわね。」／
「今天路上很塞…那，是不是該搭電車呢？」
「只剩下一小時了，也沒其他辦法了。」

【機会】

機會★せっかく覚えた日本語も、そのう
ちきっと使う機会が訪れる／好不容易
才學會的日語，早晚一定能夠遇上發揮的
機會。

【駄目】

白費，無用；無望★いくら頼んでも駄
目だ／無論你怎麼拜託也沒用。

【タイプ】type

打字★１万文字の文章をタイプする／
打一萬字的文章。

【頂く・戴く】

擁戴★半田花子を社長に頂く／推選半
田花子為社長。

【致す】

做，為，辦★お客様にお知らせいたし
ます。昨日、新しい駅ができました／
敬告各位貴賓，昨天新車站已經落成了。

【なさる】

為，做★石川様ご結婚なさるのですか。
おめでとうございます／石川小姐要結
婚了嗎？恭喜恭喜！

【遣る】

做，搞，幹★こんなにたくさんの仕事を
今日中にやるのは、無理です／這麼多
工作都要在今天之內做完，根本不可能。

【塗る】

塗（顏料），擦，抹★早く治すためには、
清潔な手で薬を塗りましょう／為了盡
快痊癒，請將手洗乾淨後再塗抹藥膏。

【行う・行なう】

行，做，辦；實行，進行；施行；執行計
畫、手續等；履行；舉行★明日、試験
が行われます／明天將要舉行考試。

【掛ける】

打電話★女の人が男の人に電話をかけ
ています／女士正給男士打電話。

すわる／ 座る	坐、跪坐

【席】

席位；座位★飛行機は窓側の席を予約しました／這趟航班我預約了靠窗的座位。

【指定席】

指定座位，指定位置★次の電車の指定席はもうないです／下一班電車的對號座已經售罄。

【自由席】

無對號座位★次の電車は指定席がもうないので、自由席に乗ることにした／由於下一班電車的對號座已經售完，所以決定坐自由座了。

【掛ける】

坐（在…上）；放（在…上）★いすに掛ける／坐在椅子上。

そだてる／ 育てる	撫育、培育

【田舎】

故郷，家郷，老家★妻の田舎は四国の山奥です／太太的老家是在四國深山裡。

【子育て】

育兒，撫育，撫養孩子★子育てが終わって、大学院に入ろうと思っている／等養育小孩的任務告一段落，我想要到研究所進修。

【育てる】

培育，撫育；撫養孩子★私は子どもを5人育てました／我養大了五個孩子。

【植える】

接種，培育★子どもに独立精神の思想を植える／培養孩子獨立的思想。

● Track-030

そなえる／ 備える	準備、防備

【お大事に】

請多保重★どうかお大事に、一日も早くお元気になられますように／請多保重，希望早日恢復健康。

【準備】

準備，預備；籌備★旅行の準備をします／預做旅行的準備。

【支度】

準備；預備★子どもが帰る前に、晩ご飯の支度をしておきます／孩子回來之前先準備晚餐。

【用意】

準備，預備★会議に参加する12人のお弁当を用意しておきます／我會預先準備好出席會議的12人份便當。

【注意】

注意，留神；當心，小心；仔細；謹慎，給建議，忠告★誠君はいくら注意しても勉強しない／不管訓過小誠多少次，他就是不肯用功。

たしかめる／確かめる　弄清、查明

【確り】

確實地，牢牢地★しっかり覚える／牢牢記住。

【はっきり】

（事情的結果或人的言行）明確、清楚★嫌ならはっきり断ったほうがいい／不願意的話最好拒絕。

【裏】

內情，隱情★自白の裏を取る／確認招供內情的真偽。

【試験】

考試，測驗（人的能力）★試験の結果は明日発表いたします／實驗的結果將於明天公布。

【試験】

試驗，檢驗，化驗（物品的性能）★新しい作品は試験中だ／新產品在試驗中。

【確か】

正確，準確★彼女が時間通りに来るのは確かですか／她真的會準時到達嗎？

【確か】

確實，確切★彼の腕前は確かなものだ／他的技術非常高深。

【必要】

必要，必需，必須，非…不可★できるようになるためには、練習することが必要だ／為了學到會，練習是必須的。

だす／出す　出、提出、取出

【引き出し】

抽出，提取★積立金の引き出しをした／提出存款。

【上げる】

吐出來，嘔吐★お酒を飲みすぎてあげてしまった／飲酒過度而吐了。

【出す】

提出；出，提交★私の塾は、生徒に全く宿題を出すことはありません／我們補習班，完全沒有讓學生提交過作業。

【出す】

出；送；拿出，取出；掏出；提出★おごると決めていても、女性が財布を出すのはマナー？／即使已經決定是對方請客了，女性掏出錢包仍算是一種禮貌的表現嗎？

たすける／助ける　幫助

【ヘルパー】helper

幫手，助手★祖母を助けるため、ヘルパーさんを頼みたいと思っています／為了協助奶奶的起居，我想請個幫手。

【手伝い】

幫忙，幫助★入院している人に、食事の手伝いをします／我協助住院患者用餐。

【手伝う】

幫忙，幫助★父の店は日曜日だけ手伝っ
ているんです／我只在星期日去爸爸的
店裡幫忙。

【構う】

照顧，照料；招待★何のおかまいもし
ませんで／請恕我招待不周。

たずさわる ／携わる	從事

【家】

從事…的（人）；愛…的人，很有…的人，
有某種強烈特質的人★彼は立派な政治
家になった／他成了一位出色的政治家。

【専門】

專門；專業；專長★大学院での専門は
何ですか／請問您在研究所專攻什麼領域
呢？

【産業】

產業，生產事業，實業，工商等企業，工
業★ここ数年、多様な外食産業が盛んで
す／近幾年來，各種外食產業蓬勃發展。

【工業】

工業★ナイロンは化学工業にとって、
なくてはならない原料である／對化學
工業而言，尼龍是不可或缺的原料。

● Track-031

たてる／ 立てる	豎、立、有 幫助

【立てる】

立起，豎★棒を立てた／立起了棒子。

【立てる】

立下；制定，起草★この「計画」のポイ
ントは、無理な計画を立てないことで
す／這項「計畫」的重點是不要規劃無法
完成的計畫。

【役に立つ】

有益處，有作用，有幫助★私にお役に
立てることがあったら、なんでもおっ
しゃってくださいね／假如有我幫得上
忙得地方，請儘管告訴我喔。

【生きる】

發揮作用★長年の経験が生きる／讓多
年的經驗發揮作用。

【起こす】

扶起，支撐；立起★扇風機が倒れたの
で起こす／電風扇倒了，把它立起來。

たてる／ 建てる	建造

【工事中】

在建造中★工事中は皆さまに大変ご迷惑
をお掛けしました／施工期間造成各位極
大的不便。

【ビル】building 之略

大樓，高樓，大廈★すみません。SK ビ
ルという建物はどこにありますか／不
好意思，請問一棟叫作 SK 大廈的建築物
在哪裡呢？

【二階建て】にかいだて

二層樓的建築★私の会社はあのグレーの二階建てのビルだ／我公司就是那棟灰色的兩層樓建築。

【建てる】たてる

蓋，建造★このお寺は、今から1300年前に建てられました／這座寺院是距今1300年前落成的。

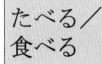

たべる／食べる 吃

【一杯】いっぱい

一碗，一杯，一盅★酒を一杯飲む／喝一杯酒。

【代わり】かわり

再來一碗★すいません！ご飯、おかわりお願いします／麻煩，再幫我添一碗飯。

【御馳走】ごちそう

飯菜，美味佳餚★すごい御馳走を用意している／準備著美味的佳餚。

【食事】しょくじ

飯，餐，食物；吃飯，進餐★携帯電話を見ながら食事をするな／不要邊吃飯邊看手機！

【外食】がいしょく

在外吃飯★一人暮らしを始めてから、ずっと外食が続いている／自從開始一個人住以後，就一直吃外食。

【食べ放題】たべほうだい

吃到飽，隨便吃，想吃多少就吃多少★函館でおいしいものをお腹いっぱい食べたければ、食べ放題コースがお勧めですよ／假如想在函館盡情享用美食，建議選擇吃到飽的行程喔！

【飲み放題】のみほうだい

喝到飽，盡管喝★1時間半の飲み放題でビール十杯くらい飲みました／在一個半小時的喝到飽時段中喝了十杯左右。

【夕飯】ゆうはん

晚飯，晚餐，傍晚吃的飯★今日、友達と映画を見に行くことにしたので、夕飯はいりません／今天要和朋友去看電影，所以不回家吃晚飯。

【お摘み】おつまみ

小吃，簡單的酒菜★冷蔵庫におつまみがあるから、だしてあげようか／冰箱裡有下酒菜，要不要幫你拿出來？

【米】こめ

稲米，大米★米とみそは、日本の台所になくてはならないものです／米和味噌是日本廚房不可或缺的東西。

【サンドイッチ】sandwich

三明治，夾心麵包★サンドイッチは、卵のとハムのと、どちらがいいですか／你的三明治要夾蛋還是火腿呢？

【サラダ】salad

沙拉，涼拌菜★サラダ作ろうと思ったら、キュウリがなかったのよ／正打算做沙拉，這才發現沒有小黃瓜啊！

【葡萄】ぶどう

葡萄，紫紅色★庭で葡萄を育てています／我在院子裡種了葡萄。

【天ぷら】

天婦羅，裹粉油炸的蝦或魚等★春の野菜で天ぷらを作りました／用春天的蔬菜炸了天婦羅。

【ステーキ】steak

烤肉（排）料理，多指牛排★フランス料理のフルコースでは、肉料理がステーキとローストの2品が出ます／法國菜的全餐中，肉類部分會送上牛排和烤牛肉兩道。

【湯】

開水★お湯が沸いてきたら、麺を入れて10分ぐらいゆでます／等熱水滾了以後下麵，煮10分鐘左右。

【コーヒーカップ】coffeecup

咖啡杯★プレゼントは世界の有名ブランドのコーヒーカップにしよう／禮物就挑世界知名品牌的咖啡杯吧！

【噛む】

咬★犬にかまれて怪我をした／被狗咬傷了。

【頂く・戴く】

吃；喝；抽（菸）★高い肉でなくても、十分美味しく頂きました／不是高級肉品，也十分美味的享用了。

Track-032

ちいさい／小さい	小、微小

【小鳥】

小鳥★あの小鳥の絵、上手ですねえ／那幅小鳥的圖畫得真生動呀！

【小さな】

小，微小★多くの人が分からないくらいの小さな地震ですが、1年に5000回以上起きています／至於多數人都無法察覺的小地震，每年會發生超過五千次。

【弱い】

弱；軟弱；淺★これは人の弱さと優しさを描いた映画です／這是一部描寫人性的軟弱與關懷的電影。

【細かい】

小，細，零碎★野菜を細かく切る／把蔬菜切碎。

【浅い】

（事物的程度、時日等）小的，低的，微少的★入社してから日が浅いため、まだ担当はもっておりません／我才剛到公司上班不久，所以還沒有分派到負責的客戶。

【浅い】

淺的，自口部至底部或深處的距離短★浅い川を渡る／渡過淺河。

【痩せる】

瘦★パパは若いときは痩せっていなかったし、眼鏡もかけていなかった／爸爸年輕時身材既不瘦，也沒有戴眼鏡。

ちかい／近い	接近、靠近

【そろそろ】

就要，快要，不久★夏休みもそろそろ終わりだ／暑假也差不多要結束了。

—063

【唯今・只今】（ただいま・ただいま）

剛才，剛剛，不久之前的時刻★只今お戻りになりました／剛才回去了。

【さっき】

剛才，方才，先前★さっき来たばかりです／我才剛到。

【一杯】（いっぱい）

全占滿，全都用上，用到極限★時間一杯考える／思考到最後的時間。

【近所】（きんじょ）

近處，附近，左近；近郷，鄰居，街坊，四鄰★明日あなたはご近所に引っ越しのあいさつに行ってくれる？／明天你可以去向鄰居打聲招呼說我們搬來了嗎？

【周り】（まわり）

附近，鄰近，不遠處★公園の周りに桜の木が植えてあります／公園的附近種著櫻花樹。

【手前】（てまえ）

這邊，靠近自己這方面★川の手前で散歩する／在河的這邊散步。

【手元】（てもと）

身邊，手頭，手裡★お手元の企画書をご覧ください／請看手邊的企畫書。

【今度】（こんど）

這回，這次，此次，最近★今度はオレの番だ／這次輪到我了。

【最近】（さいきん）

最近，近來★最近の若い者は、文句ばかり言う／近來的年輕人成天抱怨連連。

【寄る】（よる）

靠近，挨近★寒いから火の近くに寄ろう／太冷了，靠近火旁吧！

つかう／使う	使用

【道具】（どうぐ）

工具；器具，家庭生活用具；傢俱★人は言葉を話したり、道具を使うことができます／人類會說話，也會使用工具。

【利用】（りよう）

利用★本日も市営地下鉄をご利用いただき、ありがとうございます／感謝各位乘客搭乘市營地鐵。

【運転】（うんてん）

周轉，營運，流動，運轉，籌措資金有效地活用★資金をうまく運転する／巧妙地周轉資金。

【掛ける】（かける）

花費，花★1年かけて、10キロ瘦せる計画をたててみた／訂下了一年瘦10公斤的計畫。

つぐ／次ぐ	接著

【これから】

從現在起，今後，以後；現在；將來；從這裡起；從此★これから美術館で注意してほしいことを言います／接下來要說明在美術館裡參觀的注意事項。

【今度】
下次，下回★今度の土日は、全28巻の漫画を読もうと思っている／我打算在這個週末看全套共28集的漫畫。

【以下】
從此以下，從此以後★10ページ以下省略／十頁以下加以省略。

【将来】
將來，未來，前途★将来は外国で働くつもりです／我將來打算到國外工作。

【明日】
明天★明日の午後は、会社におりません／我明天下午不在公司。

【再来週】
下下星期，下下週★再来週、チケットが送られてきたら、学校でわたします／下下週收到機票以後，再拿去學校給你。

【再来月】
下下月★再来月結婚するので、今会場を探しているところです／下下個月就要結婚了，現在正在找婚宴地點。

●Track-033

つくる／作る	製作

【製】
製造，製品，產品★日本製の車はアジア諸国から、遠いアフリカまで輸出されている／日本製的汽車出口到亞洲各國，甚至遠至非洲。

【新規作成】
新建，新做，做一個新的★新規作成の画面が現れましたら、新規作成ボタンをクリックします／當看到新增檔案的畫面出現後，請點選新增檔案的按鈕。

【番組】
（廣播，演劇，比賽等的）節目★この番組は今月で終わります／這個節目將在這個月結束。

【生産】
生産，製作出生活必需品★地震の影響で車の生産を止めている／地震導致汽車停止生産。

【工場】
工廠★新しい工場を建てるために、土地を買った／為了建造新工廠而買了土地。

【打つ】
做，敲打，捶打（金屬或麵團等）★蕎麦を打つ／做蕎麥麵條。

【焼く】
烤，烙★魚は、焼く前に塩を振っておきます／魚在煎之前先撒上鹽。

【漬ける】
醃（菜等）★お隣の奥さんに、自分で漬けた白菜をいただいた／鄰居太太送來了自己醃的白菜。

【出来る】
做好，做完★素敵な原稿ができました／做好完美的原稿了。

【沸かす】
燒開，燒熱★初めにお湯を沸かしてください。それから砂糖を少し入れてく

ださい／首先請燒一鍋熱水，接著請加入少許砂糖。

【沸く】

沸騰，燒開，燒熱★お湯が沸いたら、蓋を閉めて、火を止める／等水滾了，就蓋上蓋子並且把火關掉。

【焼く】

點火焚燒★古いお札を焼く／燒毀舊的紙鈔。

【焼ける】

燒熱，熾熱，燒紅★肉が焼けてきたよ。そろそろ、いいかな／肉烤了好一會兒囉，差不多可以吃了吧？

【建てる】

創立，建立，樹立，創辦★新しい国を建てた／建立了新的國家。

【出来る】

做出，建成★この車は木でできている／這輛車是用木頭做的。

つたわる／伝わる	流傳

【通う】

通曉；相印，心意相通★心の通う話し方／意氣相投的話術。

【鳴る】

馳名，聞名★文才をもって鳴る人／以文才著稱的人。

【聞こえる】

聞名，出名，著名★世に聞こえている／聞名世界。

【移る】

感染；染上★子どもに風邪が移った／小孩染上感冒了。

つづく／続く	繼續、連續

【ずっと】

（從…）一直，始終，從頭至尾★一週間もずっと雨が降っています／已經整整下了一星期的雨。

【どんどん】

連續不斷，接二連三，一個勁兒★水がどんどん流れていく／水嘩啦啦地不斷流逝。

【続く】

（同樣的狀態）繼續；連續，連綿★これはインフルエンザですね。三日ほど高い熱が続くかもしれません／這是流行性感冒喔，說不定會連續高燒三天。

【続く】

事情不間斷的接連發生★吐き気に続いて嘔吐が起こる／噁心之後接下來會嘔吐。

【続ける】

繼續，連續，接連不斷★ブログを書き続けるのは、けっこう大変なことだ／要持續寫部落格需要很大的毅力。

●Track-034

つとめる／努める	盡力

【なるべく】

盡量，盡可能★今日はなるべく早く帰るよ／今天要盡量早點回去喔！

【出来るだけ】

盡量地；盡可能地★子どもにはできるだけ、自分のことは自分でさせたいと思っています／我希望盡量讓孩子自己的事情自己做。

【熱心】

（對人或事物）熱心；熱誠；熱情★中山さんは高橋さんと同じくらい熱心に勉強している／中山同學和高橋同學一樣正在用功讀書。

【一生懸命】

拼命地，努力，一心，專心★妻と子どものために、一生懸命働いている／為了妻子和兒女而拚命工作。

【払う】

傾注心思；表示（尊敬）；加以（注意）★体調に注意を払いましょう／請多加注意身體健康。

【頑張る】

堅持，拼命努力；加油，鼓勁；不甘落後；不甘示弱★がんばれ！やればできる／只要努力就辦得到！

つよい／強い	強壯的、堅定的、有力的

【腕】

腕力，臂力，力氣★腕にものを言わせる／力氣發揮了作用。

【力】

力，力量，力氣；勁，勁頭★女なのに力が強い／區區一個女人，力氣卻很大。

【固い】

堅定，堅決，性格剛毅而不動搖★固く断る／堅決回絕。

【堅い】

牢固，堅實★守りが堅い／守備牢固。

【硬い】

硬，凝固，內部不鬆軟，不易改變形態★硬いせんべい／硬梆梆的仙貝。

【確り】

結實，牢固，牢靠，確，明確，基礎或結構堅固，不易動搖或倒塌的狀態★こっちの椅子はこっちの椅子ほどしっかりしていない／那邊的椅子不如這邊的椅子來得堅固。

できる	能、會

【力】

能力★数学の力が弱い／數學能力很差。

【技術】

技術；工藝★どんなに医療技術が進んでも、老いと死は避けられない／醫療技術再怎麼進步，也躲不過老化與死亡。

【腕】

本事，本領，技能，能耐★腕がある。やはりうまいね／有本事。真的了不起。

【うまい】

巧妙，高明，好★運転は娘のほうが僕

よりうまいんですよ／女兒開車的技術比我還要好喔！

【出来る】

出色，有修養，有才能，成績好★外国語ができるかどうかで、給料が違います／薪資視具有外語能力與否而有所不同。

| でる／出る | 出來 |

【おなら】

屁：放屁★1日に何十回もおならが出て困っています／每天會放屁多達幾十次，不知道怎麼辦才好。

【外側】

外側，外面，外邊★箱の外側にきれいな紙を貼ります／在盒子的外側貼上漂亮的紙。

【表】

屋外，戶外，外邊，外頭★子どもたちは表で遊んでいる／小孩在屋外玩耍。

【退院】

出院★お医者さんの話では、もうすぐ退院できるそうだ／照醫師的說法，應該很快就能出院了。

【出す】

露出★真犯人がぼろを出すのを待つ／等待真正的犯人露出馬腳。

【出来る】

（原本沒有的物體）形成，出現★雨で窓に水滴ができた／因為下雨，窗上有了水滴。

| とおる／通る | 通過、走過 |

【一方通行】

單向通行★この絵は、「一方通行」という意味です／這張畫是「單向通行」的意思。

【交通】

交通★この辺は交通が不便だが、美しい自然が残っている／這一帶雖然交通不便，但還保有美麗的自然風光。

【横断歩道】

斑馬線，人行橫道★おばあさんが横断歩道で困っていたので、一緒に荷物を持って渡った／我看到一位老奶奶正在發愁該怎麼過馬路，於是幫忙拿東西陪她一起走了斑馬線。

【線】

路線，原則，方針★交渉はその線で進めよう／就按照那一原則進行交涉吧！

【周り】

周圍，物體的前後左右，環繞物體的四周★口の周りをふく／擦拭嘴的周邊。

【通り】

大街，馬路★通りから遠い部屋の方がいいです／我比較想要遠離馬路的房間。

【通り】

來往，通行★電車の通りが非常に多い場所だ／電車來往頻繁的場所。

【通る】

（人、車）通過，走過★バスが家の前を
通ります／巴士會經過家門前。

【通る】

穿過地方、場所★ここは風が通るから
気持ちいいね／這邊很通風，叫人感到
很舒服。

【回る】

巡廻；巡視，視察；周遊，遍歷★お巡
りさんが自転車で街を回っているので
安心です／看到警察騎著腳踏車在街道上
巡廻感到很安心。

とき／時　時間、時候

【暫く】

暫時，暫且，一會兒，片刻；不久★し
ばらくお待ちください／請稍待片刻。

【時】

（某個）時候★靴を買うときは、履いて
少し歩いてみるといいですよ／買鞋子
的時候最好試穿，並且走幾步看看比較
好喔！

【この頃】

近來，這些天來，近期；現在★このご
ろ、地震とか台風とかが多くて怖いね
／最近不是地震就是颱風，好恐怖喔！

【この間】

最近；前幾天，前些時候★この間貸し
たお金、返してもらえるんでしょうね
／上次借的錢，你應該得還我了吧？

【今夜】

今夜，今晚，今天晚上★今夜、飲みに
行こうよ／今天晚上一起去喝兩杯吧！

【昔】

從前，很早以前，古時候，往昔，昔日，
過去★この町は昔と違って、とても静
かになりました／這座城鎮變得非常安
靜，和以前不一樣了。

【時代】

古色古香，古老風味；顯得古老★時代
のついた茶碗／古色古香的碗。

【昼間】

白天，白日，晝間★昼間だから込んで
いると思いましたが、一人もいなかった
／原本以為白天時段會很擁擠，結果一個
人也沒有。

【場合】

場合；時候；情況★20分以上遅れた場
合は、教室に入ることができません／
如果遲到超過20分鐘，就無法進入教室。

● Track-036

ところ／所　地方

【点】

物體表面上看不清的小東西，點★電車
が点となって消えた／電車變成點後消
失了。

【真ん中】

正中，中間，正當中★パンのお皿を
持ってきて、テーブルの真ん中におい
てください／請把麵包盤端來，擺在餐
桌的正中央。

【隅】 すみ

角落★その人形は、ほこりをかぶって部屋の隅に立っていた／那個人偶布滿了灰塵，站在房間的角落。

【引き出し】 ひ だ

抽屜★使ったはさみは引き出しに片付けてください／使用完的剪刀請放回抽屜裡。

【押し入れ・押入れ】 お い おしい

壁櫥，壁櫃★彼は押し入れの中で寝ていました／他在壁櫥裡睡覺。

【屋上】 おくじょう

屋頂上，房頂上，房頂面，屋頂平臺★屋上から見る町は、おもちゃのようだ／從屋頂上俯瞰整座城鎮，猶如玩具模型一般。

【受付】 うけつけ

傳達室，接待處；接待員，傳達員★6時に会場の受付のところに集まったらどうでしょう／如果訂6點在會場報到處集合，你覺得如何？

【喫煙席】 きつえんせき

吸煙區★禁煙席または喫煙席、どちらがよろしいですか／請問您想坐在禁菸區還是吸菸區呢？

【新聞社】 しんぶんしゃ

報社，報館★学生は、将来新聞社に勤めたいと言っている／大學生說他將來想到報社工作。

【研究室】 けんきゅうしつ

研究室★田中先生の研究室に電話をかけたが、誰もいなかった／打了電話到田中老師的研究室，但是沒有人接聽。

【会議室】 かいぎしつ

會議室★この箱は、会議室に運んでください／請把這個箱子搬去會議室。

【事務所】 じ む しょ

事務所，辦事處★私の事務所は向こうに見える12階建てのビルの3階だ／我的事務所就在從這邊看過去對面那棟十二層大樓的三樓。

【警察】 けいさつ

警察局的略稱★警察で事件の経緯を調べています／在警察署調查案件的經過。

【コインランドリー】coin-operatedlaundry 之略

自助洗衣店★銭湯のそばにコインランドリーがある／公共澡堂的隔壁有家自助洗衣店。

【運転席】 うんてんせき

駕駛座，司機座★後ろの席の方が、運転席の隣よりゆったりできます／坐在後座比坐在駕駛座旁邊更能好好休息。

【飛行場】 ひこうじょう

機場★国に帰る前に、飛行場でお土産を買いました／回國之前，在機場買了伴手禮。

【空港】 くうこう

飛機場★新しい空港を作る／建造新機場。

【湖】 みずうみ

湖，湖水★琵琶湖は日本で一番大きい

湖です／琵琶湖是日本的第一大湖。

【海岸】かいがん

海岸，海濱，海邊★ホテルから海岸まで 300 メートルしかありません／從旅館到海邊只距離 300 公尺。

【田舎】いなか

鄉下，農村★年を取ったら、田舎に住みたいです／等我上了年紀以後想住在鄉下。

【地理】ちり

地理學科，地理知識★地理とか歴史とか、社会科は好きじゃありません／我不喜歡讀地理和歷史之類的社會科。

●Track-037

ととのえる／整える	整理、調整

【気分】きぶん

（身體狀況）舒服，舒適★夕方になってきましたね。ご気分はいかがですか／傍晚了，您覺得身體如何呢？

【支度】したく

外出的打扮，整理★旅支度をする／準備旅行。

【具合】ぐあい

健康情況：狀態★おかげ様で、具合はずいぶんよくなってきました／託您的福，身體的狀況已經好多了。

【飾る】かざる

排列（得整齊漂亮）★本を買って本棚に飾る／買了書籍，陳列在書架上。

【片付ける】かたづける

（把散亂的物品）整理，收拾，拾掇★テーブルは三つだけにして、他は片付けてください／桌子只留下三張就好，其他的請收起來。

【下げる】さげる

撤下：從人前撤去、收拾物品★食事の後におぜんを下げるお手伝いをした／飯後幫忙收拾飯桌。

とまる／止まる・泊まる	停下、停泊、過夜

【駐車場】ちゅうしゃじょう

停車場，停放汽車的場所和設施★ここから 500 メートルぐらい行ったところに駐車場があります／從這裡走五百公尺左右，有一座停車場。

【オフ】off

沒有日程、工作安排★オフの日は、朝ゆっくり起きてもいい／不上班的日子，早上可以盡情睡到飽再起床。

【オフ】off

機械、電燈等關閉★マイクをオフにする／關上麥克風。

【番線】ばんせん

…號月臺★品川なら向こうの 3 番線からお乗りください／要去品川的話，請在對面的三號月台搭車。

【港】みなと

港，港口；碼頭★船が港に近づいた／

船舶接近了碼頭。

【下宿】（げ しゅく）

寄宿在別人家中的房間裡，租房間住，住公寓★高三の娘は大学に入ったら、下宿すると言っている／高三的女兒說她一考上大學就要搬去外面租房間住。

【旅館】（りょかん）

旅館，旅店★温泉街はホテルや旅館がたくさんあって、にぎやかです／温泉小鎮裡有許多旅館和旅店，很熱鬧。

【止める】（と）

止；堵；憋，屏；關，關閉★傷から流れる血を止めたい／想止住從傷口流出的血。

【止まる】（と）

停，停止，停住，停下，站住★これは、食べ始めると止まらない／這個一旦開始吃，就會愈吃愈想吃。

【泊まる】（と）

投宿，住宿，過夜★泊まるところは、出発前に予約した方がいいと思う／我覺得住的地方最好在出發前就先預約。

【止む】（や）

休，止，停止，中止，停息★今日は雪だけど、夕方には止むと天気予報で言っていました／氣象預報說過，今天雖然會下雪，但是到傍晚就會停了。

【残る】（のこ）

留，在某處留下★家に残る／留在家裡。

とめる／止める	止、停止

【それはいけませんね】

這樣下去可不行呢★「ときどき頭が痛くなるんです。」「それはいけませんね。病気かもしれませんから。」／「我常常頭痛。」「那可真糟糕，說不定是生病了！」

【通行止め】（つうこう ど）

禁止通行★土砂崩れで、道路が通行止めになっています／由於土石流而封鎖道路。

【駐車違反】（ちゅうしゃ いはん）

違規停車，違法停車★彼は駐車違反で罰金をとられた／他因為違規停車而遭到了罰款。

【急ブレーキ】きゅう brake（きゅう）

緊急煞車★バスは急ブレーキをかけることがありますから、気をつけてください／巴士有時會緊急煞車，務必小心。

【禁煙席】（きんえんせき）

禁菸區★禁煙席を選ぶ／選擇禁菸區。

【止める】（と）

停下、停止動作★ビルの前は車を止めてはだめなんですよ／大樓前不可以停車喔！

● Track-038

とる／取る	奪取

【首】（くび）

撤職，解雇，開除★今日会社を首になった／今天被公司解雇了。

【落とす】
攻陷★敵陣を落とす／攻陷敵人的陣營。

【落とす】
殺害★命を落とす／喪命。

【払う】
趕，除掉★体を動かして寒さを払いのけましょう／動動身體趕走寒氣。

【払う】
拂，撣★ほこりを払う／撣除灰塵。

ない	不、沒、缺、空

【裏】
背面★紙の裏に書いている／寫在紙張的背面。

【キャンセル】cancel
取消（合約等）；作廢★予約のキャンセルは前日までにお願いいたします／如欲取消預約，最晚敬請於前一天辦理。

【消しゴム】けし＋（荷）gom
橡皮擦，橡皮，能擦掉鉛筆等書寫痕跡的文具★消しゴムがどこかに行ってしまった／橡皮擦不知道到哪裡去了。

【包む】
籠罩，覆蓋；隱沒；沉浸★霧に包まれた湖／隱沒在霧中的湖泊。

【無くす】
遺失★なくしたかばんはどれくらいの

大きさですか／請問您遺失的提包大概有多大呢？

【落とす】
失落，丟掉，遺失★財布を落としたため、交番に行きました／由於掉了錢包，所以去了派出所。

【乾く】
乾燥；因熱度等使水分減少而乾燥★今日はいい天気なので、洗濯物はもう乾いている／今天太陽很大，所以洗好的衣服已經乾了。

【欠ける】
（月亮的）缺，虧★お月さまが欠けている／月缺。

【欠ける】
缺少，欠，不足，不夠，缺額★医者が1名欠ける／缺了一位醫師。

【下りる】
卸下，煩惱等沒了★大掃除をして、ようやく肩の荷がおりる／大掃除一番，終於感到心裡的負擔卸下了。

【無くなる】
沒了，消失★お店から出たら、入り口に置いておいた傘がなくなっていた／一走出店外，發現原本放在入口處的傘不見了。

【空く】
容器中的東西完全被使用掉了，空了；某處變空★瓶が空いた／瓶子空了。

| なおす／直す | 改正、修理 |

【止める】

忌；改掉毛病、習慣★健康のためなら、タバコも酒も止めます／假如是為了健康著想，就該戒菸和戒酒。

【直す】

修理，恢復，復原★壊れた冷蔵庫を直す／修理壞了的冰箱。

【直す】

修改，訂正；修正不好的地方★作文を先生に直していただかないといけない／不把作文拿去給老師修改是不行的。

【直す】

改正壞習慣、缺點★悪いところを直す／改掉不好的地方。

【直る】

改正過來，矯正過來★発音が直らない／發音很難矯正。

【直る】

修理好，使機能恢復★調子が悪かったPCがやっと直りました／終於把運作不太順暢的電腦拿去修好了。

| なおす／治す | 醫治 |

【看護師】

護士，護理人員★音楽の先生になりたいと思っていました。今は看護師になろうと思っています／我以前想當音樂老師，現在則希望成為護理師。

【お医者さん】

醫生，大夫★子どもが、お医者さんを見て泣き出しました／小孩一看到醫師就哭了起來。

【歯医者】

牙醫，牙科醫生★歯医者にセラミックの歯を2本入れてもらった／請牙醫師裝了兩顆全瓷牙冠。

【入院】

住（醫）院★入院しなくてもできる簡単な手術です／這是一項不必住院就能完成的小手術。

【治る】

病醫好，痊癒★こんな傷は薬を付ければすぐに治るよ／這點小傷只要擦擦藥很快就好囉！

● Track-039

| ながれる／流れる | 流動 |

【気】

氣，空氣，大氣★山には山の「気」がある／山上有山氣。

【空気】

空氣★窓を開けて、新しい空気を入れましょう／把窗戶打開換個新鮮空氣吧！

【血】

血，血液★ここ、どうしたの。血が出

ているよ／你這裡怎麼了？流血了耶！

【水道】<ruby>すいどう</ruby>

自來水（管）；航道，航路★私はガス代<ruby>わたし</ruby><ruby>だい</ruby>や水道代を払いに行ってくる／我去繳<ruby>すいどうだい</ruby><ruby>はら</ruby><ruby>い</ruby>交瓦斯費和水費。

【雲】<ruby>くも</ruby>

天空中的雲，雲彩★空に白い雲が浮か<ruby>そら</ruby><ruby>しろ</ruby><ruby>くも</ruby><ruby>う</ruby>んでいる／天空飄著白雲。

【通う】<ruby>かよ</ruby>

通，流通；迴圈★電流が通っている／<ruby>でんりゅう</ruby><ruby>かよ</ruby>通有電流。

【過ぎる】<ruby>す</ruby>

過，過去，逝去；消逝★暑い夏が過ぎ<ruby>あつ</ruby><ruby>なつ</ruby><ruby>す</ruby>て、涼しい秋になった／炎熱的夏天已<ruby>すず</ruby><ruby>あき</ruby>過，涼爽的秋天來臨了。

なる／鳴る	鳴、響

【ベル】bell

鈴，電鈴；鐘★ベルが鳴ったら、書く<ruby>な</ruby><ruby>か</ruby>のをやめてください／鈴聲一響就請停筆。

【糸】<ruby>いと</ruby>

（樂器的）弦，琴弦，箏，三弦，彈箏，三弦（的人）★三味線の糸／三弦的琴弦。<ruby>しゃみせん</ruby><ruby>いと</ruby>

【ピアノ】piano

鋼琴★50歳を過ぎてから、ピアノを習<ruby>なら</ruby>い始めたいと思います／我想在過了50<ruby>はじ</ruby><ruby>おも</ruby>歲以後開始學鋼琴。

【調べる】<ruby>しら</ruby>

調音；奏樂，演奏★ピアノの調子を調<ruby>ちょうし</ruby><ruby>しら</ruby>べる／調鋼琴的音。

【鳴る】<ruby>な</ruby>

鳴，響★時計が鳴ったのに起きなかっ<ruby>とけい</ruby><ruby>な</ruby><ruby>お</ruby>た／鬧鐘已經響了卻沒有起床。

ぬすむ／盗む	偷竊

【泥棒】<ruby>どろぼう</ruby>

小偷★泥棒に入られた／遭了小偷。<ruby>どろぼう</ruby><ruby>はい</ruby>

【掏り】<ruby>す</ruby>

扒手★クレジットカードが入った財布<ruby>はい</ruby><ruby>さいふ</ruby>がすりに盗まれた／放了信用卡的錢包<ruby>ぬす</ruby>被扒手偷走了。

【盗む】<ruby>ぬす</ruby>

偷盜，盜竊★買ったばかりの自転車が<ruby>か</ruby><ruby>じてんしゃ</ruby>盗まれた／才剛買的自行車被偷了。<ruby>ぬす</ruby>

ねむる／眠る	睡覺

【夢】<ruby>ゆめ</ruby>

夢境，夢★夢に死んだ祖母が出てきた<ruby>ゆめ</ruby><ruby>し</ruby><ruby>そぼ</ruby><ruby>で</ruby>／已過世的奶奶出現在我的夢裡。

【布団】<ruby>ふとん</ruby>

被褥，鋪蓋★絵本を読んであげるから、<ruby>えほん</ruby><ruby>よ</ruby>早く布団に入りなさい／我讀圖畫書給<ruby>はや</ruby><ruby>ふとん</ruby><ruby>はい</ruby>你聽，快點上床！

【昼休み】<ruby>ひるやす</ruby>

午休；午睡★昼休みにみんなで体操をす<ruby>ひるやす</ruby><ruby>たいそう</ruby>るのは、この会社の習慣です／在午休時<ruby>かいしゃ</ruby><ruby>しゅうかん</ruby>段大家一起做體操是這家公司的慣例。

【眠い】
困，困倦，想睡覺★昨日遅くまで勉強したので、今はとても眠いんです／昨天用功到很晚，結果現在睏得要命。

【眠たい】
困，困倦，昏昏欲睡★眠たかったら冷たい水で顔を洗ってきなさい／如果覺得睏，就去用冷水洗把臉！

【寝坊】
早上睡懶覺，貪睡晚起（的人）★寝坊して、友達を1時間も待たせてしまいました／我睡過頭，害朋友足足等了一個鐘頭。

【朝寝坊】
早晨睡懶覺，起床晚，愛睡懶覺的人★朝寝坊したせいで、新幹線に乗れなかった／早上睡過頭了，結果來不及搭上新幹線。

【眠る】
睡覺★お風呂の後にマッサージするとよく眠れます／洗完澡後按摩，就能睡個好覺。

のる／乗る	乗坐、傳播

【急行】
快車★この電車は急行ですから、花田には止まりませんよ／這班電車是快速列車，所以不會停靠花田站喔！

【乗り物】
乘坐物，交通工具★ディズニーについ

たら、最初にどの乗り物に行きますか／一到迪士尼樂園，你想最先搭的遊樂器材是哪一種呢？

【オートバイ】auto bicycle
摩托車★僕はオートバイに乗れます／我會騎摩托車。

【汽車】
火車，列車★汽車が長いトンネルに入った／列車進入了長長的隧道。

【船・舟】
船；舟★船から島が見えた／從船上看到了島嶼。

【出す】
發表；登，刊載，刊登；出版★広告を新聞に出す／在報上刊登廣告。

● Track-040

はいる／入る	進入

【内】
（特定範圍之）內，中★1日3回の食事のうち、2回は魚を食べましょう／一天三餐，其中兩餐要吃魚喔。

【内側】
內側，裡面★箱の内側にきれいな紙を貼ります／在盒子的內側貼上漂亮的紙。

【家内】
家內，家庭，全家★家内安全／家族平安。

【国内】

國内★夏休みに国内旅行に行く人は海外旅行を大きく上回る／暑假在國内旅遊的人數遠遠超過出國旅遊的人數。

はえる／生える	生、長

【毛】
頭髪；胎髪，胎毛，寒毛★髪の毛は細くてやわらかい／頭髮又細又柔軟。

【毛】
動物的毛；羽毛★うちのペットは、白くて、後ろの足だけ黒い、毛の長い猫です／我家的寵物是一隻通體白色，只有後腳是黑色的長毛貓。

【髪】
髪，頭髮；髮型★髪の毛を切ったら、変になった／把頭髮剪短以後，看起來怪怪的。

【ひげ】
鬍鬚，鬍子，髭鬚，髯鬚★ひげを伸ばすかどうか、迷っている／我正在猶豫要不要留鬍子。

【草】
草★涼しい風が吹いて、草が波のように揺れた／涼風吹過，草像波浪一般搖晃。

【枝】
樹枝★庭の木の枝が、ちょっと伸び過ぎだ／院子裡的樹枝有點太長了。

【葉】
葉★木の葉が赤くなった／樹葉轉紅了。

【森】
森林★森の中で、道に迷ってしまいました／在森林裡迷路了。

【林】
林，樹林★林の中で虫にさされた／在樹林裡被蟲子叮了。

はかる／計る	測量

【月】
月★一月七日には、「七草がゆ」を食べることになっています／依照傳統風俗，會在1月7日這天吃「七草粥」。

【…目】
（表示順序）第…★あの後ろから2番目の男の人、よくテレビに出てる人じゃない？／倒數第二個男人，是不是常常上電視的那個人呀？

【程】
程度★桜ほど日本人に愛されている花はありません／沒有任何花能像櫻花這樣廣受日本人的喜愛。

【熱】
（體溫）發燒，體溫高★薬を飲んだので、熱が下がりました／因為吃了藥，所以退燒了。

【大匙】
調羹、烹調用的計量勺之一★カップ三杯の水に大さじ一杯の砂糖を混ぜます／在三杯水裡加入一大匙糖。

【小匙】
（こさじ）

小匙；小勺★熱いコーヒーに小さじ1の
はちみつを入れて飲むのが好きです／
我喜歡在熱咖啡裡加入一小匙蜂蜜飲用。

はじまる／ 始まる	開始

【最初】
（さいしょ）

最初；起初，起先，開始；頭，開頭；第
一，第一次★まっすぐ行って、最初の
角を右に曲がります／直走，在第一個
街角右轉。

【一度】
（いちど）

一旦★一度始めたらやめられない／一
旦開始就停不下來了。

【初心者】
（しょしんしゃ）

初學者★初心者とは、初めて習う人、
習ったばかりの人のことです／所謂初
學者是指第一次學習的人，或是剛開始
學習的人。

【出す】
（だ）

開店★インターネットに自分の店を出
す／在網路上開自己的店。

【始める】
（はじ）

開始★自分を変えたかったから、英会
話を始めようと思っています／因為想要
改變自己，所以打算開始學習英語會話。

はたらく／ 働く	工作、勞動

【パート】part

打工，短時間勞動，部分時間勞動★母
はスーパーで週三日、パートをしてい
ます／家母目前每星期在超市打工三天。

【アルバイト】(德) arbeit

打工★大沢君は、アルバイトばかりし
ているのに、成績がいい／大澤一天到
晚忙著打工，成績卻很優異。

【用事】
（ようじ）

事，事情★すみません。用事があるの
で行けません／不好意思，因為有事所以
沒辦法去。

【用】
（よう）

事情★君に用はない。帰れ／沒你的事，
滾回去！

はなす／ 話す	談話

【何故】
（なぜ）

為何，何故，為什麼★なぜ引っ越した
いのですか／為什麼想搬家呢？

【会話】
（かいわ）

會話，談話，對話★英語は挨拶くらい
の会話しかできない／我英語會話的程
度頂多只會問候。

【携帯電話】
（けいたいでんわ）

手機，可攜式電話★会議中に携帯電話が鳴り出した／開會時手機響了。

【会議】

會議，會★会議の前に、携帯電話を切っておきます／請在會議開始之前關掉手機電源。

【相談】

提出意見，建議；提議★課長は部下の相談を断った／課長拒絕了部下提出的意見。

【煩い】

話多，愛嘮叨★私は煩いおやじだと思われているでしょうね／別人都認為我是個愛嘮叨的老頭吧！

【相談】

商量；協商，協議，磋商；商談；商定，一致的意見★彼女は誰にも相談せずに留学を決めた／她沒和任何人商量就決定去留學了。

【伝える】

傳達，轉告，轉達；告訴，告知★お父様、お母様によろしくお伝えください／請向令尊令堂代為問安。

【尋ねる】

問；詢問；打聽★外国人は私に道をたずねました／外國人向我問了路。

【伺う】

請教，詢問，打聽★すみません。ちょっとお伺いしたいんですけど…／不好意思，請教一下…。

【騒ぐ】

吵，吵鬧；吵嚷★駅前で人が騒いでいる。事故があったらしい／車站前擠著一群人鬧哄哄的，好像發生意外了。

| はなれる／離れる | 分離、分開 |

【行ってらっしゃい】

路上小心★行ってらっしゃい。傘は持ったの／路上小心。傘帶了沒？

【行って参ります】

我出去了★社長、今から山下さんを迎えに行ってまいります／報告社長，我現在要出發去接山下先生。

【ずっと】

遠遠，很，時間、空間上的遙遠貌★ずっと前から君が好きでした／從好久之前我就喜歡你了。

【置き】

每間隔，每隔★この薬は6時間おきに飲んでください／這種藥請每隔6小時服用。

【遠く】

遠遠，差距很大★昨年のタイムに遠く及ばない／遠遠不如前年的那個時候。

【遠く】

遠方，遠處★遠くに山が見えます／能夠遠遠地眺望山景。

【郊外】

郊外，城外★郊外に住むのはちょっと不便ですね／住在郊區不太方便吧？

079

【間】
開間，空隙，縫隙★間を空けずに座る／不要間隔地緊鄰而坐。

【間】
之間，中間★デパートと銀行の間に、広い道があるんです／百貨公司與銀行之間，有條寬廣的道路。

【間】
期間，時候，工夫★昨日、留守の間、どろぼうに入られたんです／昨天不在家時，被小偷闖了空門。

【割れる】
分裂；裂開★意見が割れる／意見分歧。

【別れる】
分散，離散★兄弟は別れて育った／兄弟分散，在不同的環境下成長。

【別れる】
離別，分手★恋人と別れたが、どうしても彼女のことが忘れられない／雖然和情人分手了，但我實在無法忘記她。

【空く】
出現空隙或者空隙變大★行間が空いている／行與行之間空隙變大。

【開く】
加大，拉開（數量、距離、價格等的差距）★3万票以上の差が開いた／拉開三萬票以上的差距。

【落ちる】
掉落；脫落；剝落；卸，脫★色が落ちる／掉色。

| はやい／早い・速い | 早的、快的 |

【唯今・只今】
馬上，立刻，這就，比現在稍過一會兒後★ただいま、お調べしますので、お待ちください／現在立刻為您查詢，敬請稍候。

【直ぐに】
立刻，馬上★電車は、動き出したと思ったら、またすぐに止まった／電車正要開動，卻又馬上停了下來。

【急に】
忽然，突然，驟然，急忙★ピアノ教室の生徒さんは急に多くなって、去年の2倍になりました／鋼琴教室的學生忽然增加，達到了去年的兩倍。

【先ず】
先，首先，最初，開頭★僕は朝起きたら、まずシャワーを浴びます／我早上起床第一件事就是去沖澡。

【近道】
近路，近道，抄道★畑の中を行けば近道だ／從田地穿過去就是捷徑。

【先輩】
先輩，先進，（老）前輩；高年級同學，師兄（姐），老學長；職場前輩，比自己早入公司的人★今日は先輩におごってもらった／今天讓學長破費了。

【予約】
預約；預定★このレストランは、半年

先まで予約でいっぱいです／這家餐廳的預約已經排到半年後了。

【天気予報】

天氣預報★天気予報では午前中はいい天気だそうですよ／根據氣象預報，上午應該是好天氣

【急】

突然，忽然，一下子，事物發生無前兆，變化突然★彼のプロポーズがとても急だった／他的求婚非常突然。

【出す】

加速；鼓起，打起★スピードを出しすぎると疲労が出やすい／開快車會更容易感到疲勞。

【急ぐ】

趕緊；為了早點到達目的地而加速前進★日没が近いので下山を急いだ／太陽快要落下了，急著下山。

はらう／払う	支付

【公共料金】

公共費，包括電費、煤氣費、水費、電話費等★4月から電気、ガス、水道などの公共料金が高くなる／四月份起，水電瓦斯等公共事業費用即將調漲。

【値段】

價格，價錢★A店の値段とB店の値段を比べます／比較A店的價格和B店的價格。

【レジ】register 之略

現金出納員，收款員；現金出納機★スーパーでレジの仕事をすることになりました／我找到在超市結帳收銀的工作了。

【キャッシュカード】cashcard

現金卡★財布を落として、キャッシュカードも一緒になくしてしまった／弄丟錢包，連現金卡也一起不見了。

【クレジットカード】creditcard

信用卡★先月、クレジットカードで買い物をし過ぎました／上個月刷信用卡買太多東西了。

【払う】

支付★お金を払わなかったので、携帯電話を止められた／因為沒有繳錢，手機被停話了。

【出す】

出資；供給；花費★家を買うために親が資金を出す／父母出錢為子女買房。

ひえる／冷える	變涼

【冷房】

冷氣設備；冷氣，使室內變涼爽的設備★うちの冷房が故障してしまった／我家的冷氣故障了。

【濡れる】

淋濕，濕潤，滲入水分★夜遅く雨が降ったらしく、道路が濡れている／深夜似乎下過雨，路上濕濕的。

【冷える】

變冷，變涼，放涼★冬でも暖房のよく効いた部屋で、冷えたビールを飲む人が多くなった／有愈來愈多人即使是冬天，也會在開著很強暖氣的房間裡喝冰啤酒。

● Track-043

ひかる／ 光る	發光

【光】

光，光亮，光線★音や光の出るカメラで写真を撮らないでください／請不要用會發出聲響或閃光的相機拍照。

【星】

星斗，星星★星が出ているから、明日は晴れるでしょう／星星出現了，所以明天應該是晴天吧。

【日】

日，太陽★東から日がのぼる／太陽從東邊升起。

【月】

月亮★雲の間から月が出てきた／月亮從雲隙間出現了。

【電灯】

電燈，依靠電能發光的燈★勉強しようと電灯をつけたばかりなのに、もう寝てしまった／為了用功才剛剛把燈打開，卻睡著了。

【日】

陽光，日光★夏の日が強い／夏天的陽光強烈異常。

【光る】

發光，發亮★山の下には町の灯りがきらきら光っていた／山腳下，城鎮的燈火閃閃發亮。

【映る】

反射★犬は窓ガラスに映った自分の姿に吠えています／狗朝著自己映在玻璃窗上的身影吠個不停。

ひと／人	人

【方】

位，代指人★いらっしゃいませ。初めての方ですか／歡迎光臨！請問是第一次上門的顧客嗎？

【年】

年老★もう年ですから、終活しようと思う／已經年邁了，我想為死亡來做些準備了。

【市民】

市民，城市居民；公民★古い家屋が市政府によって取り壊されたため、市民らが強く抗議した／由於老屋遭到市政府拆除，因而引發了市民的強烈抗議。

【公務員】

公務員；公僕★昔と違って、今は公務員も大変です／不同以往，現在的公務員工作繁重。

【警察】

員警★警察が泥棒を捕まえてくれた／警察為我們抓住了小偷。

【警官】

員警；警官的通稱★僕は警官として、社会のために働く／我以警官的身分為社會服務。

【高校生】

高中生★高校生にはタバコを売ってはいけません／不可將香菸賣給高中生。

【大学生】

大學生★大学生なら、このくらいの本が読めるだろう／既然是大學生，這種程度的書應該看得懂吧？

【運転手】

司機，駕駛員，從事駕駛電車、汽車工作的人★電車の運転手になるのが夢です／我的夢想是成為電車的駕駛員。

ひとしい／等しい	相同

【ながら】

照舊，如故，一如原樣★昔ながらの味／一如往昔的古早味。

【まま】

原封不動；仍舊，照舊★その格好のままで、クラブに入れないよ／不要穿成那副德性進去夜店啦！

【似る】

像，似★母親に似て、娘もまた頭がいい／女兒像媽媽一樣頭腦聰明。

【合う】

一致，相同，符合★彼と意見が合う／與他意見相同。

ひらく／開く	開放

【文化】

文化；文明，開化★日本の文化を世界に紹介しようと思います／我想將日本文化介紹給全世界。

【開く】

開，開著；把原本關著的物品打開★戸が開く／門開著。

【開く】

開放，綻放；敞開；傘、花等從收起的狀態打開★花のつぼみが開く／花蕾綻放。

●Track-044

ふるまう／振る舞う	動作、行動

【きっと】

嚴峻★きっと睨み付ける／嚴厲地瞪了一眼。

【気】

氣度，氣宇，氣量，器量，胸襟★気が小さい／胸襟狹小。

【熱】

熱情，幹勁★仕事も趣味も熱を入れている／工作跟興趣都很有幹勁。

【痴漢】

色情狂，色狼，對他人進行騷擾的人★

電車で痴漢にあった／我在電車上遇到色狼了。

【ユーモア】humor

幽默，滑稽，詼諧★私は格好いい人よりも、ユーモアのある人が好きです／比起體格壯碩的人，我更喜歡具有幽默感的人。

【遠慮】

客氣★遠慮なくいただきます／那我就不客氣的享用了。

【盛ん】

熱心積極★盛んに活動する／熱心積極地活動。

【随分】

殘酷，無情，不像話★そんなことを言うなんて随分な奴だ／竟說出那種話，真是冷酷無情的傢伙。

【失礼】

失禮，不禮貌，失敬★失礼なことを言われたら、あなたはどうしますか／被人說了失禮的話，你會怎麼處理呢？

【自由】

自由；隨意；隨便；任意★思ったことを自由に話してください／想到什麼請自由發言。

【親切】

親切，懇切，好心★誠君は体が大きくて、親切で、とても男らしい人です／小誠體格壯碩又待人親切，是個很有男子氣魄的人。

【真面目】

認真，正直，耿直★まさか、真面目なア

リさんが遊びに行くはずがありませんよ／那麼認真的亞里小姐總不可能去玩吧？

【堅い】

可靠，安穩，有把握的，一定會的，確實★公務員のような堅い職業／如同公務員一般安穩的職業。

【厳しい】

嚴；嚴格；嚴厲；嚴峻；嚴肅★今度の新しい部長は、厳しい人だそうです／這次新上任的部長聽說要求很嚴格。

【細かい】

吝嗇，花錢精打細算★うちの夫はとてもお金に細かいです／我老公很會精打細算。

【優しい】

和藹；和氣；和善；溫和，溫順，溫柔★村の人はみんなやさしい／村民都很和氣。

【柔らかい】

溫柔，溫和★人当たりが柔らかい／給人溫和的好印象。

【確り】

堅強，剛強，高明，堅定，可靠，人的性格、見識等踏實而無風險★しっかりした娘／可靠的姑娘。

【飾る】

粉飾，只裝飾表面、門面★無理矢理に自信を持とうとすると、うわべを飾るだけになるよ／如果勉強裝出自信十足的樣子，就只會像是虛張聲勢而已喔。

まつる／ 祭る	祭祀

【お祭り】
慶典，祭祀，廟會★お祭りの踊りを見物した／觀賞了祭典上的舞蹈。

【神社】
神社，廟★お祭りのときの写真が神社に貼ってある／祭典時拍攝的照片貼在神社裡。

【寺】
廟，佛寺，寺廟，寺院★日本人は、大みそかは寺に行き、元旦は神社に行く／日本人會在除夕夜去寺院，元旦則到神社參拜。

【教会】
教會，教堂★結婚式は教会で挙げることにしました／婚禮決定在教會舉行了。

【参る】
參拜★京都のお寺に参る／參拜京都的佛寺。

まとめる／ 纏める	集中、完成

【ファイル】file
合訂本；匯訂的文件；匯訂的卡片；卷宗，檔案★昔のファイルを整理していた／整理了以前的檔案。

【主人】
家長，一家之主；當家的人★僕は一家の主人として、家族を守る／我以一家之主的名義守護著家人。

【部長】
部長★部長は遅刻を許さない厳しい人です／部長為人嚴謹，不允許部屬遲到。

【課長】
課長★課長に書類を細かくチェックされました／科長仔細檢查了我交上去的文件。

【集める】
收集；彙集；湊（物品）★論文を書くために、資料を集めます／為了寫論文而蒐集資料。

【集まる】
眾多人或物聚集★8時半に出発しますから、20分までにホテルの前に集まってください／因為早上8點半要出發，最晚請於8點20分之前在旅館門口集合。

【足す】
辦事，辦完★私用を足す／辦完私事。

●Track-045

みちびく／ 導く	引導

【無理】
強制，硬要，硬逼，強迫★無理に笑わなくていい／無須強顏歡笑。

【案内】
引導，嚮導；導遊，陪同遊覽★東京の友達が新宿を案内してくれました／住

—085

在東京的朋友為我導覽了新宿。

【釣る】

勾引,引誘,誘騙★お金で人を釣る／用錢引誘人。

みる／見る	看

【はっきり】

物體的輪廓清楚,鮮明而能與其他東西明顯分開★島がはっきりと見える／清清楚楚地看得見島嶼。

【夢】

夢想,幻想;理想,目標★50歳を過ぎても、夢を追い続けたい／即使過了五十歳,也想持續追逐夢想。

【見物】

遊覽,觀光,參觀;旁觀;觀眾;旁觀者,看熱鬧的★今日は京都を見物して、明日は大阪に向かうつもりだ／我計畫今天在京都觀光,明天前往大阪。

【花見】

看花,觀櫻,賞(櫻)花★「お花見」は、春に桜の花を見て楽しむことです／「賞櫻」指的是在春天欣賞櫻花。

【景色】

景色;風景;風光★うわあ。こんな景色、日本では見られないね／哇!這麼壯觀的景色在日本看不到吧!

【表】

外表,外觀★表を飾る／裝飾外表。

【格好・恰好】

様子、外形、形狀、姿態、姿勢★オシャレな格好で出かける／打扮得漂漂亮亮出門去。

【ご覧になる】

看:為「見る」的尊敬語★パンダの赤ちゃんはご覧になりましたか／熊貓寶寶已經開放參觀了嗎?

【拝見】

拜讀;瞻仰,看★先ほどのメールを拝見いたしました／已經拜讀了剛才的來函。

【見える】

看見,看得見★部屋の窓から富士山が見えます／從房間的窗戶可以遠望富士山。

【映る】

看,覺得★人の目にどう映るかなんて、どうでもいい／我才不管人們會怎麼看。

【光る】

出眾,出類拔萃★ドラマで彼女がいちばん光っている／連續劇中她最出色。

むかえる／迎える	迎接、接待

【ようこそ】

歡迎,熱烈歡迎★ようこそ。どうぞお上がりください／歡迎歡迎!請進。

【お帰りなさい】

回來啦,歡迎回家★お帰りなさい。雨の中、大変でしたね／回來了呀。外面下雨,很不方便吧?

【唯今・只今】

我回來了★「お帰りなさい。」「ただいま。」／「回來啦。」「我回來了。」

【歓迎会】

歓迎宴會，歓迎會★すばらしい歓迎会を開いてくれて、ありがとうございます／感謝大家為我舉辦這場盛大的迎新會。

【客】

客人，賓客，貴賓★客を招く／邀請賓客。

【応接間】

客廳，會客室；接待室★山本様、お待たせいたしました。応接間にご案内いたします。こちらへどうぞ／山本先生，恭候大駕！請隨我到會客室。請往這邊走。

【迎える】

迎接；歓迎；接待★父が車で迎えに来てくれた／爸爸開車來接我了。

🔊Track-046

むく／向く｜朝向、趨向

【一方通行】

只傳達單方面的意見，不傳達反對意見★話が一方通行だ／傳遞單方面的話語。

【背中】

背後，背面★敵の背中に回る／繞到敵人背後。

【坂】

坡，坡道；斜坡，坡形★男が息を切らせて、坂を登ってきた／那男人上氣不接下氣地爬上了山坡。

【方】

方面★今は甘いものより辛いもののほうが好きです／現在比起甜食，更喜歡吃辛辣的東西。

【方】

方，方向★南の方／南方。

【表】

表面，正面★コインの表が 10 回連続で出る／錢幣的正面連續出現十次。

【裏】

後面，後邊★彼は車を会社の裏に駐車しました／他把車子停到了公司後面。

【反対】

相反★その店は道の反対側にあります／那家店在道路的那一邊。

【急】

陡，傾斜程度大，險峻★こんな急な山は怖くて登りたくない／根本不想爬這麼陡峭、嚇人的山。

【逃げる】

避開，閃避，逃避★仕事から逃げたい／想逃離工作。

【下がる】

向後倒退，後退，往後退★三歩進んで二歩下がる／前進三步，退後兩步。

【下げる】

使後退，向後移動★みんなで協力して、車を下げていた／大家通力合作把車子向後倒推。

【向かう】

相對；面對著；朝著；對著★東京に向かう地下鉄の工事は進んでいる／向東京延伸的地鐵工程正進行中。

むずかしい／難しい	困難的

【やっと】

好不容易，終於，才★「中田さん、お体の具合はどうですか。」「ええ、やっと良くなりました。」／「中田先生，您身體還好嗎？」「託您的福，終於康復了。」

【無理】

難以辦到，勉強；不合適★車を持ち上げるなんて、無理だよ／想把車子抬起來，不可能啦！

【複雑】

複雜，結構或關係錯綜繁雜★この事件は複雑だから、そんなに簡単には片付けられないだろう／這起事件很複雜，應該沒有那麼容易解決吧。

【難い】

困難；不好辦★この薬は苦くて飲みにくいです／這種藥很苦，很難吞嚥。

【厳しい】

困難★就職は厳しい／就業很困難。

もの	物品

【糸】

魚線，釣絲；線狀，似線的細長物★川に糸を垂れる／在河川垂釣。

【糸】

紗線，用於紡織、手工編織、縫衣、刺繡等的線★毛糸でセーターを編みます／用毛線編織毛衣。

【ナイロン】nylon

（紡）尼龍，耐綸；錦綸★ナイロンのストッキングはすぐ破れる／尼龍絲襪很快就抽絲了。

【毛】

毛線，毛織品★毛のシャツを作っていた／編織毛線襯衣。

【絹】

絲綢，綢子，絲織品★お土産に絹のハンカチをいただきました／人家送了我絲綢手帕的伴手禮。

【木綿】

棉花的棉，棉花；木棉樹★家で洗濯することができるもめんの服を探しています／我正在找可以在家裡洗滌的棉質衣服。

【石】

石頭★学者は新しい石を発見しました／研究學家發現了新礦石。

【砂】

沙子★浜辺にいる子どもたちが砂のお城を造っている／在海邊玩的孩子們正在堆沙堡。

【ガラス】（荷）glas

玻璃★ガラスが割れていたので、テープを貼って直した／由於玻璃破了，所

以貼上膠帶修好了。

【形】（かたち）
姿態，容貌，服飾★形の美しい人／容貌姣好的人。

【形】（かたち）
外形，形狀，樣子★この木は、人のような形をしています／這棵樹長得像人的形狀。

【ガスコンロ】（荷）gas＋焜炉（こんろ）
煤氣灶★ガスコンロの周りをスポンジなどで汚れを落とします／用海綿等刷洗瓦斯爐周圍的油垢。

【乾燥機】（かんそうき）
烘乾機★乾燥機が動いている時は、ドアを開けないでください／烘乾機運轉時請不要開門。

【マウス】mouse
滑鼠★マウスを縦と横に動かして、絵を描きます／將滑鼠上下左右移動來繪圖。

【畳】（たたみ）
榻榻米★畳の上で寝たら、体が痛い／睡在榻榻米上，身體好痛。

【ハンドバッグ】handbag
（女用）手提包，手包，手袋★グッチのハンドバッグを買うために、節約している／為了買下古馳的手提包而正在省吃儉用。

【スーツケース】suitcase
旅行用（手提式）衣箱★スーツケースが五つもあったので、タクシーに乗ってきました／由於行李箱多達五個，因此搭計

程車去了。

【忘れ物】（わすれもの）
遺忘的東西★忘れ物をなさいませんよう、気をつけてお降りください／下車時請小心，不要忘記您的隨身物品。

【特売品】（とくばいひん）
特價品★うちの特売品は安いから、よく売れている／本店的特價品很便宜，所以銷路很好。

● Track-047

| もよおす／催す | 舉辦 |

【式】（しき）
式：典禮，儀式：婚禮★小学校（しょうがっこう）の入学（にゅうがく）式で、子どもたちは皆（みんな）うれしそうだ／在小學的入學典禮上，每個孩子看起來都很開心呢。

【会】（かい）
為興趣、研究而組成的集會★勉強会（べんきょうかい）を作（つく）った／組織了一個研究會。

【宴会】（えんかい）
宴會★宴会には大勢（おおぜい）の客（きゃく）が集（あつ）まった／這場宴會來了許多賓客。

【送別会】（そうべつかい）
餞別宴會，歡送會辭別宴會★送別会（そうべつかい）のとき、あいさつをお願（ねが）いしたいんだけど／舉辦歡送會時，想麻煩您致詞。

【合コン】（ごう）
聯誼，男學生和女學生等兩個以上的小組聯合舉行的聯誼會★今夜（こんや）の合（ごう）コンには、

お友達をたくさん連れて来てください
ね／今晚的聯誼請多帶一些朋友來喔！

【コンサート】concert

音樂會，演奏會★コンサートが、土曜
日と日曜日にあるそうですね。どちらに
行きますか／聽說演唱會在星期六和星
期天各有一場，你要去哪一場呢？

【展覧会】

展覽會★私の絵の展覧会に、内田さん
も来てくださった／内田先生也特地來
看了我的畫展。

【開く】

（事物、業務）開始；開張★東京で国際
会議が開かれます／將在東京舉行國際
會議。

やさしい／易しい	簡單、容易

【近道】

捷徑；快速的方法或手段★英語を学ぶ
近道はない／學英語沒有捷徑。

【簡単】

簡單；簡易，容易；輕易；簡便★新し
く出るカメラ、もっと簡単になるんだっ
て／新上市的相機聽說更容易操作使用。

【やすい】

容易，簡單★この自転車は、乗りやす
いです／這輛自行車騎起來很輕鬆。

やめる／止める・辞める	中止、取消、放棄

【中止】

中止，停止進行★雨が降れば、旅行は
中止です／假如下雨，就取消旅行。

【卒業】

畢業★大学卒業までに資格を取りたい
／我想在大學畢業前考到證照。

【投げる】

放棄；不認真搞，潦草從事★面倒な仕
事を投げた／潦草地做了繁瑣的工作。

【止める】

停止，放棄，取消，作罷★海外への旅
行をやめる／不去國外旅行了。

【辞める】

辭去，辭掉★先生は今年で学校をお辞
めになります／老師將在今年辭去教職。

【下りる】

退出，停止參與事務★売れなかったら、
下りるしかないでしょう／如果賣不好，
那就只好退出了。

【下りる】

退位，卸任，從職位上退下★総理の椅
子を下りる／辭去總理的職務。

よる／因る	由於、因為

【に拠ると】

根據★天気予報によると、明日は雨らしい／根據氣象預報，明天可能會下雨。

【だから】
因此，所以★もう夕方だから、安くしておくよ／已經傍晚了，算你便宜一點吧！

【それで】
因此，因而，所以★最近、タバコをやめました。それで体がよくなりました／最近戒菸了，身體也跟著變好了。

【原因】
原因★事故の原因を調査しているところです／事故的原因正在調查當中。

【訳】
理由，原因，情由，緣故，情形，成為這種狀態結果的理由★ゴルフを始めて7年にもなるのに、全然うまくならないのはどういうわけだろう／從開始打高爾夫球都已經七年了，到現在還是完全沒有進步，到底是什麼原因呢？

【理由】
理由，緣故★「どうしていつも黒い服を着ているんですか。」「特に理由はないんです。」／「為什麼你總是穿著黑色的衣服呢？」「沒什麼特別的理由。」

【ため】
由於，結果★寒さのためにご飯が固くなった／因為寒冷飯粒變硬。

【お陰】
虧得，怪，多虧（因某事物而產生的結果）★君のミスのおかげでお客さんに怒られた／都怪你才讓我被客人責罵。

【はず】
道理，理由★1万円札がお釣りで来るはずがありません／不可能用一萬日圓鈔票找零。

● Track-048

| よろこぶ／喜ぶ | 高興、值得慶賀 |

【お目出度うございます】
恭喜，賀喜，道喜★「実は東京の本社に転勤なんです。」「本社ですか。それはおめでとうございます。」／「老實說，我即將調任到東京的總公司上班。」「哇，總公司！真是恭喜！」

【正月】
過年似的熱鬧愉快★目の正月をさせてもらった／讓我大飽眼福。

【趣味】
愛好，喜好；興趣★私の趣味は旅行です／我的興趣是旅行。

【光】
光明，希望★平和の光が訪れた／和平的曙光降臨了。

【卒業式】
畢業典禮★卒業式も無事に終わって、学生生活もとうとう終わってしまった／畢業典禮順利結束，學生生涯終於劃下句點了。

【楽しみ】
樂，愉快，樂趣★人助けを楽しみとする／以助人為樂。

【楽(たの)しみ】

希望，期望★このドラマを毎週楽しみ
にしています／每星期都很期待收看這
部影集。

【嬉(うれ)しい】

高興，快活，喜悅，歡喜★「ありがとう」
とお礼を言われるときは、とても嬉し
いです／聽到別人道聲「謝謝」時，感
覺非常高興。

【お祝(いわ)い】

祝賀，慶祝★お祝いを申しあげます／
向您祝賀。

【笑(わら)う】

笑，開心時的表情★彼女は、どんな時
でも笑っている／她無論任何時候總是
笑臉迎人。

【楽(たの)しむ】

期待，以愉快的心情盼望★成功よりも
成長を楽しむ／與其成功更期待成長。

【楽(たの)しむ】

樂，快樂；享受，欣賞★夜景を眺めな
がら、一杯のワインをゆっくり楽しん
だ／一面欣賞夜景，一面慢慢品味一杯
紅酒。

わかい／若い	年輕、未成熟

【緑(みどり)】

樹的嫩芽；松樹的嫩葉★緑の季節が始
まった／樹木長出嫩芽的季節到來了。

【緑(みどり)】

綠色，翠綠★美香ちゃん、洗濯するか
ら、その緑色のシャツを脱いでくださ
い／小美香，我要洗衣服了，把那件綠
色的襯衫脫下來。

【子(こ)】

小孩★男の子とお母さんが話していま
す／小男孩與母親說著話。

【娘(むすめ)さん】

姑娘，少女★街を行く華やかな娘さん
たち／走在街上引人目不暇給的小姐們。

【お嬢(じょう)さん】

小姐，姑娘；女青年★隣のお嬢さん、
今日成人式みたい。きれいな着物着て、
出ていったから／鄰居的小姐穿著漂亮的
和服出門了，看來今天好像要參加成人禮。

【赤(あか)ん坊(ぼう)】

幼稚，不懂事★あいつはただの大きな赤
ん坊だ／那傢伙只是一個幼稚的大寶寶。

【赤(あか)ちゃん】

小娃娃；不成熟的人★赤ちゃんじゃあ
るまいし、自分の事は自分でしなさい
／又不是小娃娃，自己的事情自己做。

わかる／分かる	知道、理解

【もちろん】

當然；不用說，不消說，甭說，不待言；
不言而喻★「今度お宅に遊びに行って
もいいですか。」「もちろん。大歓迎で

すよ。」／「下次可以到府上玩嗎？」「當然可以，非常歡迎！」

【なるほど】

誠然，的確；果然；怪不得★「彼は、決して悪い人ではない。」「なるほど、君の言うとおりかもしれない。」／「他絕不是個壞人！」「有道理，你講的或許沒錯。」

【はっきり】

心情上明確，鮮明，痛痛快快★声に出して読んでいたら、頭がはっきりしてきた／唸出聲來頭腦就清晰明白了。

【予習】

預習★予習は「どこがわからないか」を知るために行うものです／預習是為了知道「哪裡不懂」所做的準備。

【復習】

複習★中学生になると、予習と復習を自分でやらなければなりません／成為中學生之後，預習和複習都必須自己來。

【通る】

能夠理解★これで意味が通る／這樣意思就通了。

● Track-049

わける／分ける	分開、區別

【パート】part

部分；篇，章；卷★日本の文化に、日本料理はとても大事なパートです／日本文化中，日本料理佔了極重要的部分。

【前期】

前期，上屆；初期，上半期★子会社の数は前期と比べて1社増えました／與前期相較，子公司的數量增加了一家。

【後期】

後期，後半期★妊娠後期に入ると、いよいよ出産も近づいてきます／進入孕期後期，終於快要生產了。

【タイプ】type

型，型式，類型★軽くてノートのように薄いタイプのパソコンがほしいです／我想要一台重量輕、像筆記本一樣的薄型電腦。

わたし・あなた／私・貴方	我、你

【彼】

他★彼は3台も車を持っています／他擁有多達三輛車子。

【彼氏】

他，那一位★彼氏の車は僕のより高い／他的車子比我的貴。

【彼女】

她★昔の話をしたら、彼女は泣き出した／一聊起往事，她就哭了出來。

【彼等】

他們，那些人★彼らはこの問題について、一ヶ月も話し合っている／他們為了這個問題已經持續討論一個月了。

【此方】

我，我們，我方★そっちがその手でくるなら、こっちにも考えがある／如果你們這樣考量，那我方也有我方的考慮。

【君】
你★僕がそっちをやるから、あいさつは君が行ってくれ／我負責那邊的事，寒暄接待就交給你去了。

【僕】
我，男子指稱自己的詞★君には君の夢があり、僕には僕の夢がある／你有你的夢想，我有我的理想。

【皆】
全體人或物，大家★皆、よく聞いてください／請大家注意聽。

【お宅】
貴府，府上，家；您，您那裡，貴處★お宅の息子さん、東大に合格なさったそうですね／聽說貴府的少爺考上東大了。

【手前】
你的輕蔑說法★手前なんかに負けるものか／我絕不輸給你。

わるい／悪い	壞、不好

【インフルエンザ】influenza
流行性感冒★咳が止まらない。インフルエンザにかかったようだ／一直咳個不停，好像染上流行性感冒了。

【花粉症】
花粉症，由於花粉所引起的呼吸道過敏症，包括結膜炎、鼻炎、支氣管炎等★春は花粉症になる人が多いです／每逢春天，就會有很多人出現花粉熱的症狀。

【急】
緊急，危急★国の急を救う／拯救國家於危急之中。

【嘘】
不正確，錯誤★この問題の答えは嘘だ／這個問題的答案是錯誤的。

【無理】
無理，不講理，不合理★ネットであんなひどいことを言われたら、怒るのも無理はない／在網路上被說了那麼難聽的話，難怪會生氣。

【危険】
危險★（看板）この先危険。入るな／（告示牌）前方危險，禁止進入！

【駄目】
不好，壞★結婚なら、あの男は駄目だ／如果要結婚的話，那男人不好。

【変】
奇怪，古怪，反常，異常，不尋常★変な味がする。塩と砂糖を間違えた／味道怪怪的。我把鹽和糖加反了。

【酷い】
殘酷，無情；粗暴，太過分★酷い目にあう／吃到苦頭。

【可笑しい】
奇怪，不正常，反常，失常；不恰當，不適當★コンピューターがおかしい。平仮名は出るんだけど、片仮名が出なく

なっちゃった／電腦不太對勁。可以顯示平假名，但是無法顯示片假名。

【厳しい】
嚴重，厲害，很甚★春まだ遠く、厳しい寒さが続きます／春日尚遠，嚴寒還將持續。

【弱い】
不擅長，搞不好，經不起★酒を飲むと顔が赤くなる人は酒に弱いですか／一喝酒臉就紅的人是不禁酒力的人嗎？

【下がる】
（功能、本領）退步，衰退，下降，降低，後退★学校の成績が下がった／學校成績退步了。

【倒れる】
病倒★祖母が倒れたため、今から新潟に行きます／由於奶奶病倒了，我現在就要趕往新潟。

【汚れる】
污染★洗濯するから、その汚れたシャツ脱いでください／我要洗衣服了，把那件髒襯衫脫下來。

あ

あ

あぁ〜あがる

☐	**ああ**	那樣；那麼
☐	**ああ**	啊；呀！唉！哎呀！哎喲；表感嘆或驚嘆
☐	**ああ**	啊；是；嗯；表肯定的回應
☐	**あいさつ【挨拶】**	打招呼，寒暄語
☐	**あいさつ【挨拶】**	回答，回話
☐	**あいさつ【挨拶】**	賀辭或謝辭
☐	**あいだ【間】**	期間，時候，工夫
☐	**あいだ【間】**	開間，空隙，縫隙
☐	**あいだ【間】**	之間，中間
☐	**あいだ【間】**	間隔，距離
☐	**あいだ【間】**	關係
☐	**あう【合う】**	一致，相同，符合
☐	**あう【合う】**	合適，適合；相稱，諧合
☐	**あう【合う】**	對，正確
☐	**あかちゃん【赤ちゃん】**	小寶寶，小寶貝，小娃娃，嬰兒
☐	**あかちゃん【赤ちゃん】**	小娃娃；不成熟的人
☐	**あがる【上がる】**	上，登；上學；登陸；舉，抬
☐	**あがる【上がる】**	去，到
☐	**あがる【上がる】**	完，了，完成；停，住，停止；滿，和
☐	**あがる【上がる】**	怯場，失掉鎮靜，緊張
☐	**あがる【上がる】**	被找到(發現)；被抓住

☐	あがる【上がる】	提高，長進；高漲；上升；抬起；晉；提（薪）；取得（成績），有（效果）
☐	あかんぼう【赤ん坊】	幼稚，不懂事
☐	あかんぼう【赤ん坊】	嬰兒，乳兒，小寶寶，小寶貝，小娃娃
☐	あく【空く】	出現空隙或者空隙變大
☐	あく【空く】	有空，有空閒，有時間
☐	あく【空く】	容器中的東西完全被使用掉了，空了；某處變空
☐	あく【空く】	職位等出現空缺
☐	アクセサリー【accessary】	裝飾品，服飾
☐	あげる【上げる】	吐出來，嘔吐
☐	あげる【上げる】	變得更好、更出色；長進，進步
☐	あげる【上げる】	提高，抬高；增加
☐	あげる【上げる】	給，送給
☐	あげる【上げる】	舉，抬，揚，懸；起，舉起，抬起，揚起，懸起
☐	あさい【浅い】	顏色淡的，顏色淺的
☐	あさい【浅い】	（事物的程度、時日等）小的，低的，微少的
☐	あさい【浅い】	淺的，自口部至底部或深處的距離短
☐	あさい【浅い】	淺薄的，膚淺的
☐	あさねぼう【朝寝坊】	早晨睡懶覺，起床晚，愛睡懶覺的人
☐	あじ【味】	味，味道
☐	あじ【味】	滋味；甜頭，感觸
☐	あじ【味】	趣味；妙處
☐	アジア【Asia】	亞洲，亞細亞

☐	あじみ【味見】	嘗口味，嘗鹹淡
☐	あす【明日】	明天
☐	あそび【遊び】	間隙，游動，遊隙
☐	あそび【遊び】	遊戲，玩耍
☐	あっ	啊，呀，哎呀，感動時或吃驚時發出的聲音
☐	あつまる【集まる】	（人們的注意、情緒等）聚集
☐	あつまる【集まる】	眾多人或物聚集
☐	あつめる【集める】	（人）集合，招集，吸引
☐	あつめる【集める】	收集；彙集；湊（物品）
☐	あてさき【宛先】	收信人的姓名、地址
☐	アドレス【address】	住址
☐	アフリカ【Africa】	非洲
☐	あやまる【謝る】	謝罪，道歉，認錯
☐	アルバイト【（德）arbeit】	打工
☐	あんしょうばんごう【暗証番号】	暗碼，密碼
☐	あんしん【安心】	放心，無憂無慮
☐	あんな	那樣的
☐	あんない【案内】	引導，嚮導；導遊，陪同遊覽
☐	あんない【案内】	通知，通告

☐	**いか【以下】**	以下；在某數量或程度以下
☐	**いか【以下】**	從此以下，從此以後
☐	**いがい【以外】**	以外
☐	**いがく【医学】**	醫學
☐	**いきる【生きる】**	生活，維持生活，以…為生；為…生活
☐	**いきる【生きる】**	活，生存，保持生命
☐	**いきる【生きる】**	發揮作用
☐	**いけん【意見】**	意見，見解
☐	**いし【石】**	石頭
☐	**いじめる【苛める】**	欺負；虐待；捉弄；折磨
☐	**いじょう【以上】**	以上，不少於，不止，超過，以外；以上，上述
☐	**いじょう【以上】**	終了、以上（寫在信件、條文或目錄的結尾處表示終了）
☐	**いそぐ【急ぐ】**	快，急，加快，著急；為早點達成目的的行動
☐	**いそぐ【急ぐ】**	趕緊；為了早點到達目的地而加速前進
☐	**いたす【致す】**	引起，招致，致
☐	**いたす【致す】**	做，為，辦
☐	**いただく【頂く・戴く】**	吃；喝；抽（菸）
☐	**いただく【頂く・戴く】**	頂，戴，頂在頭上；頂在上面
☐	**いただく【頂く・戴く】**	領受，拜領，蒙賜給；要
☐	**いただく【頂く・戴く】**	擁戴

☐	いちど【一度】	一旦
☐	いちど【一度】	一回，一次，一遍
☐	いちど【一度】	一下，隨時，稍微
☐	いっしょうけんめい【一生懸命】	拼命地，努力，一心，專心
☐	いってまいります【行って参ります】	我出去了
☐	いってらっしゃい【行ってらっしゃい】	路上小心
☐	いっぱい【一杯】	一碗，一杯，一盅
☐	いっぱい【一杯】	全占滿，全都用上，用到極限
☐	いっぱい【一杯】	滿，充滿於特定場所中
☐	いっぱい【一杯】	數量很多
☐	いっぱん【一般】	一般，普遍，廣泛，全般；普通（人），一般（人）
☐	いっぽうつうこう【一方通行】	只傳達單方面的意見，不傳達反對意見
☐	いっぽうつうこう【一方通行】	單向通行
☐	いと【糸】	紗線，用於紡織、手工編織、縫衣、刺繡等的線
☐	いと【糸】	魚線，釣絲；線狀，似線的細長物
☐	いと【糸】	（樂器的）弦，琴弦，箏，三弦，彈箏、三弦（的人）
☐	いない【以内】	以內，不到，不超過
☐	いなか【田舎】	故鄉，家鄉，老家
☐	いなか【田舎】	鄉下，農村

□	いのる【祈る】	祈求，祝願，希望；祈禱，禱告
□	イヤリング【earring】	耳環，耳飾，掛在耳朵上的飾物
□	いらっしゃる	去；為「行く」的尊敬語
□	いらっしゃる	在；為「いる・ある」的尊敬語
□	いらっしゃる	來；為「来る」的尊敬語
□	いん【員】	人員，人數
□	インストール【install】	裝置；安裝；裝配；備用；建立
□	インターネット・ネット【internet】	網路
□	インフルエンザ【influenza】	流行性感冒

う

□	うえる【植える】	栽種，種植
□	うえる【植える】	接種，培育
□	うかがう【伺う】	打聽，聽到
□	うかがう【伺う】	拜訪，訪問
□	うかがう【伺う】	請教，詢問，打聽
□	うけつけ【受付】	受理，接受
□	うけつけ【受付】	傳達室，接待處；接待員，傳達員
□	うける【受ける】	受歡迎
□	うける【受ける】	應試；應考
□	うける【受ける】	承蒙，受到；接到；得到；奉

☐	うける【受ける】	接受，答應，承認
☐	うける【受ける】	遭受
☐	うける【受ける】	繼承，接續
☐	うごく【動く】	有目的的行動
☐	うごく【動く】	動，形體位置不靜止而變動
☐	うごく【動く】	移動，挪動
☐	うごく【動く】	調動，調轉，離開，向新的場所或地方遷移
☐	うごく【動く】	變動，變更；動搖，心情，想法發生變化
☐	うそ【嘘】	不正確，錯誤
☐	うそ【嘘】	不恰當，不應該，不對頭；吃虧
☐	うそ【嘘】	謊言，假話
☐	うち【内】	（特定範圍之）內，中
☐	うち【内】	（空間）內部，裡面，裡邊，裡頭；（時間）內；中；時候；期間；以前；趁
☐	うちがわ【内側】	內側，裡面
☐	うつ【打つ】	下（以敲打的動作做工作或事情）
☐	うつ【打つ】	打或以類似打的動作，一下子打進去
☐	うつ【打つ】	使勁用某物撞他物，打，擊，拍，碰
☐	うつ【打つ】	送出，打，輸入
☐	うつ【打つ】	做，敲打，捶打（金屬或麵團等）
☐	うつくしい【美しい】	（視覺及聽覺上的）美，美麗，好看，漂亮
☐	うつくしい【美しい】	（精神上的、深刻動人的）美好，優美
☐	うつす【写す】	抄，謄，摹
☐	うつす【写す】	拍照

☐	うつる【映る】	反射
☐	うつる【映る】	相稱
☐	うつる【映る】	看，覺得
☐	うつる【移る】	時光流逝
☐	うつる【移る】	移動
☐	うつる【移る】	感染；染上
☐	うつる【移る】	變心
☐	うで【腕】	本事，本領，技能，能耐
☐	うで【腕】	前臂；胳膊，臂；上臂
☐	うで【腕】	腕力，臂力，力氣
☐	うまい	巧妙，高明，好
☐	うまい	美味，可口，好吃，好喝，香
☐	うら【裏】	內情，隱情
☐	うら【裏】	後面，後邊
☐	うら【裏】	背後；內幕，幕後
☐	うら【裏】	背面
☐	うりば【売り場】	出售處，售品處，櫃檯
☐	うるさい【煩い】	話多，愛嘮叨
☐	うるさい【煩い】	厭惡，麻煩而令人討厭
☐	うるさい【煩い】	嘈雜，煩人的
☐	うるさい【煩い】	說三道四，挑剔
☐	うれしい【嬉しい】	高興，快活，喜悅，歡喜
☐	うん	嗯，是；表回應

☐	うん	嗯嗯，哦，喔；表示思考
☐	うんてん【運転】	周轉，營運，流動，運轉，籌措資金有效地活用
☐	うんてん【運転】	開，駕駛，運轉，操作機械使其工作，亦指機械轉動
☐	うんてんしゅ【運転手】	司機，駕駛員，從事駕駛電車、汽車工作的人
☐	うんてんせき【運転席】	駕駛座，司機座
☐	うんどう【運動】	（向大眾宣揚某想法的）運動，活動
☐	うんどう【運動】	運動，體育運動

え

☐	えいかいわ【英会話】	英語會話，用英語進行交談
☐	エスカレーター【escalator】	自動扶梯
☐	えだ【枝】	樹枝
☐	えらぶ【選ぶ】	選擇，挑選
☐	えんかい【宴会】	宴會
☐	えんりょ【遠慮】	回避；謙辭；謝絕
☐	えんりょ【遠慮】	客氣
☐	えんりょ【遠慮】	遠慮，深謀遠慮

お

☐	**おいしゃさん【お医者さん】**	醫生，大夫
☐	**おいでになる**	去
☐	**おいでになる**	在
☐	**おいでになる**	來，光臨，駕臨
☐	**おいわい【お祝い】**	祝賀的禮品
☐	**おいわい【お祝い】**	祝賀，慶祝
☐	**おうせつま【応接間】**	客廳，會客室；接待室
☐	**おうだんほどう【横断歩道】**	斑馬線，人行橫道
☐	**オートバイ【auto bicycle】**	摩托車
☐	**おおい【多い】**	多的，數目或者分量大，數量、次數等相對較大、較多
☐	**おおきな【大きな】**	大，巨大，重大，偉大
☐	**おおきな【大きな】**	大；深刻
☐	**おおさじ【大匙】**	湯匙，大型的匙子
☐	**おおさじ【大匙】**	調羹、烹調用的計量勺之一
☐	**おかえりなさい【お帰りなさい】**	回來啦，歡迎回家
☐	**おかげ【お陰】**	（神佛的）保佑，庇護；幫助，恩惠；托…的福，沾…的光，幸虧…，歸功於…；由於…緣故（他人的幫助及恩惠）
☐	**おかげ【お陰】**	虧得，怪，多虧（因某事物而產生的結果）
☐	**おかげさまで【お陰様で】**	托您的福，很好
☐	**おかしい【可笑しい】**	可笑，滑稽
☐	**おかしい【可笑しい】**	可疑

105

☐	**おかしい【可笑しい】**	奇怪，不正常，反常，失常；不恰當，不適當
☐	**おかねもち【お金持ち】**	有錢的人，財主，富人
☐	**おき【置き】**	每間隔，每隔
☐	**おく【億】**	指數目非常多
☐	**おく【億】**	億，萬萬
☐	**おくじょう【屋上】**	屋頂上，房頂上，房上面，屋頂平臺
☐	**おくりもの【贈り物】**	禮物，禮品，贈品，獻禮
☐	**おくる【送る】**	度過
☐	**おくる【送る】**	送（人），送行，送走；伴送
☐	**おくる【送る】**	送；寄，郵寄；匯寄
☐	**おくる【送る】**	傳送；傳遞；依次挪動
☐	**おくれる【遅れる】**	沒趕上；遲到；誤點，耽誤；時間晚了
☐	**おくれる【遅れる】**	鐘錶慢了
☐	**おこさん【お子さん】**	（您的）孩子，令郎，令愛
☐	**おこす【起こす】**	扶起，支撐；立起
☐	**おこす【起こす】**	喚起，喚醒，叫醒
☐	**おこす【起こす】**	湧起情感；自然的湧出、生起；因某事而引起；惹起不愉快的事情；精神振奮起來
☐	**おこなう【行う・行なう】**	行，做，辦，實行，進行；施行；執行計畫、手續等；履行；舉行
☐	**おこる【怒る】**	申斥，怒責
☐	**おこる【怒る】**	憤怒，惱怒，生氣，發火
☐	**おしいれ【押し入れ・押入れ】**	壁櫥，壁櫃
☐	**おじょうさん【お嬢さん】**	小姐，姑娘；女青年

☐	**おじょうさん【お嬢さん】**	令愛，（您的）女兒；千金
☐	**おだいじに【お大事に】**	請多保重
☐	**おたく【お宅】**	沉迷於某特定事物的人
☐	**おたく【お宅】**	貴府，府上，家；您，您那裡，貴處
☐	**おちる【落ちる】**	降低
☐	**おちる【落ちる】**	掉落；脫落；剝落；卸，脫
☐	**おちる【落ちる】**	落入
☐	**おちる【落ちる】**	落下，降落，掉下來，墜落；沒考中；落選，落後
☐	**おっしゃる**	說，講，叫
☐	**おっと【夫】**	丈夫，夫；愛人
☐	**おつまみ【お摘み】**	小吃，簡單的酒菜
☐	**おつり【お釣り】**	找的零錢，找零頭
☐	**おと【音】**	音，聲，聲音；音響，聲響
☐	**おとす【落とす】**	失落，丟掉，遺失
☐	**おとす【落とす】**	攻陷
☐	**おとす【落とす】**	使降落，弄下，往下投，摔下
☐	**おとす【落とす】**	降低，貶低
☐	**おとす【落とす】**	殺害
☐	**おどり【踊り】**	舞，舞蹈，跳舞
☐	**おどる【踊る】**	跳舞，舞蹈
☐	**おどろく【驚く】**	嚇；驚恐，驚懼，害怕，吃驚嚇了一跳；驚訝；驚奇；驚歎，意想不到，感到意外
☐	**おなら**	屁；放屁

☐	オフ【off】	沒有日程、工作安排
☐	オフ【off】	機械、電燈等關閉
☐	おまたせしました【お待たせしました】	讓您久等了
☐	おまつり【お祭り】	慶典，祭祀，廟會
☐	おみまい【お見舞い】	慰問
☐	おみやげ【お土産】	土產；當地特產
☐	おめでとうございます【お目出度うございます】	恭喜，賀喜，道喜
☐	おもいだす【思い出す】	記起，回憶起
☐	おもう【思う】	相信，確信
☐	おもう【思う】	感覺，覺得
☐	おもう【思う】	想，思索，思量，思考
☐	おもう【思う】	愛慕
☐	おもう【思う】	預想，預料，推想，推測，估計，想像，猜想
☐	おもちゃ【玩具】	玩具，玩意兒
☐	おもちゃ【玩具】	玩物，玩弄品
☐	おもて【表】	外表，外觀
☐	おもて【表】	表面，正面
☐	おもて【表】	屋外，戶外，外邊，外頭
☐	おや【親】	撲克牌的莊家
☐	おや【親】	雙親；父母，父親，母親
☐	おりる【下りる】	下，降，下來，降落；從交通工具中出來
☐	おりる【下りる】	卸下，煩惱等沒了

☐	**おりる【下りる】**	退出，停止參與事務
☐	おりる【下りる】	退位，卸任，從職位上退下
☐	おりる【降りる】	指露、霜等生成於地上或空中
☐	おりる【降りる】	下交通工具；從上方下來，降，降落
☐	**おる【折る】**	折斷
☐	おる【折る】	折疊
☐	おる【居る】	有，在
☐	**おれい【御礼】**	謝意，謝詞，表示感謝之意，亦指感謝的話
☐	**おれい【御礼】**	謝禮，酬謝，為表示感謝而贈送的物品
☐	おれる【折れる】	折斷
☐	**おれる【折れる】**	折疊
☐	おれる【折れる】	拐彎
☐	おわり【終わり】	末期；一生的最後
☐	おわり【終わり】	終，終了，末尾，末了，結束，結局，終點，盡頭

か

☐	か【家】	…家；藝術、學術的派別
☐	か【家】	從事…的(人)；愛…的人，很有…的人，有某種強烈特質的人
☐	かい【会】	(為某目的而集結眾人的)會；會議；集會
☐	かい【会】	為興趣、研究而組成的集會
☐	**かいがん【海岸】**	海岸，海濱，海邊

☐	かいぎ【会議】	會議，會
☐	かいぎしつ【会議室】	會議室
☐	かいじょう【会場】	會場
☐	がいしょく【外食】	在外吃飯
☐	かいわ【会話】	會話，談話，對話
☐	かえり【帰り】	回來，回去，歸來
☐	かえり【帰り】	歸途；回來時
☐	かえる【変える】	改變，變更；變動（事物的狀態、內容）
☐	かえる【変える】	變更（地點、物品的位置）
☐	かがく【科学】	科學
☐	かがみ【鏡】	鏡子
☐	がくぶ【学部】	院；系
☐	かける【欠ける】	（月亮的）缺，虧
☐	かける【欠ける】	缺口，裂縫
☐	かける【欠ける】	缺少，欠，不足，不夠，缺額
☐	かける【掛ける】	打電話
☐	かける【掛ける】	坐（在…上）；放（在…上）
☐	かける【掛ける】	花費，花
☐	かける【掛ける】	乘
☐	かける【掛ける】	掛上，懸掛；拉，掛（幕等）
☐	かける【掛ける】	開動（機器等）
☐	かける【掛ける】	撩（水）；澆；潑；倒，灌
☐	かける【掛ける】	戴上；蒙上；蓋上

☐	**かける【駆ける・駈ける】**	跑，快跑，奔跑
☐	かざる【飾る】	粉飾，只裝飾表面、門面
☐	**かざる【飾る】**	排列（得整齊漂亮）
☐	**かざる【飾る】**	裝飾，裝點
☐	**かじ【火事】**	火災，失火，走火
☐	かしこまりました 【畏まりました】	（敬語）知道了
☐	**ガスコンロ【(荷) gas+焜炉】**	煤氣灶
☐	ガソリン【gasoline】	汽油
☐	**ガソリンスタンド【(和製 英語) gasoline+stand】**	加油站，街頭汽油銷售站（給車子加油之處）
☐	**かた【方】**	手段，方法
☐	**かた【方】**	位，代指人
☐	**かたい【固い】**	死，硬，執拗，固執，頑固
☐	**かたい【固い】**	堅定，堅決，性格剛毅而不動搖
☐	**かたい【堅い】**	可靠，安穩，有把握的，一定會的，確實
☐	**かたい【堅い】**	牢固，堅實
☐	かたい【硬い】	硬，凝固，內部不鬆軟，不易改變形態
☐	**かたち【形】**	外形，形狀，樣子
☐	**かたち【形】**	形式上的，表面上的
☐	**かたち【形】**	姿態，容貌，服飾
☐	**かたづける【片付ける】**	（把散亂的物品）整理，收拾，拾掇
☐	**かたづける【片付ける】**	除掉，消滅；殺死
☐	**かたづける【片付ける】**	解決，處理

☐	**かちょう【課長】**	課長
☐	**かつ【勝つ】**	勝，贏
☐	**かつ【勝つ】**	超過，超越
☐	**がつ【月】**	月
☐	**かっこう【格好・恰好】**	裝束，打扮
☐	**かっこう【格好・恰好】**	樣子，外形，形狀，姿態，姿勢
☐	**かない【家内】**	內人，妻子
☐	**かない【家内】**	家內，家庭，全家
☐	**かなしい【悲しい】**	悲哀的，悲傷的，悲愁的，可悲的，遺憾的
☐	**かならず【必ず】**	一定，必定，必然，註定，準
☐	**かのじょ【彼女】**	女朋友，愛人，戀人
☐	**かのじょ【彼女】**	她
☐	**かふんしょう【花粉症】**	花粉症，由於花粉所引起的呼吸道過敏症，包括結膜炎、鼻炎、支氣管炎等
☐	**かべ【壁】**	障礙，障礙物
☐	**かべ【壁】**	牆，壁
☐	**かまう【構う】**	照顧，照料；招待
☐	**かまう【構う】**	管；顧；介意；理睬；干預
☐	**かみ【髪】**	髮，頭髮；髮型
☐	**かむ【噛む】**	咬
☐	**かむ【噛む】**	嚼，咀嚼
☐	**かよう【通う】**	上學，通學；上班，通勤
☐	**かよう【通う】**	往來，來往；通行
☐	**かよう【通う】**	通，流通；迴圈

☐	かよう【通う】	通曉；相印，心意相通
☐	ガラス【(荷) glas】	玻璃
☐	かれ【彼】	他
☐	かれ【彼】	情人，男朋友，對象
☐	かれし【彼氏】	他，那一位
☐	かれし【彼氏】	男朋友，情人，男性戀愛對象；丈夫
☐	かれら【彼等】	他們，那些人
☐	かわく【乾く】	冷淡，無感情
☐	かわく【乾く】	乾燥；因熱度等使水分減少而乾燥
☐	かわり【代わり】	代理，代替
☐	かわり【代わり】	再來一碗
☐	かわり【代わり】	補償；報答
☐	かわりに【代わりに】	代理，代替
☐	かわる【変わる】	不同，與眾不同；奇怪，出奇
☐	かわる【変わる】	改變地點，遷居，遷移
☐	かわる【変わる】	變，變化；改變，轉變
☐	かんがえる【考える】	考慮，斟酌
☐	かんがえる【考える】	想，思，思維，思索，探究
☐	かんけい【関係】	親屬關係，親戚裙帶關係
☐	かんけい【関係】	關係；關聯，聯繫，牽連；涉及
☐	かんげいかい【歓迎会】	歡迎宴會，歡迎會
☐	かんごし【看護師】	護士，護理人員
☐	かんそうき【乾燥機】	烘乾機

☐	かんたん【簡単】	簡單；簡易，容易；輕易；簡便
☐	がんばる【頑張る】	不動，不走，不離開
☐	がんばる【頑張る】	堅持己見，硬主張；頑固，固執己見
☐	がんばる【頑張る】	堅持，拼命努力；加油，鼓勁；不甘落後；不甘示弱

き

☐	き【気】	香氣，香味；風味
☐	き【気】	氣氛
☐	き【気】	氣，空氣，大氣
☐	き【気】	氣度，氣宇，氣量，器量，胸襟
☐	き【気】	氣息，呼吸
☐	キーボード【keyboard】	鍵盤，電子鍵盤
☐	きかい【機械】	機器，機械
☐	きかい【機会】	機會
☐	きけん【危険】	危險
☐	きこえる【聞こえる】	聞名，出名，著名
☐	きこえる【聞こえる】	聽起來覺得…，聽來似乎是…
☐	きこえる【聞こえる】	聽得見，能聽見，聽到，聽得到，能聽到
☐	きしゃ【汽車】	火車，列車
☐	ぎじゅつ【技術】	技術；工藝
☐	きせつ【季節】	季節

☐	きそく【規則】	規則，規章，章程
☐	きつえんせき【喫煙席】	吸煙區
☐	きっと	一定
☐	きっと	嚴峻
☐	きぬ【絹】	絲綢，綢子，絲織品
☐	きびしい【厳しい】	困難
☐	きびしい【厳しい】	嚴重，厲害，很甚
☐	きびしい【厳しい】	嚴酷，殘酷，毫不留情
☐	きびしい【厳しい】	嚴；嚴格；嚴厲；嚴峻；嚴肅
☐	きぶん【気分】	心情；情緒；心緒；心境
☐	きぶん【気分】	（身體狀況）舒服，舒適
☐	きぶん【気分】	氣氛，空氣
☐	きまる【決まる】	一定是
☐	きまる【決まる】	決定，規定
☐	きまる【決まる】	決定勝負
☐	きまる【決まる】	得體，符合
☐	きみ【君】	你
☐	きめる【決める】	定，決定，規定；指定；選定；約定；商定
☐	きめる【決める】	獨自斷定；認定；自己作主
☐	きもち【気持ち】	小意思，心意，對於自己的用心表示謙遜時使用的自謙語
☐	きもち【気持ち】	感，感受；心情，心緒，情緒；心地，心境
☐	きもち【気持ち】	精神狀態；胸懷，襟懷；心神
☐	きもの【着物】	和服；衣服

☐	きゃく【客】	客人，賓客，貴賓
☐	きゃく【客】	顧客，主顧，使用者，客戶
☐	キャッシュカード【cashcard】	現金卡
☐	キャンセル【cancel】	取消（合約等）；作廢
☐	きゅう【急】	急，急迫；趕緊
☐	きゅう【急】	陡，傾斜程度大，險峻
☐	きゅう【急】	突然，忽然，一下子，事物發生無前兆，變化突然
☐	きゅう【急】	緊急，危急
☐	きゅうこう【急行】	快車
☐	きゅうこう【急行】	急往，急趨
☐	きゅうに【急に】	忽然，突然，驟然，急忙
☐	きゅうブレーキ【急 brake】	緊急煞車
☐	きょういく【教育】	學校教育；（廣義的）教養；文化程度，學力
☐	きょうかい【教会】	教會，教堂
☐	きょうそう【競争】	競爭，爭奪，競賽，比賽
☐	きょうみ【興味】	興趣，興味，興致；興頭
☐	きんえんせき【禁煙席】	禁菸區
☐	きんじょ【近所】	近處，附近，左近；近鄉，鄰居，街坊，四鄰

☐	ぐあい【具合】	方便，合適
☐	ぐあい【具合】	健康情況；狀態
☐	ぐあい【具合】	情況，狀態，情形
☐	くうき【空気】	空氣
☐	くうき【空気】	氣氛
☐	くうこう【空港】	飛機場
☐	くさ【草】	草
☐	くださる【下さる】	送，給（我）；為「与える」和「くれる」的尊敬語
☐	くび【首】	撤職，解雇，開除
☐	くび【首】	頭，腦袋，頭部
☐	くも【雲】	天空中的雲，雲彩
☐	くらべる【比べる】	比較；對比，對照
☐	くらべる【比べる】	比賽，競賽，較量，比試
☐	クリック【click】	（電腦滑鼠）點擊，按按鈕
☐	クレジットカード【creditcard】	信用卡
☐	くれる【暮れる】	不知如何是好
☐	くれる【暮れる】	日暮，天黑，入夜
☐	くれる【暮れる】	即將過去，到了末了
☐	くれる【呉れる】	給（我），幫我
☐	くん【君】	接在同輩、晚輩的名字後方表示親近，主要用於稱呼男性

け

☐	け【毛】	毛線，毛織品
☐	け【毛】	動物的毛；羽毛
☐	け【毛】	頭髮；胎髮，胎毛，寒毛
☐	けいかく【計画】	計畫，謀劃，規劃
☐	けいかん【警官】	員警；警官的通稱
☐	ケーキ【cake】	蛋糕，洋點心，西洋糕點
☐	けいけん【経験】	經驗，經歷
☐	けいざい【経済】	經濟（商品的生產、流通、交換、分配及其消費等，這種從商品、貨幣流通方面看的社會基本活動）
☐	けいざい【経済】	經濟實惠，少花費用或工夫，節省
☐	けいざいがく【経済学】	經濟學（研究人類社會的經濟現象，特別是研究物質財富、服務的生產、交換、消費的規律的學問）
☐	けいさつ【警察】	員警
☐	けいさつ【警察】	警察局的略稱
☐	けいたいでんわ【携帯電話】	手機，可攜式電話
☐	けが【怪我】	傷，受傷，負傷
☐	けしき【景色】	景色；風景；風光
☐	けしゴム【消し＋(荷)gom】	橡皮擦，橡皮，能擦掉鉛筆等書寫痕跡的文具
☐	げしゅく【下宿】	寄宿在別人家中的房間裡，租房間住，住公寓
☐	けっして【決して】	絕對（不），斷然（不）
☐	けれど・けれども	也，又，更
☐	けれど・けれども	拒絕，不

☐	**けれど・けれども**	雖然…可是，但是，然而
☐	けん【県】	縣
☐	**けん・げん【軒】**	所，棟
☐	**げんいん【原因】**	原因
☐	**けんきゅう【研究】**	研究；鑽研
☐	**けんきゅうしつ【研究室】**	研究室
☐	**げんごがく【言語学】**	語言學
☐	**けんぶつ【見物】**	遊覽，觀光，參觀；旁觀；觀眾；旁觀者，看熱鬧的
☐	**けんめい【件名】**	主旨，名稱，分類品項的名稱

こ

☐	**こ【子】**	子女
☐	**こ【子】**	小孩
☐	**ご【御】**	表示尊敬；表示禮貌之意
☐	**コインランドリー【coin-operatedlaundry 之略】**	自助洗衣店
☐	**こう**	如此，這樣，這麼
☐	**こうがい【郊外】**	郊外，城外
☐	**こうき【後期】**	後期，後半期
☐	**こうぎ【講義】**	講義；大學課程
☐	**こうぎょう【工業】**	工業

☐	こうきょうりょうきん【公共料金】	公共費，包括電費、煤氣費、水費、電話費等
☐	こうこう・こうとうがっこう【高校・高等学校】	高級中學，高中
☐	こうこうせい【高校生】	高中生
☐	ごうコン【合コン】	聯誼，男學生和女學生等兩個以上的小組聯合舉行的聯誼會
☐	こうじちゅう【工事中】	在建造中
☐	こうじょう【工場】	工廠
☐	こうちょう【校長】	校長
☐	こうつう【交通】	交通
☐	こうどう【講堂】	禮堂，大廳
☐	コーヒーカップ【coffeecup】	咖啡杯
☐	こうむいん【公務員】	公務員；公僕
☐	こくさい【国際】	國際
☐	こくない【国内】	國內
☐	こころ【心】	心地，心田，心腸；居心；心術；心，心理
☐	こころ【心】	心思，想法；念頭
☐	こころ【心】	心情，心緒，情緒
☐	こころ【心】	意志；心願；意圖；打算
☐	ございます	有；是；在
☐	こさじ【小匙】	小匙；小勺
☐	こしょう【故障】	故障，事故；障礙；毛病
☐	こしょう【故障】	異議，反對意見

☐	こそだて【子育て】	育兒，撫育、撫養孩子
☐	ごぞんじ【ご存知】	您知道，相識；熟人；朋友
☐	こたえ【答え】	回答，答覆，答應
☐	こたえ【答え】	解答，答案
☐	ごちそう【御馳走】	款待，請客
☐	ごちそう【御馳走】	飯菜，美味佳餚
☐	こっち【此方】	我，我們，我方
☐	こっち【此方】	這邊，這兒，這裡
☐	こと【事】	事，事情，事實；事務，工作
☐	ことり【小鳥】	小鳥
☐	このあいだ【この間】	最近；前幾天，前些時候
☐	このごろ【この頃】	近來，這些天來，近期；現在
☐	こまかい【細かい】	小，細，零碎
☐	こまかい【細かい】	吝嗇，花錢精打細算
☐	こまかい【細かい】	微細，入微，精密，縝密；小至十分細微的地方
☐	こまかい【細かい】	詳細，仔細(敘述、描繪事物的細節)
☐	ごみ	垃圾，廢物，塵埃
☐	こめ【米】	稻米，大米
☐	ごらんになる【ご覧になる】	看；為「見る」的尊敬語
☐	これから	從現在起，今後，以後；現在；將來；從這裡起；從此
☐	こわい【怖い】	令人害怕的；可怕的
☐	こわす【壊す】	弄壞，毀壞，弄碎(有形的物品)

☐	こわす【壊す】	破壞（原本談妥、和諧、有條理的事或狀態）
☐	こわす【壊す】	損害，傷害（人、物品的功能）
☐	こわれる【壊れる】	落空，毀掉，破裂，計畫或約定告吹
☐	こわれる【壊れる】	壞，失去正常功能或發生故障
☐	こわれる【壊れる】	碎，毀，坍塌，物體失去固有的形狀或七零八落
☐	コンサート【concert】	音樂會，演奏會
☐	こんど【今度】	下次，下回
☐	こんど【今度】	這回，這次，此次，最近
☐	コンピューター【computer】	電腦，電子電腦
☐	こんや【今夜】	今夜，今晚，今天晚上

さ

☐	さいきん【最近】	最近，近來
☐	さいご【最後】	最後，最終，最末
☐	さいしょ【最初】	最初；起初，起先，開始；頭，開頭；第一，第一次
☐	さいふ【財布】	錢包，錢袋；腰包
☐	さか【坂】	坡，坡道；斜坡，坡形
☐	さか【坂】	大關；陡坡
☐	さがす【探す・捜す】	查找，尋找，找
☐	さがる【下がる】	（功能、本領）退步，衰退，下降，降低，後退

☐	さがる【下がる】	向後倒退，後退，往後退
☐	さがる【下がる】	放學，下班，自學校、機關、工作單位等處回家
☐	さがる【下がる】	垂，下垂，垂懸
☐	さがる【下がる】	降溫
☐	さがる【下がる】	（高度）下降，降落，降低
☐	さがる【下がる】	（價格、行情）下降，降低，降價
☐	さかん【盛ん】	熱心，積極
☐	さかん【盛ん】	繁榮，昌盛；（氣勢）盛，旺盛
☐	さげる【下げる】	吊；懸；掛；佩帶，提
☐	さげる【下げる】	使後退，向後移動
☐	さげる【下げる】	降低，降下；放低
☐	さげる【下げる】	撤下；從人前撤去、收拾物品
☐	さしあげる【差し上げる】	呈送，敬獻
☐	さしだしにん【差出人】	發信人，寄信人，寄件人
☐	さっき	剛才，方才，先前
☐	さびしい【寂しい】	寂寞，孤寂，孤單，凄涼，孤苦；無聊
☐	さびしい【寂しい】	覺得不滿足，空虛
☐	さま【様】	置於人名或身份後方表示尊敬；…先生；…女士；…小姐
☐	さらいげつ【再来月】	下下月
☐	さらいしゅう【再来週】	下下星期，下下週
☐	サラダ【salad】	沙拉，涼拌菜
☐	さわぐ【騒ぐ】	吵，吵鬧；吵嚷

☐	さわぐ【騒ぐ】	慌張，著忙；激動，興奮不安
☐	さわる【触る】	觸；碰；摸；觸怒，觸犯
☐	さんぎょう【産業】	產業，生產事業，實業，工商等企業，工業
☐	サンダル【sandal】	涼鞋；拖鞋
☐	サンドイッチ【sandwich】	三明治，夾心麵包
☐	ざんねん【残念】	懊悔
☐	ざんねん【残念】	遺憾，可惜，對不起，抱歉

し

☐	し【市】	市；城市，都市
☐	じ【字】	字，文字
☐	しあい【試合】	比賽
☐	しおくり【仕送り】	匯寄生活補貼
☐	しかた【仕方】	辦法；做法，做的方法
☐	しかる【叱る】	責備，批評
☐	しき【式】	式；典禮，儀式；婚禮
☐	しき【式】	樣式，類型，風格
☐	じきゅう【時給】	計時工資
☐	しけん【試験】	考試，測驗（人的能力）
☐	しけん【試験】	試驗，檢驗，化驗（物品的性能）
☐	じこ【事故】	事故；事由

☐	**じしん【地震】**	地震，地動
☐	**じだい【時代】**	古色古香，古老風味；顯得古老
☐	**じだい【時代】**	時代；當代，現代；朝代
☐	**したぎ【下着】**	貼身衣服，內衣，襯衣
☐	**したく【支度】**	外出的打扮、整理
☐	**したく【支度】**	準備；預備
☐	**しっかり【確り】**	堅強，剛強，高明，堅定，可靠，人的性格、見識等踏實而無風險
☐	**しっかり【確り】**	結實，牢固，牢靠，確，明確，基礎或結構堅固，不易動搖或倒塌的狀態
☐	**しっかり【確り】**	確實地，牢牢地
☐	**しっぱい【失敗】**	失敗
☐	**しつれい【失礼】**	失禮，不禮貌，失敬
☐	**しつれい【失礼】**	對不起，請原諒；不能奉陪，不能參加
☐	**していせき【指定席】**	指定座位，指定位置
☐	**じてん【辞典】**	詞典，辭典；辭書
☐	**しなもの【品物】**	物品，東西；實物；商品，貨，貨物
☐	**しばらく【暫く】**	半天，許久，好久
☐	**しばらく【暫く】**	暫時，暫且，一會兒，片刻；不久
☐	**しま【島】**	島嶼
☐	**しみん【市民】**	市民，城市居民；公民
☐	**じむしょ【事務所】**	事務所，辦事處
☐	**しゃかい【社会】**	社會，世間
☐	**しゃかい【社会】**	（某）界，領域

☐	**しゃちょう【社長】**	社長，公司經理，總經理，董事長
☐	**しゃないアナウンス【車内 announce】**	車內廣播
☐	**じゃま【邪魔】**	妨礙，阻礙，障礙，干擾，攪擾，打攪，累贅
☐	**じゃま【邪魔】**	訪問，拜訪，添麻煩
☐	**ジャム【jam】**	果醬
☐	**じゆう【自由】**	自由；隨意；隨便；任意
☐	**しゅうかん【習慣】**	個人習慣
☐	**しゅうかん【習慣】**	國家地區風俗習慣
☐	**じゅうしょ【住所】**	住址，地址；住所
☐	**じゆうせき【自由席】**	無對號座位
☐	**しゅうでん【終電】**	末班電車
☐	**じゅうどう【柔道】**	柔道，柔術
☐	**じゅうぶん【十分】**	十分，充分，足夠，充裕
☐	**しゅじん【主人】**	丈夫；愛人
☐	**しゅじん【主人】**	主人，老闆，店主；東家
☐	**しゅじん【主人】**	家長，一家之主；當家的人
☐	**しゅじん【主人】**	接待他人的主人
☐	**じゅしん【受信】**	收信；收聽
☐	**しゅっせき【出席】**	出席；參加
☐	**しゅっぱつ【出発】**	出發，動身，啟程，朝目的地前進
☐	**しゅみ【趣味】**	愛好，喜好；興趣
☐	**しゅみ【趣味】**	趣味；風趣；情趣

☐	じゅんび【準備】	準備，預備；籌備
☐	しょうかい【紹介】	介紹
☐	しょうがつ【正月】	正月，新年
☐	しょうがつ【正月】	過年似的熱鬧愉快
☐	しょうがっこう【小学校】	小學校
☐	しょうせつ【小説】	小說
☐	しょうたい【招待】	邀請
☐	しょうち【承知】	同意，贊成，答應；許可，允許
☐	しょうち【承知】	知道，瞭解
☐	しょうち【承知】	原諒，饒恕
☐	しょうらい【将来】	將來，未來，前途
☐	しょくじ【食事】	飯，餐，食物；吃飯，進餐
☐	しょくりょうひん【食料品】	食品
☐	しょしんしゃ【初心者】	初學者
☐	じょせい【女性】	女性，婦女
☐	しらせる【知らせる】	通知
☐	しらべる【調べる】	審問，審訊
☐	しらべる【調べる】	調查；查閱；檢查；查找；查驗
☐	しらべる【調べる】	調音；奏樂，演奏
☐	しんきさくせい【新規作成】	新建，新做，做一個新的
☐	じんこう【人口】	人口
☐	しんごうむし【信号無視】	闖紅綠燈
☐	じんじゃ【神社】	神社，廟

☐ しんせつ【親切】	親切，懇切，好心
☐ しんぱい【心配】	操心，費心；關照；張羅，介紹
☐ しんぱい【心配】	擔心，掛心，掛念，牽掛，惦記，掛慮，惦念；害怕；不安；憂慮
☐ しんぶんしゃ【新聞社】	報社，報館

す

☐ すいえい【水泳】	游泳
☐ すいどう【水道】	自來水(管)；航道，航路
☐ ずいぶん【随分】	殘酷，無情，不像話
☐ ずいぶん【随分】	超越一般程度的樣子，比想像的更加
☐ すうがく【数学】	數學
☐ スーツ【suit】	套裝，成套服裝，成套西服
☐ スーツケース【suitcase】	旅行用(手提式)衣箱
☐ スーパー【supermarket 之略】	超市
☐ すぎる【過ぎる】	超過；過度；過分；太過
☐ すぎる【過ぎる】	過，過去，逝去；消逝
☐ すく【空く】	有空閒
☐ すく【空く】	肚子空，肚子餓
☐ すく【空く】	某空間中的人或物的數量減少
☐ すくない【少ない】	少，不多
☐ すぐに【直ぐに】	立刻，馬上

☐	スクリーン【screen】	銀幕；電影界；螢幕
☐	すごい【凄い】	了不起的，好得很的
☐	すごい【凄い】	可怕的，駭人的；陰森可怕的
☐	すごい【凄い】	（程度上）非常的，厲害的
☐	すすむ【進む】	進步，先進
☐	すすむ【進む】	進，前進
☐	すすむ【進む】	事情順利開展
☐	スタートボタン【start button】	開始按鈕；起始按鈕
☐	すっかり	全，都，全都；完全，全部；已經
☐	ずっと	（比…）…得多，…得很，還要…
☐	ずっと	（從…）一直，始終，從頭至尾
☐	ずっと	遠遠，很，時間、空間上的遙遠貌
☐	ステーキ【steak】	烤肉（排）料理，多指牛排
☐	すてる【捨てる】	拋棄，斷念，遺棄，斷絕關係
☐	すてる【捨てる】	（將無用的東西、無價值的事物）扔掉，拋棄
☐	すてる【捨てる】	置之不理，不顧，不理
☐	ステレオ【stereo】	立體聲音響器材，身歷聲設備
☐	ストーカー【stalker】	騷擾；跟蹤狂
☐	すな【砂】	沙子
☐	すばらしい【素晴しい】	（令人不自覺地感嘆）出色的，優秀的，令人驚嘆的，極優秀，盛大，宏偉，極美
☐	すばらしい【素晴しい】	（形容程度）及其，非常，絕佳，極好的，了不起的
☐	すべる【滑る】	不及格，沒考上

☐	すべる【滑る】	（在物體表面）滑行，滑動
☐	すべる【滑る】	站不住腳，打滑
☐	すみ【隅】	角落
☐	すむ【済む】	完了，終了，結束
☐	すむ【済む】	（問題、事情）解決，了結
☐	すむ【済む】	過得去，沒問題；夠
☐	すり【掏り】	扒手
☐	すると	那，那麼，那麼說來，這麼說來
☐	すると	於是，於是乎

せ

☐	せい【製】	製造，製品，產品
☐	せいかつ【生活】	生活，謀生，維持度日的活動
☐	せいきゅうしょ【請求書】	訂單，帳單，申請書
☐	せいさん【生産】	生產，製作出生活必需品
☐	せいじ【政治】	政治
☐	せいよう【西洋】	西洋，西方，歐美
☐	せかい【世界】	世界，全球，環球，天下，地球上的所有的國家、所有的地域
☐	せき【席】	席位；座位
☐	せき【席】	聚會場所
☐	せつめい【説明】	說明；解釋

□	**せなか【背中】**	背後，背面
□	**せなか【背中】**	背，脊背；脊樑
□	**ぜひ【是非】**	是非；正確與錯誤，對與不對
□	**せわ【世話】**	推薦，周旋，調解，介紹
□	**せわ【世話】**	照料，照顧，照應，照看，照管；幫助，幫忙，援助
□	**せん【線】**	界限
□	**せん【線】**	路線，原則，方針
□	**せん【線】**	線，線條
□	**ぜんき【前期】**	前期，上屆；初期，上半期
□	**ぜんぜん【全然】**	全然，完全，根本，簡直，絲毫，一點（也沒有）
□	**ぜんぜん【全然】**	（俗語）非常，很
□	**せんそう【戦争】**	戰爭，戰事；會戰；打仗
□	**せんぱい【先輩】**	先輩，先進，（老）前輩；高年級同學，師兄（姐），老學長；職場前輩，比自己早入公司的人
□	**せんもん【専門】**	專門；專業；專長

そ

□	**そう**	那樣
□	**そうしん【送信】**	（通過無線）發報；（通過有線或無線）播送；（通過電波）發射
□	**そうだん【相談】**	商量；協商，協議，磋商；商談；商定，一致的意見
□	**そうだん【相談】**	提出意見，建議；提議

☐	そうだん【相談】	徵求意見，請教；諮詢
☐	そうにゅう【挿入】	插入，裝入；填入
☐	そうべつかい【送別会】	餞別宴會，歡送會辭別宴會
☐	そだてる【育てる】	培育，撫育；撫養孩子
☐	そだてる【育てる】	教育，培養
☐	そつぎょう【卒業】	畢業
☐	そつぎょう【卒業】	體驗過，過時，過了階段
☐	そつぎょうしき【卒業式】	畢業典禮
☐	そとがわ【外側】	外側，外面，外邊
☐	そふ【祖父】	爺爺，祖父，老爺，外祖父
☐	ソフト【soft】	軟體
☐	そぼ【祖母】	祖母，外祖母
☐	それで	因此，因而，所以
☐	それに	而且，再加上
☐	それはいけませんね	這樣下去可不行呢
☐	それほど【それ程】	那麼，那樣的程度
☐	そろそろ	就要，快要，不久
☐	そろそろ	漸漸，逐漸；慢慢地，徐徐地
☐	ぞんじあげる【存じ上げる】	知道，想，認為
☐	そんな	那樣的
☐	そんな	哪裡，不會
☐	そんなに	那麼；形容程度之大
☐	そんなに	（不用；無需）那麼，那麼樣；程度不如想像

た

☐	だい【代】	輩，時代，年代；統治時代
☐	たいいん【退院】	出院
☐	ダイエット【diet】	減肥
☐	だいがくせい【大学生】	大學生
☐	だいきらい【大嫌い】	極不喜歡，最討厭，非常厭惡
☐	だいじ【大事】	重要，要緊，寶貴，保重，愛護
☐	だいたい【大体】	大致，大體，差不多
☐	タイプ【type】	打字
☐	タイプ【type】	型，型式，類型
☐	だいぶ【大分】	很，相當地
☐	たいふう【台風】	颱風
☐	たおれる【倒れる】	死亡
☐	たおれる【倒れる】	倒閉，破產；垮臺
☐	たおれる【倒れる】	倒，塌，倒毀
☐	たおれる【倒れる】	病倒
☐	だから	因此，所以
☐	たしか【確か】	正確，準確
☐	たしか【確か】	確實，確切
☐	たす【足す】	加（數學）
☐	たす【足す】	添；續；補上
☐	たす【足す】	辦事，辦完

□	だす【出す】	出；送；拿出，取出；掏出；提出
□	だす【出す】	出資；供給；花費
□	だす【出す】	加速；鼓起，打起
□	だす【出す】	展出，展覽；陳列
□	だす【出す】	寄，郵送；發送
□	だす【出す】	提出；出，提交
□	だす【出す】	發表；登，刊載，刊登；出版
□	だす【出す】	開店
□	だす【出す】	露出
□	たずねる【訪ねる】	訪問，拜訪
□	たずねる【尋ねる】	問；詢問；打聽
□	たずねる【尋ねる】	探求，尋求
□	ただいま【唯今・只今】	我回來了
□	ただいま【唯今・只今】	剛才，剛剛，不久之前的時刻
□	ただいま【唯今・只今】	馬上，立刻，這就，比現在稍過一會兒後
□	ただしい【正しい】	正確，對，確切，合理
□	たたみ【畳】	榻榻米
□	たてる【立てる】	立下；制定，起草
□	たてる【立てる】	立起，豎
□	たてる【立てる】	冒，揚起
□	たてる【建てる】	創立，建立，樹立，創辦
□	たてる【建てる】	蓋，建造
□	たとえば【例えば】	譬如，比如，例如

☐	**たな【棚】**	棚，架；擱板，架子
☐	**たのしみ【楽しみ】**	希望，期望
☐	**たのしみ【楽しみ】**	樂，愉快，樂趣
☐	**たのしむ【楽しむ】**	期待，以愉快的心情盼望
☐	**たのしむ【楽しむ】**	樂，快樂；享受，欣賞
☐	**たべほうだい【食べ放題】**	吃到飽，隨便吃，想吃多少就吃多少
☐	**たまに【偶に】**	有時，偶爾
☐	**ため**	由於，結果
☐	**ため**	為，為了
☐	**だめ【駄目】**	不好，壞
☐	**だめ【駄目】**	不行，不可以
☐	**だめ【駄目】**	白費，無用；無望
☐	**たりる【足りる】**	值得
☐	**たりる【足りる】**	（對於正在做的事情來說是）夠用的、可以的
☐	**たりる【足りる】**	數量足夠
☐	**だんせい【男性】**	男性，男子
☐	**だんぼう【暖房】**	供暖；暖氣設備

ち

☐	**ち【血】**	血，血液
☐	**ち【血】**	血緣，血脈
☐	**ちいさな【小さな】**	小，微小

☐	チェック【check】	支票
☐	チェック【check】	方格花紋，格子，花格
☐	チェック【check】	檢驗，核對記號等
☐	ちかみち【近道】	近路，近道，抄道
☐	ちかみち【近道】	捷徑；快速的方法或手段
☐	ちから【力】	力，力量，力氣；勁，勁頭
☐	ちから【力】	能力
☐	ちから【力】	權力；勢力；威力；暴力；實力
☐	ちかん【痴漢】	色情狂，色狼，對他人進行騷擾的人
☐	ちっとも	一點（也不），一會兒也（不），毫（無）；總（不）
☐	ちゃん	為「さん」的轉音；接在名字後表示親近
☐	ちゅうい【注意】	注意，留神；當心，小心；仔細；謹慎，給建議、忠告
☐	ちゅうがっこう【中学校】	初級中學，初中，國中
☐	ちゅうし【中止】	中止，停止進行
☐	ちゅうしゃ【注射】	注射，打針
☐	ちゅうしゃいはん【駐車違反】	違規停車，違法停車
☐	ちゅうしゃじょう【駐車場】	停車場，停放汽車的場所和設施
☐	ちょう【町】	町；行政劃分的單位
☐	ちり【地理】	地理學科，地理知識
☐	ちり【地理】	地理情況

☐	**つうこうどめ【通行止め】**	禁止通行
☐	**つうちょうきにゅう【通帳記入】**	補登存摺
☐	**つかまえる【捕まえる】**	捉住動物，逮住；捕捉動物或犯人
☐	**つき【月】**	一個月
☐	**つき【月】**	月亮
☐	**つく【点く】**	點著；燃起
☐	**つける【付ける】**	安上，安裝上；連接上；掛上；插上；縫上
☐	**つける【付ける】**	穿上；帶上；繫上；別上；佩帶
☐	**つける【付ける】**	寫上，記上，標注上
☐	**つける【漬ける】**	醃（菜等）
☐	**つける【点ける】**	打開
☐	**つける【点ける】**	點（火），點燃
☐	**つごう【都合】**	（狀況）方便合適（與否）
☐	**つたえる【伝える】**	傳達，轉告，轉達；告訴，告知
☐	**つづく【続く】**	（同樣的狀態）繼續；連續；連綿
☐	**つづく【続く】**	事情不間斷的接連發生
☐	**つづける【続ける】**	繼續，連續，接連不斷
☐	**つつむ【包む】**	包；裹；包上；穿上
☐	**つつむ【包む】**	籠罩，覆蓋；隱沒；沉浸
☐	**つま【妻】**	妻
☐	**つめ【爪】**	指甲；腳趾甲；爪

☐	つもり	打算
☐	つる【釣る】	勾引，引誘，誘騙
☐	つる【釣る】	釣魚
☐	つれる【連れる】	帶，領

て

☐	ていねい【丁寧】	小心謹慎，周到，細心，精心
☐	ていねい【丁寧】	很有禮貌，恭恭敬敬
☐	テキスト【text】	教科書，教材，課本，講義
☐	てきとう【適当】	（份量或程度等）正好，恰當，適度
☐	てきとう【適当】	酌情，隨意，隨便，馬虎，敷衍
☐	てきとう【適当】	（對於某條件、目的來說）適當，適合，恰當，適宜
☐	できる【出来る】	出色，有修養，有才能，成績好
☐	できる【出来る】	兩人搞到一起，有了戀愛關係
☐	できる【出来る】	（原本沒有的物體）形成，出現
☐	できる【出来る】	做出，建成
☐	できる【出来る】	做好，做完
☐	できる【出来る】	有了（孩子），發生（事情）
☐	できるだけ【出来るだけ】	盡量地；盡可能地
☐	でございます	是，在
☐	てしまう	完了，光了，盡了（為補助動詞，表示該動作全部結束或該狀態完成，往往表示某事的非自願發生）

☐	デスクトップ【desktop】	桌上型電腦
☐	てつだい【手伝い】	幫忙，幫助
☐	てつだう【手伝う】	幫忙，幫助
☐	テニス【tennis】	網球
☐	テニスコート【tennis court】	網球場
☐	てぶくろ【手袋】	手套
☐	てまえ【手前】	你的輕蔑說法
☐	てまえ【手前】	這邊，靠近自己這方面
☐	てまえ【手前】	（當著）面，（顧慮）對某人的體面
☐	てもと【手元】	身邊，手頭，手裡
☐	てら【寺】	廟，佛寺，寺廟，寺院
☐	てん【点】	分，分數
☐	てん【点】	物體表面上看不清的小東西，點
☐	てん【点】	計算物品數量的單位，件
☐	てん【点】	逗號，標點符號
☐	てんいん【店員】	店員，售貨員
☐	てんきよほう【天気予報】	天氣預報
☐	てんそう【転送】	轉送；轉寄；轉遞
☐	でんとう【電灯】	電燈，依靠電能發光的燈
☐	てんぷ【添付】	添上；付上
☐	てんぷら【天ぷら】	天婦羅，裹粉油炸的蝦或魚等
☐	でんぽう【電報】	電報，利用電信設施收發的通信，亦指其通信電文

☐	てんらんかい【展覧会】	展覽會

と

☐	どうぐ【道具】	工具；器具，家庭生活用具；傢俱
☐	とうとう【到頭】	終於，到底，終究，結局
☐	とうろく【登録】	登記，註冊
☐	とおく【遠く】	遠方，遠處
☐	とおく【遠く】	遠遠，差距很大
☐	とおり【通り】	大街，馬路
☐	とおり【通り】	來往，通行
☐	とおる【通る】	（人、車）通過，走過
☐	とおる【通る】	穿過地方、場所
☐	とおる【通る】	能夠理解
☐	とき【時】	（某個）時候
☐	とき【時】	時間
☐	とくに【特に】	特，特別
☐	とくばいひん【特売品】	特價品
☐	とくべつ【特別】	特別，格外
☐	とこや【床屋】	理髮店
☐	とし【年】	年，一年
☐	とし【年】	年老
☐	とちゅう【途中】	途中，路上；前往目的地的途中

□	とっきゅう【特急】	特快，特別快車
□	どっち【何方】	哪一個，哪一方面
□	とどける【届ける】	送到；送給；送去
□	とどける【届ける】	報，報告；登記
□	とまる【止まる】	停，停止，停住，停下，站住
□	とまる【止まる】	堵塞，堵住，斷，中斷，不通，走不過去
□	とまる【泊まる】	投宿，住宿，過夜
□	とめる【止める】	止；堵；憋，屏；關，關閉
□	とめる【止める】	停下、停止動作
□	とりかえる【取り替える】	交換，互換
□	とりかえる【取り替える】	更換，替換，換成新的
□	どろぼう【泥棒】	小偷
□	どんどん	旺盛，旺，熱火朝天；茁壯
□	どんどん	連續不斷，接二連三，一個勁兒
□	どんどん	順利，順當

な

□	ナイロン【nylon】	（紡）尼龍，耐綸；錦綸
□	なおす【直す】	修理，恢復，復原
□	なおす【直す】	修改，訂正；修正不好的地方
□	なおす【直す】	改正壞習慣、缺點
□	なおる【直る】	改正過來，矯正過來

☐	なおる【直る】	修理好，使機能恢復
☐	なおる【直る】	復原，恢復原本良好的狀態
☐	なおる【治る】	病醫好，痊癒
☐	なかなか【中々】	輕易（不），（不）容易，（不）簡單，怎麼也…
☐	なかなか【中々】	頗，很，非常；相當
☐	ながら	一邊…一邊…，一面…一面
☐	ながら	照舊，如故，一如原樣
☐	なく【泣く】	哭，啼哭，哭泣
☐	なくす【無くす】	遺失
☐	なくなる【無くなる】	沒了，消失
☐	なくなる【亡くなる】	死；殺；滅亡
☐	なげる【投げる】	投，拋，扔，擲
☐	なげる【投げる】	放棄；不認真搞，潦草從事
☐	なさる	為，做
☐	なぜ【何故】	為何，何故，為什麼
☐	なまごみ【生ごみ】	廚餘垃圾；含有水分的垃圾
☐	なる【鳴る】	馳名，聞名
☐	なる【鳴る】	鳴，響
☐	なるべく	盡量，盡可能
☐	なるほど	誠然，的確；果然；怪不得
☐	なれる【慣れる】	習慣，習以為常
☐	なれる【慣れる】	熟練

に

□	におい【匂い】	香味，香氣，芳香；味道，氣味
□	にがい【苦い】	不愉快，不高興；痛苦的，難受的
□	にがい【苦い】	苦的，苦味的
□	にかいだて【二階建て】	二層樓的建築
□	にくい【難い】	困難；不好辦
□	にげる【逃げる】	逃走
□	にげる【逃げる】	避開，閃避，逃避
□	について	關於…；就…；對於…
□	にっき【日記】	日記，日記本
□	にゅういん【入院】	住（醫）院
□	にゅうがく【入学】	入學
□	にゅうもんこうざ【入門講座】	初級講座
□	にゅうりょく【入力】	輸入
□	によると【に拠ると】	根據
□	にる【似る】	像，似
□	にんぎょう【人形】	娃娃，偶人；玩偶；傀儡

ぬ

☐	ぬすむ【盗む】	偷盜，盜竊
☐	ぬる【塗る】	塗（顏料），擦，抹
☐	ぬれる【濡れる】	淋濕，濕潤，滲入水分

ね

☐	ねだん【値段】	價格，價錢
☐	ねつ【熱】	熱情，幹勁
☐	ねつ【熱】	熱，熱度
☐	ねつ【熱】	（體溫）發燒，體溫高
☐	ねっしん【熱心】	（對人或事物）熱心；熱誠；熱情
☐	ねぼう【寝坊】	早上睡懶覺，貪睡晚起（的人）
☐	ねむい【眠い】	困，困倦，想睡覺
☐	ねむたい【眠たい】	困，困倦，昏昏欲睡
☐	ねむる【眠る】	死亡
☐	ねむる【眠る】	睡覺

の

☐	ノートパソコン【notebook personal computer 之略】	筆記型電腦

☐	のこる【残る】	留，在某處留下
☐	のこる【残る】	剩下
☐	のど【喉】	咽喉，喉嚨，嗓子
☐	のみほうだい【飲み放題】	喝到飽，盡管喝
☐	のりかえる【乗り換える】	換車、船，換乘，改乘
☐	のりもの【乗り物】	乘坐物，交通工具

は

☐	は【葉】	葉
☐	ばあい【場合】	場合；時候；情況
☐	バーゲン【bargain sale 之略】	大拍賣，廉價出售
☐	パート【part】	打工，短時間勞動，部分時間勞動
☐	パート【part】	部分；篇，章；卷
☐	ばい【倍】	倍，加倍，某數量兩個之和
☐	ばい【倍】	(接尾詞)倍，相同數重複相加的次數，計算倍數的單位
☐	はいけん【拝見】	拜讀；瞻仰，看
☐	はいしゃ【歯医者】	牙醫，牙科醫生
☐	ばかり	只，僅；光，淨，專；唯有，只有
☐	ばかり	左右，上下，表示大約的數量
☐	はく【履く】	穿
☐	はこぶ【運ぶ】	進展（事物按照預期順利進展）

145

☐	はこぶ【運ぶ】	運送，搬運
☐	はじめる【始める】	開始
☐	はじめる【始める】	開創，創辦
☐	はず	道理，理由
☐	はずかしい【恥ずかしい】	害羞，害臊；不好意思，難為情
☐	パソコン【personal computer 之略】	個人電腦，電腦
☐	はつおん【発音】	發音
☐	はっきり	心情上明確，鮮明，痛痛快快
☐	はっきり	（事情的結果或人的言行）明確、清楚
☐	はっきり	物體的輪廓清楚，鮮明而能與其他東西明顯分開
☐	はなみ【花見】	看花，觀櫻，賞（櫻）花
☐	はやし【林】	林，樹林
☐	はらう【払う】	支付
☐	はらう【払う】	拂，揮
☐	はらう【払う】	傾注心思；表示（尊敬）；加以（注意）
☐	はらう【払う】	趕，除掉
☐	ばんぐみ【番組】	（廣播，演劇，比賽等的）節目
☐	ばんせん【番線】	…號月臺
☐	はんたい【反対】	反對
☐	はんたい【反対】	相反
☐	ハンドバッグ【handbag】	（女用）手提包，手包，手袋

ひ

☐	ひ【日】	天（過去的日子）
☐	ひ【日】	日，太陽
☐	ひ【日】	陽光，日光
☐	ひ【火】	火
☐	ピアノ【piano】	鋼琴
☐	ひえる【冷える】	冷淡下來，變冷淡
☐	ひえる【冷える】	變冷，變涼，放涼
☐	ひかり【光】	光，光亮，光線
☐	ひかり【光】	光明，希望
☐	ひかる【光る】	出眾，出類拔萃
☐	ひかる【光る】	發光，發亮
☐	ひきだし【引き出し】	抽出，提取
☐	ひきだし【引き出し】	抽屜
☐	ひげ	鬍鬚，鬍子，髭鬚，髯鬚
☐	ひこうじょう【飛行場】	機場
☐	ひさしぶり【久しぶり】	（隔了）好久
☐	びじゅつかん【美術館】	美術館
☐	ひじょうに【非常に】	緊急，非常
☐	びっくり	吃驚，嚇一跳
☐	ひっこす【引っ越す】	搬家，搬遷，遷居
☐	ひつよう【必要】	必要，必需，必須，非…不可

□	ひどい【酷い】	殘酷，無情；粗暴，太過分
□	ひどい【酷い】	（程度）激烈，兇猛，厲害，嚴重
□	ひらく【開く】	加大，拉開（數量、距離、價格等的差距）
□	ひらく【開く】	（事物、業務）開始；開張
□	ひらく【開く】	開放，綻放；敞開；傘、花等從收起的狀態打開
□	ひらく【開く】	開，開著；把原本關著的物品打開
□	ビル【building 之略】	大樓，高樓，大廈
□	ひるま【昼間】	白天，白日，晝間
□	ひるやすみ【昼休み】	午休；午睡
□	ひろう【拾う】	弄到手，意外地得到；接（發球）
□	ひろう【拾う】	拾，撿
□	ひろう【拾う】	招呼交通工具；挑出，選出，揀出

ふ

□	ファイル【file】	文件夾；講義夾
□	ファイル【file】	合訂本；匯訂的文件；匯訂的卡片；卷宗，檔案
□	ふえる【増える】	增加，增多
□	ふかい【深い】	濃厚
□	ふかい【深い】	（顏色、深度、輪廓等）深
□	ふくざつ【複雑】	複雜，結構或關係錯綜繁雜
□	ふくしゅう【復習】	複習

☐	ぶちょう【部長】	部長
☐	ふつう【普通】	一般，普通；通常，平常，往常，尋常；正常
☐	ぶどう【葡萄】	葡萄，紫紅色
☐	ふとる【太る】	胖，發福；肥
☐	ふとん【布団】	被褥，鋪蓋
☐	ふね【船・舟】	船；舟
☐	ふべん【不便】	不便，不方便，不便利
☐	ふむ【踏む】	踏，踩，踐踏；踩腳
☐	プレゼント【present】	贈送禮物，送禮；禮品，贈品，禮物
☐	ブログ【blog】	部落客，網路日記，博客
☐	ぶんか【文化】	文化；文明，開化
☐	ぶんがく【文学】	文藝，文藝學，研究文學作品的學科
☐	ぶんがく【文学】	文藝作品、文學作品，研究文學作品
☐	ぶんぽう【文法】	文法，語法

へ

☐	べつ【別】	別，另外
☐	べつに【別に】	分開；另
☐	べつに【別に】	並(不)，特別
☐	ベル【bell】	鈴，電鈴；鐘
☐	ヘルパー【helper】	幫手，助手
☐	へん【変】	奇怪，古怪，反常，異常，不尋常

☐	へんじ【返事】	回信，覆信
☐	へんじ【返事】	答應，回答，回話
☐	へんしん【返信】	回信，回電

ほ

☐	ほう【方】	方面
☐	ほう【方】	方，方向
☐	ぼうえき【貿易】	（進出口）貿易
☐	ほうそう【放送】	廣播，播出；在電視上播放；收音機播送；用擴音器傳播，傳佈消息
☐	ホームページ【homepage】	網頁主頁，瀏覽網際網路的目錄頁面
☐	ほうりつ【法律】	法律
☐	ぼく【僕】	我，男子指稱自己的詞
☐	ほし【星】	星斗，星星
☐	ほぞん【保存】	保存
☐	ほど【程】	程度
☐	ほとんど	大體，大部分
☐	ほとんど	幾乎（不），可能性微小
☐	ほめる【褒める】	讚揚，稱讚，讚美，褒獎，表揚，高度評價人和事
☐	ほんやく【翻訳】	翻譯；筆譯；翻譯的東西，譯本

ま

☐	まいる【参る】	去；來
☐	まいる【参る】	受不了，吃不消；叫人為難；不堪，累垮
☐	まいる【参る】	參拜
☐	まいる【参る】	認輸，敗
☐	マウス【mouse】	滑鼠
☐	まける【負ける】	輸，敗
☐	まじめ【真面目】	認真，正直，耿直
☐	まず【先ず】	先，首先，最初，開頭
☐	または【又は】	或，或者，或是
☐	まちがえる【間違える】	弄錯，搞錯
☐	まにあう【間に合う】	夠用，過得去，能對付
☐	まにあう【間に合う】	趕得上，來得及
☐	まま	原封不動；仍舊，照舊
☐	まわり【周り】	周圍，物體的前後左右，環繞物體的四周
☐	まわり【周り】	附近，鄰近，不遠處
☐	まわる【回る】	巡迴；巡視，視察；周遊，遍歷
☐	まわる【回る】	繞彎，繞道，迂迴
☐	まわる【回る】	轉，旋轉，回轉，轉動
☐	まんが【漫画】	漫畫；連環畫；動畫片
☐	まんなか【真ん中】	正中，中間，正當中

み

☐	みえる【見える】	看見，看得見
☐	みずうみ【湖】	湖，湖水
☐	みそ【味噌】	味噌，黃醬，大醬，豆醬
☐	みつかる【見付かる】	能找出，找到
☐	みつける【見付ける】	找到，發現
☐	みどり【緑】	綠色，翠綠
☐	みどり【緑】	樹的嫩芽；松樹的嫩葉
☐	みな【皆】	全，都，皆，一切
☐	みな【皆】	全體人或物，大家
☐	みなと【港】	港，港口；碼頭

む

☐	むかう【向かう】	反抗，抗拒
☐	むかう【向かう】	出門；前往
☐	むかう【向かう】	相對；面對著；朝著；對著
☐	むかえる【迎える】	迎接；歡迎；接待
☐	むかし【昔】	從前，很早以前，古時候，往昔，昔日，過去
☐	むすこさん【息子さん】	您兒子
☐	むすめさん【娘さん】	姑娘，少女
☐	むすめさん【娘さん】	您女兒

☐	**むら【村】**	村落，村子，村莊，鄉村
☐	**むり【無理】**	強制，硬要，硬逼，強迫
☐	**むり【無理】**	無理，不講理，不合理
☐	**むり【無理】**	難以辦到，勉強；不合適

め

☐	**め【…目】**	（表示順序）第…
☐	**メール【mail】**	郵政；郵件，短信
☐	**メールアドレス【mail address】**	電子信箱；電子郵箱
☐	**めずらしい【珍しい】**	（事情）少有，罕見
☐	**めずらしい【珍しい】**	珍奇，稀奇

も

☐	**もうしあげる【申し上げる】**	說，講，提及，說起，陳述
☐	**もうす【申す】**	說；講，告訴，叫做；「する」的謙讓語
☐	**もうひとつ【もう一つ】**	再一個
☐	**もえるごみ【燃えるごみ】**	可燃垃圾
☐	**もし【若し】**	要，要是，如果，假如；假設，倘若
☐	**もちろん**	當然；不用說，不消說，甭說，不待言；不言而喻

☐	**もてる【持てる】**	受歡迎，吃香；受捧
☐	**もどる【戻る】**	返回原本的狀態，回到原位
☐	**もどる【戻る】**	倒退；折回
☐	**もどる【戻る】**	歸還；退回；把原本擁有的物品歸還原主
☐	**もめん【木綿】**	棉花的棉，棉花；木棉樹
☐	**もらう**	領到，收受，得到
☐	**もり【森】**	森林

や

☐	**やく【焼く】**	烤，烙
☐	**やく【焼く】**	被太陽曬黑
☐	**やく【焼く】**	點火焚燒
☐	**やくそく【約束】**	約，約定，商定，約會
☐	**やくにたつ【役に立つ】**	有益處，有作用，有幫助
☐	**やける【焼ける】**	胃酸過多，火燒心；燥熱難受
☐	**やける【焼ける】**	燒熱，熾熱，燒紅
☐	**やさしい【優しい】**	和藹；和氣；和善；溫和，溫順，溫柔
☐	**やさしい【優しい】**	優美，柔和，優雅
☐	**やすい**	容易，簡單
☐	**やせる【痩せる】**	瘦
☐	**やっと**	好不容易，終於，才
☐	**やはり**	果然

☐	やむ【止む】	休，止，停止，中止，停息
☐	やめる【止める】	忌；改掉毛病、習慣
☐	やめる【止める】	停止，放棄，取消，作罷
☐	やめる【辞める】	辭去，辭掉
☐	やる【遣る】	派去，派遣，送去，打發去
☐	やる【遣る】	做，搞，幹
☐	やる【遣る】	給
☐	やわらかい【柔らかい】	柔軟的；柔和的
☐	やわらかい【柔らかい】	溫柔，溫和

ゆ

☐	ゆ【湯】	洗澡水
☐	ゆ【湯】	開水
☐	ゆうはん【夕飯】	晚飯，晚餐，傍晚吃的飯
☐	ゆうべ【夕べ】	昨晚，昨夜
☐	ゆうべ【夕べ】	傍晚
☐	ユーモア【humor】	幽默，滑稽，詼諧
☐	ゆしゅつ【輸出】	輸出，出口
☐	ゆび【指】	指，手指，指頭；趾，腳趾，趾頭，腳趾頭
☐	ゆびわ【指輪】	戒指，指環
☐	ゆめ【夢】	夢想，幻想；理想，目標
☐	ゆめ【夢】	夢境，夢

☐	**ゆれる【揺れる】**	搖晃，搖擺，擺動，搖盪；晃蕩，顛簸；動搖，不穩定

よ

☐	**よう【用】**	事情
☐	**ようい【用意】**	準備，預備
☐	**ようこそ**	歡迎，熱烈歡迎
☐	**ようじ【用事】**	事，事情
☐	**よごれる【汚れる】**	污染
☐	**よしゅう【予習】**	預習
☐	**よてい【予定】**	預定
☐	**よやく【予約】**	預約；預定
☐	**よる【寄る】**	順便去，順路到
☐	**よる【寄る】**	靠近，挨近
☐	**よろこぶ【喜ぶ】**	歡喜，高興，喜悅
☐	**よろしい【宜しい】**	好；恰好；不必，不需要
☐	**よろしい【宜しい】**	沒關係，行，可以；表容許、同意
☐	**よわい【弱い】**	不擅長，搞不好，經不起
☐	**よわい【弱い】**	弱；軟弱；淺

ら

☐	ラップ【rap】	說唱
☐	ラップ【wrap】	（食品包裝用的）保鮮膜；用保鮮膜包
☐	ラブラブ【lovelove】	卿卿我我，膩味，黏乎，甜蜜狀

り

☐	りゆう【理由】	理由，緣故
☐	りよう【利用】	利用
☐	りょうほう【両方】	雙方，兩者，兩方
☐	りょかん【旅館】	旅館，旅店

る

☐	るす【留守】	不在家
☐	るす【留守】	看家，看門

れ

☐	れいぼう【冷房】	冷氣設備；冷氣，使室內變涼爽的設備
☐	れきし【歴史】	歷史
☐	レジ【register 之略】	現金出納員，收款員；現金出納機

☐	レポート【report】	報告書；學術研究報告
☐	レポート【report】	（新聞等）報告；報導，通訊
☐	れんらく【連絡】	通知，通報
☐	れんらく【連絡】	聯絡，聯繫，彼此關聯，通訊聯繫

わ

☐	ワープロ【word processor 之略】	文字處理機，語言處理機
☐	わかす【沸かす】	使沸騰，使狂熱，使興高采烈
☐	わかす【沸かす】	燒開，燒熱
☐	わかれる【別れる】	分散，離散
☐	わかれる【別れる】	離別，分手
☐	わく【沸く】	沸騰，燒開，燒熱
☐	わく【沸く】	激動，興奮
☐	わけ【訳】	理由，原因，情由，緣故，情形，成為這種狀態結果的理由
☐	わけ【訳】	意義，意思
☐	わすれもの【忘れ物】	遺忘的東西
☐	わらう【笑う】	笑，開心時的表情
☐	わらう【笑う】	嘲笑；取笑
☐	わりあい【割合】	比例
☐	わりあいに【割合に】	比較地，比預想地
☐	わりあいに【割合に】	表示與其基準相比不符；雖然…但是；等同於「けれど」

☐	われる【割れる】	分裂：裂開
☐	**われる【割れる】**	破砕
☐	われる【割れる】	暴露

·索引·

て

と

な

MEMO

山田社日檢權威題庫小組

超高命中率 絕對合格 日檢文法、單字

N4 新制對應！

【捷進日檢 11】　（25K+附QR Code線上音檔＆實戰MP3）

■ 發行人／**林德勝**

■ 著者／**吉松由美、田中陽子、西村惠子、大山和佳子**

　　　　山田社日檢題庫小組

■ 出版發行／**山田社文化事業有限公司**

　地址　臺北市大安區安和路一段112巷17號7樓
　電話　02-2755-7622
　傳真　02-2700-1887

■ 郵政劃撥／**19867160號　大原文化事業有限公司**

■ 總經銷／**聯合發行股份有限公司**

　地址　新北市新店區寶橋路235巷6弄6號2樓
　電話　02-2917-8022
　傳真　02-2915-6275

■ 印刷／**上鎰數位科技印刷有限公司**

■ 法律顧問／**林長振法律事務所　林長振律師**

■ 書+MP3+QR Code／**定價　新台幣399元**

■ 初版／**2022年7月**

© ISBN : 978-986-246-694-0
2022, Shan Tian She Culture Co. , Ltd.